浮世絵師の遊戯《ゲーム》

新説 東洲斎写楽

高井忍

文芸社

神津君、すべて議論というものは、まず第一に大きな仮説を立て、その説に有利な材料ばかり採用して、不利な資料を捨て去れば、どのような論断でもできるものなのだよ。そういう議論の進め方には何の科学性もない。

——高木彬光著『成吉思汗の秘密』

浮世絵師の遊戯《ゲーム》◎目次

写楽　一七九四年

一

寛政六（一七九四）年春。

倹約とは建前ばかりの極端な禁制と容赦ない取り締まりで民衆の楽しみをさんざんに奪った松平定信《まつだいらさだのぶ》は前年中に老中職を罷免となり、江戸市中はようやく息を吹き返したかのようだった。どれほど冬が長くとも、やがて春は訪れる。江戸の誰しもが浮かれた。芝居町では新春の興行が幕を開いて、客の入りも上々という。出版業界も久しぶりに活気づき、芝居人気の盛り返しを当て込んで黄表紙や錦絵の新作を競って売りに出した。

飯田町中坂の履物商の婿会田佐五郎《あいださごろう》が突然の呼び出しを受け、日本橋通油町の書肆耕書堂を訪れたのは新春の賑わいも落ち着いた某日のことだった。

耕書堂は前年までの佐五郎の勤め口である。力士のような外見に似ず、戯作者を志し、すでに黄表紙を数冊上梓した佐五郎は、その縁で耕書堂に居候させてもらい、手代として働きながら戯作を書きつづっていた。もっとも、この男は客商売にとことん不向きな性分で、そこで耕書堂の主人蔦屋重三郎《つたやじゅうざぶろう》は入り婿の口を探してきて生活が成り立つようにしてやった。それからも耕書堂と佐五郎の繋がりは途切れず、頼まれ事を持ち込まれたり、逆にこちらから持ち込んだりの付き合いが続いている。

――この佐五郎、もとの姓を滝沢《たきざわ》といい、戯作者としての号を曲亭馬琴《きょくていばきん》といった。

会田佐五郎すなわち曲亭馬琴が耕書堂の前までやってきた時、ちょうど逆の方向から、恐ろしく粗末な身なりをした男がてくてく歩いてくるのが見えた。

藍染めの木綿の袷はツギハギだらけ、綿入れの半纏もよれよれで、草履を裸足に突っかけている。見るからに無精たらしく、皺くちゃで色の黒い顔は一見すると猿のようだが、縦に長いところは典型的な馬面。お供の代わりに、年の頃、三、四歳くらいの、真っ赤な衣を裾短に着た幼女を後ろに連れていた。

猿顔にして馬面のこの男は馬琴に気づくとにいっと笑い、むやみに元気に呼びかけた。

「やあ、たっきい！　達者だったか」

「やめんか。誰がたっきいだ、誰が。背筋がむず痒くなる」

「たっきいは好かんか。なら、ばっきいではどうだい？」

「どうもこうもあるものか。お前さん、おのれが歴史小説の登場人物であるとの自覚がちと足らんのではないか」

「うるさいことをいうな。この時代の語彙やいいまわしを正直に再現していたら、読者の皆さまに意味が通じない。おいらだって途中で放り出しちまわあ」

「難儀な登場人物だな」

この物語は歴史小説である。

あくまで歴史小説である。

誰が何といおうと歴史小説なのである。

歴史小説はかつて実在した人物や事件を直截に扱い、史実を踏まえ、歴史上の出来事そのものの魅力の追求を目的として描かれるものだ。もちろん、歴史に題材を求める以上、歴史的事実をぞんざいに扱えないのはどんなフィクションでも当たり前の大前提だが、歴史小説を標榜するとなればなおさら史実や考証からの逸脱は慎まなくてはならない。とにかくそういうものだと約束事があるのだから、好き勝手はできないのだった。

「それを分かっておるのか、こいつ……」

「うん？　何かいったか、たっきい」

「いや、独り言だ。それはそうとお前さん、耕書堂に何ぞ用事があって来たか」

「おうよ。蔦重《つたじゅう》の旦那からお呼びがかかったのさ」

「ほう。わたしと同じ用事かな」

馬琴は男の後ろに首を動かし、背中を丸めて幼女の顔を覗き込む。

四角い顎の輪郭が連れの男によく似た幼女は、お気に入りのぬいぐるみか、あるいは抱き枕かのように巨大な唐辛子の作りものを両腕に抱え込んでいた。

「お栄《えい》ちゃん、しばらく見ないうちに大きくなったねえ」

「おえー？」

猫撫で声で話しかける馬琴に幼女は首を傾け、

「おえーじゃないよ、おーいだよ」

馬琴は男に顔を戻した。

「お前さん、娘の名前くらいはちゃんと呼んでやったらどうだい」

「他人の名前を覚えるのは苦手なんだよ」

「だからといって、おーいはないだろう、おーいは。自分の名前を、おーいだと勘違いさせたまま娘を育てるつもりなのか。だいたい年端もいかない娘を何のために連れ歩いておるんだ?」

「蔦重の旦那のお申しつけなんだよ」

「旦那が?」

「おうよ。色香のないお話は読者が嫌がるから、娘の一人でも連れてこいだって」

「何と安易な……それに色香で読者の気を惹くにしても、いくらなんでも幼女とはあざとくないか」

「うちのクソガキどもでお父つぁんに懐いてくれるのはこいつの他にいないんだよ」

「寂しい家庭だな。とにかく、おーいはやめい、おーいは。子供の教育によろしくない」

見たところ、耕書堂はそれほど流行っていなかった。客の姿もまばらなもの。店先に並べられた黄表紙や洒落本、錦絵などもいま一つ見栄えがしない。

番頭が店に現れた三人連れの姿を認め、相好を崩して近づいてきた。

「これはこれは、曲亭馬琴師匠と勝川春朗《かちかわしゅんろう》師匠がお揃いで」

「旦那のお声がかりでうかがいました」

馬琴は頭を下げつつ、隣の男をちらりと見やる。男はきょろきょろ辺りを見まわしていた。

「何かあったか？」

「いま、シュンローとやらがどうとか」

「何をいっておる。お前さんの画号だぞ」

「へ？」

「首を捻るな。自分の経歴くらいは前もって予習しておかんか。お前さんはな、生涯に三十回以上の改号を繰り返すのだ」

「おいおい、えらい忙しないな」

「ついでに述べると、生涯に九十三回も引っ越したといわれておる」

「いちいち勘定した暇人がいるのか」

「だから、いわれておる、だ。正確な回数は知らんよ」

「おやおや」

「何だか不安になってきたな。そんなことで歴史小説の登場人物が務まるのか」

危ぶむ目で馬琴は相手を眺めた。

架空のキャラクターとは違い、歴史上に実在した著名人となると、フィクションの中の登場人物といえども何かにつけ制約が多い。歴史上に実在した本人の経歴、事跡、逸話、人物評を踏まえて言動に気を配るのは最低限の作法というものだ。

「仕方がない。ひと通りの説明はしておくか。お前さんが、初めに勝川派に入門して名乗ったのが春朗。一時期は群馬亭《ぐんまてい》とも称したらしい。破門の後、しばらく経ってから四世俵屋宗理《たわらやそうり》を襲名する。以降は思いつくまま画号を改め、辰政《たつまさ》、可候《かこう》、北斎《ほくさい》、雷震《らいしん》、戴斗《たいと》、為一《いいつ》、画狂人《がきょうにん》、卍《まんじ》――これらはみーんな、お前さんが使い捨てることになる画号なのだ」

「ややこしくてかなわんな」

「文句を垂れるな。誰のせいなんだ。話を戻すと……いまのお前さんは春朗。勝川一門からはとっくに追い出されたが、次の宗理を譲ってもらうまでにはまだ一年ほどある」

「春朗かあ……春朗ねえ……」

「不服でもあるのか」

「春朗といわれても、誰なのやら分かりづらい。読者の皆さまにも不親切じゃないか。面倒なのは抜きにして葛飾《かつしか》北斎でよろしくないか？　そっちの方が世間の通りもいい」

「……あのな。少しは考証に従わんか」

「そんな小難しいことにこだわっていると読者が嫌がるぞ。ここからはおいらの呼称は北斎で統一。北斎で決定」

「…………」

　やくたいもないやりとりをうんざり顔で聞いていた番頭が、この時、わざとらしく咳払いすることで注目を促した。

「旦那さまもお首を、ながあーくして、お待ちでございましょう。どうぞ奥まで」

馬琴としゅんろ――否、北斎父娘はおとなしく番頭の後ろをついていった。

戯作者、曲亭馬琴。浮世絵師、葛飾北斎。後年『新編水滸画伝』『椿説弓張月』他の長編伝奇小説で何度となく組み、どこか腐れ縁といった感の交流を続けることになる両人だったが、それぞれ無名で、暗中模索のこの頃からすでに面識はあった。

蔦屋重三郎は奥の座敷で待っていた。

この年、蔦屋は四十五歳。実際の年齢より老けて見える。ここ数年間の厳しい取り締まりで気苦労が絶えないためだ。たびたびの発禁処分の挙げ句、財産の半分を没収、店舗の間口まで半分に狭められたと噂になったのが寛政三年の春。それからの三年間をかろうじて乗り切ったものの、耕書堂の経営状態は依然よろしくない。

「よく来てくれた」

それでも蔦屋は豪放に笑って彼らを迎えた。

戯作者と浮世絵師は蔦屋の前に並んで腰を下ろした。一番端に座ったお栄が唐辛子の作りものを抱えているのを見て、蔦屋は目を和ませた。

「感心だね。唐辛子売りのお手伝いかい」

「おーいのお父つぁんはダメ人間なのです。社会人としても家庭人としても立派なポンコツなのです。おーいがしっかりしないと、どうやっても生活が立ちいかないのです」

　蔦屋の目がお栄から彼女の父親に戻る。

「まったく、どうしようもないお父つぁんだね。娘にダメ出しされたよ」

「おいらもみっともないのは重々承知なんだが、何しろ史実のままでもそういうキャラクターだと聞いたから」北斎は頭を掻きつつ、「ところで、蔦重の旦那。いったい今日はどんな御用事で？」

「そうだった。馬琴師匠。春朗師匠。お二人に来てもらったのは他でもない」

「おっと、読者の皆さまに分かりやすく、おいらの呼称は北斎でよろしく」

　笑顔で訂正する北斎に、一瞬、蔦屋は続きの言葉を詰まらせた。

「……近いうちに役者絵を扱おうと考えておる。ただ役者絵に手をつけるのではない。かつてないほど大々的に売り出してやる。そうと決めたのには理由が二つある。現在のところ役者絵は他に比べて規制が緩いというのが理由の一つ目。一番の売れ筋は美人画だが、昨年からにわかに締めつけが厳しくなってきてな。喜多川歌麿《きたがわうたまろ》もいまは控えたいと申しておる。で、何としても代わりになるものが欲しい」

「なるほど」

「二つ目に、つい先日甘泉堂から売り出された歌川豊国《うたがわとよくに》描くところの『役者舞台之姿絵』、これがたいへんな評判となっておって、飛ぶような売れ行きなのだ。いまなら役者絵は売れる。ここで乗っからない手はない」

「二番煎じと思われやしませんか」

　馬琴が首を捻る。すると蔦屋は不敵に笑い、

「何の、そうは思わせないのが商いの工夫さ。なるほど甘泉堂には先んじられたが、ならば、こちらは数を揃えて巻き返す。三、四十点ほども一度にどーんと売り出してやるわ」

「三十点を一度に！」

「一年のうちにこれを四度。およそ百五十点を出版することになるな。江戸中が仰天するぞ。売れ筋の一流どころに限らないで、二流、三流の端役まで描くことになるが、何十点という役者絵の新作がずらりと店を埋めるのだ。この手の趣向は徹底してやらんことには喜ばれない。豪華な大判、雲母摺りで売り出そうかと思案しておる。豊国の錦絵も隅へ追いやられよう。二番煎じの、後追いの、そんな悪評もすぐに消え失せる」

「えらいことを考えなさる」

「甘泉堂を真似たと思われても癪だ。役者絵は役者絵でも、画風はまるで違ったものにしたい。豊国の役者絵は、あれは役者を描くというより、芝居の中の一場面を描いたもの。こちらは逆に役者そのものの似顔を、役柄としての外面の下に役者の地顔が見えるものを描かせる」

　自らの構想にどこか浮かれるような蔦屋の物言いだった。

「絵師の名も決めた。東洲斎写楽《とうしゅうさいしゃらく》という」

「とうしゅうさい、しゃらく――」

馬琴と北斎は、それぞれ呟くようにその名を反復した。

「新しい役者絵を売ろうというのだ。すでに名が知れた者をそのまま使うのでは新味も面白味も欠く。かえってその名が枷になることも。といって……相当に腕の立つ絵師でないとこの大仕事の役に立つまい」

「写楽とやらは、いったいどこの誰なんで？」

探る目つきで北斎が訊いた。

「初めは歌麿に持ちかけた。歌麿が引き受けてくれれば面倒はなかった。美人画を描かせたなら天下一、写生上手で、役者を描くことになっても必ずや期待に応えてくれよう。もともと歌麿はわたしの力で世に出たようなもの。多少の困難はあっても不都合ないと考えたが……ところがどっこい、ぴしゃりと撥ねつけられたわ。よほど趣味に合わなんだらしい。そのような下品な絵は描きたくない、の一点張りだ」

「〈わるくせをにせたる似づら絵〉はお断りというわけですか。さすがは歌麿師匠、御自分が書き残した文言はきちんと押さえていらっしゃる。誰かさんとは大違い」

得心顔で馬琴が頷く。

「そんなこんなで写楽の件は歌麿に断られた。ああまで激しく拒絶されたからには歌麿は諦めるしかない。代わりの誰かを写楽に仕立てる。だからといって、絵師選びに時間は割けない。流行は移ろいやすい。芝居人気が衰えた頃になって出版できたのでは目も当てられんからの。写楽の企画で耕書堂が直面しておる状況は……ただいま話した通りだ。だいたいのところは呑み込めたか？」

「で、結局のところ御用件は？」

「写楽の正体をよろしく頼む」

「ほおーら、やっぱり……」

北斎は馬琴を振り返り、困った顔で言葉を継いだ。

「おいら、写楽になっちゃったよ」

馬琴はうーんと唸り声で応じると、こちらも渋い顔つきをして天井を仰いだ。

「気が進まぬようだな」

明日の天気でも話題にするような口吻で蔦屋が訊いた。

「ただ描くだけならかまいませんがね。ですが……こいつは浮世絵の歴史に残る大仕事でしょう。ホントにおいらでよろしいので？」

「よろしくないなら初めから声はかけない。それにお前さんが写楽になってくれるとしたら、本音と建前の二つの点で都合がよいのだ」

「本音と建前ねえ」

「どちらから聞きたい？」

「では、建前から何とぞよろしく」

北斎は頭を下げて促した。

背筋を正し、蔦屋は両の拳を膝の上に置いた。大げさに喩えるなら考証上の所見を披瀝する史家の趣があった。

「第一に、お前さんの浮世絵の師は勝川春章《しゅんしょう》。描かれた役者が誰なのか、それこそひと目で見分けがつくような、従来にない写実的な似顔を最初に描き始めた浮世絵師だ。上半身のみを描いた図像も多い。似顔の大家勝川春章門下の端くれであるお前さんが、師の画風をさらに発展させて真に迫った役者絵を描く。実に自然な流れではないか。実際、勝川派の作に極めて似通った絵を写楽は何点も描いておる。それどころか、この国が鎖国をやめて海の外では写楽の役者絵に高値がつくと分かると、勝川派の役者絵を写楽の作に偽装することまで行われたくらいだ」

「………」

「第二にその勝川一門を、お前さんはあれやこれやで追い出された。春章師匠こそはとうに亡くなられたが、勝川派はいまも業界の一勢力として大手を振っておる。いままでのように春朗の画号を用いるのははばかられよう。お家芸の役者絵となればなおさらだ。おまけに大判、雲母摺りで出版するとなると、勝川派からの猛反発は避けられない。他の画号をわざわざ名乗る必然性があるわけだね」

「短い期間で写楽が名を捨てた事情もいちおうの説明がつく。寛政七年――つまり翌年だが、ついさっき話したようにお前さんは俵屋宗理の号を襲名することになっておるのだ。これ幸いと、そろそろ行き詰まりの見えてきた役者絵からすっかり手を引き、写楽の名を捨てたとも考えられる」

馬琴がそっと耳打ちする。

「いろいろと考えつくもんだな」

「感心するな。お前さんの経歴だぞ」

馬琴が睨むと、曖昧に笑い返して北斎は惚けた。

「……第三の理由を述べよう。これも勝川派を破門されたことと関わりがある。お前さんはこの業界を干された。写楽の名義で百四、五十点、一年かけて描くくらいの時間は捻出できよう」

蔦屋は膝を進め、諄々と語った。

「画風。画号。制作に費やせる時日。つらつら思案を重ねるにしゅんろ――いや、葛飾北斎ほど写楽の条件にかなう絵師は他に見当たらない。建前の都合というのはこのようなところだ」

「なるほど……いや、ごもっとも。ホントにおいらが写楽でもいいかと思えてきた」

「写楽でもいいか、ではない。写楽でないと困るのだ」

「ところで、もう一つの、本音の御都合とやらは？」

北斎が問うと、途端に蔦屋はにやりとした。謹厳な史家の顔ではない、ひどく人を食った、ふてぶてしい商売人の素顔が覗いた。

「もちろん、お前さんが写楽なら読者が歓迎するからだ」

「へ？」

「写楽の正体は辻褄さえ合うなら誰でもよいというものではない。読者が食いつき、なおかつ満足のできるものが望ましい。ここのところが重要だ。話題性だ。インパクトだ。長たらしく考証を並べた挙げ句、蘭徳斎春童《らんとくさいしゅんどう》や古阿三蝶《こあみちょう》が写楽では読者も面白くない」

　蘭徳斎春童も古阿三蝶もこの時代の浮世絵師だが、後世における知名度は高くない。

「……といった次第で、何としても写楽と同程度か、それ以上の著名人を担ぎ出さないでは具合が悪い。名前を聞いただけで読者が納得してしまう著名人をな。二百年以上も後の世まで名前が知れ渡っていて、人気も話題性も抜群、なおかつ日本史や浮世絵の知識が乏しい読者にも理屈抜きの説得力を感じさせることができる――そんな条件を満たしておるのは、葛飾北斎、天下にお前さんくらいだろう」

「おいら、そんなに有名ですかい?」

「有名だとも。試みにインターネットのサーチエンジンで検索をかけてみるといい。〝葛飾北斎〟はおよそ五十万件もヒットするぞ。〝東洲斎写楽〟はせいぜい二十五万件。〝喜多川歌麿〟ですら三十五万件程度だ。後世の人気や話題性はお前さんがぶっちぎっておる」

「おお!」

「もう一つ……葛飾北斎といったら、たいへんな奇人変人のイメージが強い。生涯九十三度の引っ越し。三十余度の改号。百二十畳敷きの白紙に藁箒の筆で大達磨を描いてみせたり、ひと粒の米に二羽三羽と雀を描いたこともある。公方さまのお召しで画を望まれた時には、唐紙の上に藍を引き、鶏の足の裏に朱肉を塗って歩かせて、これぞ紅葉の竜田川だとしゃあしゃあといってのける。まだ人気のない時分には絵暦や七味唐辛子の流し売りで食い繋ぎ、時には春本――ポルノ小説を書いた。これらの珍妙なエピソードの数々があるから、どんな設定を採用したところで、ああ、北斎だからな、と何となく納得ができてしまえるのだ。理屈ではなし、感覚でな。げんに公儀隠密として北斎を扱った小説をわたしは知っておるし、神仙術の行者として登場する小説も以前に読んだ覚えがある」

「そいつはびっくり！　おいらは忍者で、おまけに仙人だったりするんですかい」

「何といっても『富嶽三十六景』を描いた北斎だ。『北斎漫画』を描いた北斎だ。ゴッホやモネやルノワールなどの海外の芸術家に直接間接の影響を与え、世界史的巨匠と認められた画狂人北斎なのだ。波乱万丈の生涯において、一時期、東洲斎写楽を名乗って役者絵を描いたくらいのことはあってもおかしくないだろう。お前さんを見込んだのはいまいったような事情があるからだ。さて――」

真面目な顔に戻ると、蔦屋は問いかけた。

「返事を聞こうか。引き受けてくれるな？」

「引き受けますとも。そこまで見込まれたなら引き下がれやしない。だいいち、ここで断ったならお話の外へ放り出される」

「それでよろしい」

満足げに蔦屋は頷き、それから馬琴へ向き直った。

「お前さんにはいままでの話通りの設定にそれらしく説明をこじつけてもらいたい。なるほど北斎が写楽だったかと、読者の大半が納得してくれるようなディテールをな」

　はてな、と馬琴が首を捻る。

「無理に理屈を捻り出さないでもこの場合は北斎が写楽として写楽の絵を描いたなら、それでよろしいのでは？　たとえ考証の上では危ぶまれる嘘臭い話のたぐいでも、作中でこうと描いたなら、作中の事実で通用するのがフィクションのお約束というもの——」

「それはそうだが、あいにくと写楽の話だからの。他の場合とはいささか状況が異なる。写楽とは何者か、たった十ヶ月で絵筆を断ったことにどんな理由が隠されていたか、それらの解明に興味が集まる。誰に描かせるにしろ、読者は、説得力のある論理と驚きの真相を期待する。別名義の必然性や画風の一致程度ではまだまだ不足だ」

「では、いったいどうしろと……？」

「だから、写楽の絵を描いたのは北斎に違いないと読者を納得させて、なおかつ唖然となるような謎解きをこしらえてもらいたいのだよ。細々した考証より、なるべく直感的に受け入れられるものがありがたい。読者も退屈しないで済む」

「何でまたそんな厄介な役まわりを」

　露骨に馬琴は気乗りがしないという風情だ。対照的に蔦屋は余裕たっぷり、両の頬いっぱいに笑みを広げた。

「もちろん、お前さんが戯作者だからさ。版元の依頼を受けて、戯作者が読者の喜ぶものを書く。

当然の世のならいではないか」

「浮世絵に通じた戯作者でしたら、わたしでなくとも他にいくらでもいらっしゃるでしょう。そうだ。いっそ山東京伝《さんとうきょうでん》師匠にいまの話を持ちかけられては？　この時代では一番の人気作者で、おまけに画業の方でも超がつく一流。わたしなんぞよりもよほど適任かと」

ぽんと両手を打って口に出した馬琴の提案は、しかし、蔦屋によって一蹴された。

「いかんよ。迷惑がかかる。ずっと先の予定だが、京伝師匠は『浮世絵類考』に追考を加えることになっておるのだからな。写楽の正体を知っていて惚けたことまで説明をつけないといけなくなるから、面倒だ」

「そうでしたか」

馬琴の分厚い両肩が、がくりと落ちた。

「たっきい、お前さんは戯作者なのだろう。いつもの通り、面白おかしく突飛なお話をこしらえてやるんだと思えばいいさ」

決断を促すというより、何だか悪事に誘うような調子で北斎が彼の背中を叩く。

「無理強いはしないがね。だが、わたしはお前さんに手がけて欲しいんだ。お前さんにしかできないことなのだ」

嘘臭い笑顔を作って蔦屋は懇々と説いた。目は笑っていなかった。

「何となれば……博覧強記かつ牽強付会、道徳を重んじ道理に固執し、考証にやかましいことこの上なく、森羅万象の運行から世俗の噂話まで長々と蘊蓄を傾けてやまないくせして、いざ筆を執ると世間の常識も考証もそっちのけのやりたい放題。怪力乱神を好んで語り、事実に虚構を接ぎ木した法螺話をまことしやかに吹聴してみせる。東洲斎写楽の真相をこしらえるという行為は、いや、いや、これは写楽の正体に限らないでも、歴史上の出来事に世間の興味を惹くような奇抜で意外な解釈をねじ込むという試みは、本朝文芸史上に伝奇エンターテインメントのジャンルを背負って立つお前さん、曲亭馬琴師匠の芸風そのままではないか――」

「兄さん、待ってくれ」

耕書堂を出て数歩も行かないうちに呼び止められた。

曲亭馬琴と葛飾北斎が振り返ると、年の頃三十ばかりの、鶏がらのように痩せた男が追いすがってきた。愛嬌のある顔いっぱいに馴れ馴れしい笑いが貼りついている。

「聞いたよ、写楽の件は。いましがた呼ばれたのはその相談じゃなかったかい。こんな面白い話の仲間外れは御免だよ。おいらにも手伝わせておくれ。いいだろ、滝沢馬琴兄さん――」

「慮外者め。滝沢はもとの姓、戯作者としての号はあくまで曲亭馬琴だ。いい加減に組み合わせるな。江戸川乱歩《えどがわらんぽ》を、うっかり江戸川太郎《たろう》とでも呼んでしまうような愚行だぞ」

「おおっと、こいつは失礼」

懲りた風もなく、痩せた男は頭をぴょこんと下げた。

「ええと……誰だい、お前さんは?」

北斎が質した。すると、横からお栄が父親の袖を引いて訴える。

「お父つぁん。知らないおじさんから声をかけられても、相手にしたらいけないよ」

「人聞きが悪い。十返舎《じっぺんしゃ》一九。キャッチセールスや怪しい宗教の勧誘とは違いますよ。おいら、戯作者の一九《いっく》でモンです。以後はどうぞお見知りおきを」

「はて、一九──どこぞで聞いた覚えはあるな。痩せ蛙を応援した人だっけ。負けるな一九、これにあり」

「いえいえ。そちらは俳諧の小林一茶《こばやしいっさ》師匠で」

「頓智で有名なお坊さま」

「それでしたら一休《いっきゅう》禅師」

「農民の反乱のことか」

「一揆でしょう」

「スティーヴン・キング先生の小説だ」

「……IT?」

「初対面なのに、お前さんたち、呼吸がぴったりだな」

馬琴のこめかみに青筋が浮いた。

「ね、ね、ね、おいらを一味に加えて損はないよ。戯作も書けば、玄人顔負けに浮世絵も描いてみせる。川柳や狂歌もお手のもの。何たって、ほら、東洲斎写楽の正体は一九だって唱える人までいるくらいだもの。仲間外れにする手はないや」

得々と売り込みにかかる一九という男に、すぐには答えず馬琴は天を振り仰ぎ、はあーっと大きく息を吐き出した。

「ところで、お前さんはいったい誰だ？」

「誰って……一九ですとも、十返舎一九」

「知らんな。そんな名の輩は」

「またまたお惚けを。馬琴兄さんの後釜で蔦重の旦那のところに転がり込んだ、戯作者の一九師匠じゃありませんか。『東海道中膝栗毛』は御存じでしょう？　弥次《やじ》さん、喜多《きた》さんの珍道中の。ああ、けれど、おいらがあれを書くのは八年も後だっけ。目下のところ耕書堂に住み込みで、手伝いでドウサを引いていましてね。そうそう、ドウサってのはにかわとミョウバンを溶かした水のことで、こいつをあらかじめ下地の用紙に塗っておくのが色をにじまさない特別の工夫でして——」

「だ、か、ら、お前さんなんぞ知らんといっておるだろうが」

立て板に水を流すように喋り続ける一九を、苛立たしげに片手を振って馬琴が遮った。

「知らん知らんて、馬琴兄さんもつれないや」

「知らんものは知らんのだ！　よいか。十返舎一九が耕書堂に居候するようになるのはちょうどこの年、寛政六年の秋頃からだ。『近世物之本江戸作者部類』という書物にちゃんと書いてあるぞ。

いまはまだ一月。この時点でわたしはお前さんと面識もないなら、一九なんぞという戯作者を聞いたこともない。以上」

「うひゃ。これだから馬琴兄さんは頭ががちがちでいけねえや」

一九は首を竦め、大げさに頭を抱えた。

「もっと柔軟に考えましょうよ。史料に書いてあるといっても、そこは人間さまの書いたものだ。誤りがないとも限らない。記憶違いもあれば勘違いもある、いや、いや、まったく著者の創作ということだって――」

「『近世物之本』の著者はこのわたしだ！　曲亭馬琴の考証に誤りがあるというのか！」

「あら？」

「しゃあしゃあと他人の書いたものに難癖つけたからにはきちんと証拠を揃えて、記憶違いや勘違いや創作を論証する用意があるのだろうな。ええ？」

「に、兄さん、躍起にならないでも……」

「黙れ、この軽薄者。そこに直れ。何べんでも説明してやる。弁明の気力がなくなるまで繰り返してやるぞ。よいか。耕書堂にお前が居ついてドウサを引いたのは寛政六年の秋以降の話だ。そのことは『近世物之本』にわたしが書いて後世に伝えた。わたしの考証は正しい。誰が何といおうが正しい。たとえ事実と食い違っていたとしても正しい。いまは寛政六年の一月だ。お前が耕書堂に出入りしたはずはない。この馬琴とも、写楽とも、関わりはないのだ。断じてな！」

「そ、そんな、ムチャクチャな」

「何とでもいえ。わたしは認めないからな。何があっても認めないからな。たとえ天地が引っくり返っても、わたしの考証に誤りがあるなどとは決して認めないからな。実際に十返舎一九本人がわたしの前に現れたり、他の職人らといっしょに店の奥でドウサを引いておったりしても、絶対に認めることはないからなあーっ！」

二

およそ半刻（約一時間）も路上で喚き続けて十返舎一九を泣きべそかかせて退散させた後、大の甘党の曲亭馬琴と下戸の葛飾北斎、未成年どころか幼女のお栄は行きつけの茶店に腰を落ち着けた。十八世紀末という設定の江戸の茶店のことで、チョコレートパフェもショートケーキもない。大福餅と白湯を並べただけのつつましい小休止である。

「東洲斎写楽と葛飾北斎の一人二役とは蔦重の旦那も大きく出なさったね。これほど豪勢な取り合わせが他にいくつあるやら。ぱっと思いつくのは、ええと、バーナビー・ロスがエラリー・クイーンの別名義だったとか、カーター・ディクスンがジョン・ディクスン・カーの以下同文だったとか、明智小五郎《あけちこごろう》に怪人二十面相が化けていたとか、あべこべに明智小五郎が二十面相に化けたとか……」

上機嫌で大福餅を平らげつつ、設定上の年代を無視してまくし立てるのは一人二役の主役に指名された絵師、北斎。

「浮かれるな。否が応でも世間の注目を集める大仕事を押しつけられたのだぞ」

相変わらずの渋い顔つきで、ぺろりと餡を舐めたのは戯作者の馬琴だ。

「まあ見ておくれ。おいらはおいら、世界の北斎だぜ。どんな絵を描くにしても、朝飯前に顔を洗ってうがいするも同じだ。本物の写楽よりもずうっと立派に描いてみせら」

「調子づいて羽目を外さんでくれよ」

「ところで、たっきい」

「たっきいはよさんか」

「情けない話なんだが、おいらは写楽をよく知らない。東洲斎写楽がどんな絵師だったのか、大雑把なところを教えてくれんか」

「そんなことでよく引き受けたな」

「おいらの人生はまるきりアドリブだから」

「自覚しておったのか」

呆れつつ、それでも馬琴は語り始めた。

「東洲斎写楽は、いまさら説明するまでもなく、その数二千人以上といわれる江戸の浮世絵師の中で最も名の知られた存在だ。やたらくせの強い役者絵を描きまくったことや、活動期間の短かったことが皆の興味を惹きつける。作品の評価も高い。初めて写楽の錦絵が世に出るのが寛政六年、つまり、この年の五月だ。それからの約十ヶ月間に百五十点近い作品を発表したきり、写楽は絵筆を断ち、忽然とその姿を消してしまった」

「謎の絵師ってわけだ」

「いや、そんなこともない。写楽の俗称は斎藤《さいとう》十郎兵衛《じゅうろべえ》。阿波侯お抱えの能役者という本業持ちで、江戸八丁堀に住居を構えておった。檀那寺の過去帳には文政三（一八二〇）年に五十八歳で死んだとあるから、この寛政六年の時点では……三十二歳になるの」

「へ？」

　北斎の目が丸くなる。

「待て、たっ、きい、い。それは確かな話なのか？」

「史料にはそう書いてある」

「どんな史料だよ」

「『浮世絵類考』――初め蜀山人《しょくさんじん》こと大田南畝《おおたなんぽ》師匠によって原本が書かれたもので、有名無名の浮世絵師の略伝が蒐集されておる。浮世絵師のガイドブックといったところだな。これがすこぶる厄介で、時代が下り、手作業で新しく筆写されるたびに記事が書き加えられたり、省かれたりと、異本、別本のたぐいが無数に存在する。有名どころでは山東京伝師匠や渓斎英泉《けいさいえいせん》も追考に加わった。当然、写楽の記事も出てくる。信憑性はともあれ、さまざまのプロフィールが書き残されておるというわけさ。写楽が西洋画を描いたという記事もあるぞ。〈また油絵を能くす、号、有隣、享和元年卒す〉――ここから想像を膨らませて、東洲斎写楽すなわち西洋人ではないかと唱える人まであるくらいだ」

「写楽が西洋人！　そのネタなら、いつだったか清水《しみず》義範《よしのり》先生の小説で読んだぞ。ボク、クニヘカエリテャーギャア」

「あれは船が難破して流れつくというストーリーだっけ。写楽すなわちシャイロックという単純な発想だが、わたしが知る範囲で、写楽西洋人説を採用したフィクションでは最も早い時期に書かれたものだ。西洋人という発想は同じでも、オランダ使節だったとするアイデアもある。長崎出島のオランダ使節は、四、五年ごとに親書を携えて江戸に参府する決まりで、この寛政六年はちょうど参府の年に当たった。目のつけどころは悪くない。もっとも、オランダ使節の芝居見物は江戸でなしに大坂だぞ、というツッコミは入るがな。最初に歌舞伎を見た西洋人が誰なのかはなかなか難しい問題で、元禄のケンペルについては見解が分かれるが、安永のツンベリーの観劇は認めてかまわないだろう。大坂見物の定番コースに堂々と入っているのに江戸でこっそり観劇させるという展開は、だから、現実味がない」

「いろんなことを考える人がいるんだな。それより、斎藤何某が写楽だってのは？」

「いまから説明するよ――『浮世絵類考』の百通り以上はあるという写本のうち、日本橋西河岸の珍本屋達磨屋《だるまや》伍一《ごいち》旧蔵のものに、これは能役者とは書いておらんが、余白に朱筆で、阿波侯の家来の斎藤十郎兵衛が写楽なのだと栄松斎長喜《えいしょうさいちょうき》が話していたと書き入れてある。写本そのものの成立は他の記事から文政四年以降と考えられるが、書き入れの年代までは何ともいえない」

「だいたい三十年後の史料かい。それで、信用できるのか?」

「伝聞だからの。長喜の証言に嘘や誤解はないか、そもそも証言自体が捏造ではないかと疑る声はある。だが……栄松斎長喜はお前さんや写楽と同じで、耕書堂に出入りする浮世絵師だった。オークションに出品すると歌麿以上の高値がつくほどの美人画の名人だぞ。写楽の大首絵を貼ったうちわを自作の柱絵に描き入れたことがあって、これを根拠に写楽その人と唱える説まであるくらいだ。その証言が信用ならないなら、ずっと後世の作家や好事家風情の思いつきの説などはなおのこと信じるに足らない放言だろうに」

苦々しげに馬琴の唇が斜めに歪んだ。

「そして、斎藤十郎兵衛を写楽とする史料はもう一つある。天保四（一八三三）年から十一年がかりで編纂された『増補浮世絵類考』だ。『浮世絵類考』の集大成といっていい。能役者の記述はここで初めて出てくる――」

いったん馬琴は言葉を切って、懐から矢立と帳面を引っ張り出すと、さらさらと筆を走らせ、帳面へこんな文章を書きつけた。

写楽。天明寛政年中の人。

俗称斎藤十郎兵衛。居、江戸八丁堀に住す。阿波侯の能役者なり。号、東洲斎。

歌舞伎役者の似顔を写せしが、あまりに真を画かんとてあらぬさまに書きなせしかば長く世に行われず、一両年にして止む。類考三馬云ふ、わずかに半年余り行わるるのみ。

五代目白猿、幸四郎（後京十郎と改む）、半四郎、菊之丞、富十郎、廣治、助五郎、鬼治、仲蔵の顔を半身に画き、廻りに雲母を摺りたるもの多し。


「これっぽっち？　素っ気ない扱いだなあ」

北斎が不満の声を洩らした。

「物足らなく思えるのは確かだが、よくよく吟味すると面白い。初めに東洲斎写楽の画号だが、これはそのまま、千代田城の東の八丁堀に住む能役者と読み解くことができる。楽を写すというのは能楽のことだからの。写楽の写の字は、正しくは異体字で、これはもっぱら能楽で用いられたもの。付け加えると東洲斎の画号も、トウジュウサイと読むのが正しくて、斎、藤、十、この三文字を入れ替えたものだといわれておる。アナグラムというやつさ。また『風姿花伝』にいわく、能役者の心構えは〈およそ、何事をも、残さず、よく似せんが本意なり。しかれども、また、事によりて、濃き、淡《うす》きを知るべし〉――これなどは〈あまりに真を画かんとてあらぬさまに書きなせしかば〉と評された写楽の画風を連想させる。濃淡の匙加減を誤ったがゆえ長続きしなかったのだな」

「こんな短い文章からよく話を広げられるな。さすがは牽強付会の馬琴師匠」

「褒めておるのか」

「呆れたんだよ」

北斎の答えに馬琴はふんと鼻を鳴らした。

「『増補浮世絵類考』の編者は斎藤月岑《さいとうげっしん》といって、神田雉子町の町名主だ。町役人の責務として親の代から出版物の検閲を仰せつかったという話だから、出版業界の表裏に通じておったろうな。歌《うた》川広重《がわひろしげ》や河鍋暁斎《かわなべきょうさい》、為一といった有名どころの絵師とも親交があった」

「名所絵の広重や妖怪画の暁斎ならおいらも承知だが、為一ってのは？」

「お前さんのことだろうが」

「おいら？」

北斎は自らの顔を指差し、頓狂な声を上げて訊き返した。

「お前さんは生涯に三十回以上も画号を変えた。為一の名は北斎や戴斗の後、六十代から七十代にかけて名乗っておった画号さ。ちょうど『冨嶽三十六景』を描いた時期だな」

「世間は狭いや。おいらの知り合いに写楽は能役者だって書かれちまったのか」

ぴしゃりと北斎は自らの額を叩く。

「けれど、写楽といったら、謎の絵師だってことで有名なんだぞ。さっきの一九の言葉じゃないが、史料といっても人間さまの書いたものだ。歴史の謎扱いされるのはどこかにおかしなところがあるからじゃないのか？」

「知らんよ」

「何だい。調べてないのかよ」

「お前さんといっしょにするな。わたしの見るところ、東洲斎写楽が誰かといったら、史実通りの斎藤十郎兵衛で何ら疑いはない。どこが謎なのかと訊かれたところで、知らんとしか答えようがないだろう」

「へ？」

「なるほど、四、五十年も後の伝聞だからと、月岑や長喜の証言はまるまる信用できないと喚く声はあるがな」

　億劫そうに馬琴の視線が持ち上がる。

「しかし……『増補浮世絵類考』を月岑がひとまず脱稿した天保十五年といったら、お前さんは八十五歳、わたしは七十八歳で、しぶとく生き長らえておった。山東京伝師匠の弟の、京山《きょうざん》だってまだまだ現役だったんだぞ。初代蔦重の耕書堂に出入りした戯作者や絵師が同じ江戸に存命中なのに、五十年後の伝聞だからまるまる信用できない、いや、まるまる間違いだと決めつけるのだから、これではまるきり難癖と変わらんさ。初めから謎の絵師だと決めてかかって、史料は信用できないと喚き立てるだけでは何の反証にもならんよ。歴史は空想の産物ではない。期待や願望に沿わない証言だからといって、安易に嘘っぱち扱いで論を進めることはできないのだ」

「…………」

「だいたい、江戸の浮世絵師二千人以上の中で、素姓や経歴の詳らかな者がいくらある？　喜多川歌麿ほどの大物ですら、絵師になる前の経歴ははっきりしない。栄松斎長喜のごときは二十年も一線で描き続けていながら、素姓も俗称もいっさい不明で、それでいて裏の事情を勘繰ろうとする者も現れない。写楽は十ヶ月で筆を断った。素姓が知られずとも不思議はないし、知っておったところで、わざわざ記録に書き留めるほどの値打ちを同時代人が認めたかどうか」

うへえ、といって北斎は首を竦めた。

「そうすると、写楽の正体が謎なんて話はいったいどこから出てきたんだい？」

「要は贔屓の引き倒しだな。世界が認めた大芸術の実態が、年収五人扶持判金二両の能役者の、非番の時期を利用したアルバイトでは恰好がつかないという程度の発想だ」

白湯をひと口すすって、馬琴は話を続けた。

「そもそも写楽というのは、ずっと長い間忘れられた浮世絵師だった。通好みの、独特な画風の絵師という程度の扱いで、素姓を詮索する者もいなかった。ところが……日本が鎖国をやめたことで事情が変わった。海の向こうでジャポニスムなるものが興って、とりわけ浮世絵は喜ばれるというので大量に持ち出されたが、そんな中で写楽はえらい人気を集めた。美術館では展覧会が開かれ、研究家たちは論文を書いた。写楽の評伝を出版する者も現れた。日本中が写楽に関心を持つようになるのはそれからさ。見事に評価がひっくり返って、そのうちに西洋のお偉い研究家センセイが著書の中でレンブラントやベラスケスに写楽を並べて、世界三大肖像画家の一人だと激賞したという評判まで広まった。こうなると当然、詳しい伝記が要求されてくる。江戸時代の文献に東洲斎写楽は斎藤十郎兵衛だと書いてある。ここで当時の研究家が、ひどい勘違いをやらかした。斎藤十郎兵衛を単純に阿波の人間と決め込んだのだ。阿波の国、すなわち徳島県内をいくら探しても写楽や十郎兵衛の痕跡は見つからない。斎藤十郎兵衛の実在そのものが次第に疑われて、とうとう写楽は謎の絵師、おそらく他の著名人の変名だろうということになってしまった」

「おやおや」

「ところがどっこい、阿波侯のお抱えといっても斎藤家は代々江戸住みだった。実在は能番付や檀那寺の過去帳で確認できるし、斎藤家の住居が八丁堀にあったことも当時の武鑑や切絵図の裏づけがある。斎藤十郎兵衛の実在が確かなら、そもそも文献が疑われることはなかった。振り出しを誤ったから、二十世紀の写楽研究はおよそ地道な検証からは縁遠いところで年月を空費したことになる」

「能役者が写楽なのは動かないのか？」

　北斎が食い下がる。

「浮世絵を描いた証拠がないなら写楽とは認められない、といった剣幕で別人説に固執する連中もおらんではないがの。この理屈はおかしい。斎藤十郎兵衛の本業は能役者。浮世絵師として活動したのはほんの一年未満で、百年後、二百年後の評価はともかく、同じ時代、周囲から余技以上のものと見られたかは怪しい。なるほどいまの時世は武士のアルバイトが黙認されておるが、学問塾や剣術道場のようにおおっぴらに自慢できるものとは違う。十郎兵衛ゆかりの書画や記録が残されておらんのが、それほど不自然か？　明治になってからも斎藤家が存続したならまだしも、幕末で途絶えたのだからなおさらだろう。どうしても斎藤十郎兵衛が写楽ではないと主張したいなら、だったら、無縁の能役者が何で写楽と勘違いされるようになったか、そこのところから万人が納得できるように証拠を揃えて説明してもらいたいものだな。例えば寛政六年時点で斎藤十郎兵衛がまだ生まれていなかったとか、逆にとっくに鬼籍に入っておったとか、あるいは江戸に不在だったというような、明らかに写楽としての活動に矛盾する事実は見つからない。手や目が不自由で、浮世絵が描けなかったという疑いもない。となれば、写楽が十郎兵衛であっても何ら不都合はないわけだ。順序があべこべだよ。文献に書いてあるものを疑い、写楽の正体を他に求めなくてはならんような謎がどこにあるのか、わたしにはそちらの方が遥かに謎だね」

いわゆる歴史上のミステリーと呼ばれるものには大雑把に分けてふた通りのパターンがある。一つは史実の上でも真相が不明か、あるいは史実とされるものに重大な疑惑が存在するもの。いま一つは、史実とされるものが地味で面白くないから、ショッキングな真相を期待する声が絶えないものだ。

東洲斎写楽の正体をめぐる論議は、後者の典型的な事例といっていい。

「なるほどねえ。蔦重の旦那から写楽の件を聞かされた時、おっかない顔をしたのはそいつがあったからか」

北斎は繰り返し頷きながら、新しい大福餅をつかんでかじりついた。

「ただし、いまいったことには例外がないでもない」

こちらも大福餅に手を伸ばしながら馬琴が語る。

「つまり、斎藤十郎兵衛が写楽では有り得ないといった検証を飛ばして、それでも他の誰かが写楽ではないかと疑える場合だな」

「ふうーん。どんな場合だよ」

「他の文献で、違う人物が写楽に名指しされておる場合だ」

「……うん？」

「写楽の素姓に触れておる文献は他にもあるのだよ。昭和平成の謎解き本のたぐいとは違い、開国以前、特別な関心を写楽に持つ者もなかった時代に書かれたものなら、ぞんざいに扱うわけにはいかんだろう？」

「何だい。八丁堀の能役者でなくても、写楽になれるかもしれない奴がいるのかよ」

指を舐めつつ北斎は呆れ顔だ。

「例えば『浮世絵類考』別本のうち、写楽の記事に式亭三馬《しきていさんば》の経歴をそのまま書き込んだものがある。戯作者の三馬といえば『浮世絵類考』の追考に自らも加わって、写楽は八丁堀に住んでおるとの証言を残した。他に地図のパロディの『倭画巧名尽』に写楽の島を書き入れたことでも知られておるな。三馬は、別に洒落斎《しゃらくさい》とも名乗っておったから、これはシャ、ラ、クとシャ、ラ、ク、サ、イという名称の類似をこじつけただけの風説扱いされて、後世の研究家からはまったく相手にされておらん。それから『本朝画家人名辞書』の写楽の項目に〈俳優ヲ描キ歌舞伎堂《かぶきどう》ト号ス〉とある。ここに出てくる〈歌舞伎堂〉をバルブートーやクルトは浮世絵師の歌舞伎堂艶鏡《えんきょう》と解釈した。寛政七年以降に写楽は改号して、短い期間の活動ながら七点ばかりの役者絵を残したというのだな。『本朝画家人名辞書』は明治二十六（一八九三）年の刊行だ。およそ百年後の文献だが、最初の研究書の出版よりは早い」

「すると、写楽の正体は歌舞伎堂だってことになるのかい？」

北斎の問いに、いいや、と馬琴の首は横に動いた。

「歌舞伎堂艶鏡は、実像が伝わらないことでは写楽以上に謎の絵師だ。だから、この場合は厳密に述べると、歌舞伎堂の正体が写楽だった、とするのが正しい」

「何だい、そいつは」

――なお歌舞伎堂艶鏡の素姓について、昭和以後は狂言作者の二代目中村重助《なかむらじゅうすけ》ではなかったかとの説が支持を集めている。

「そして……もう一人、縁日の当て物のような写楽の謎解きが盛んになる前から写楽に結びつけられた者がある」

「へーえ。いったい、そいつは誰なんだい？」

「お前さんだよ。葛飾北斎」

「へ？　おいらが写楽――」

面食らい、再び北斎は自らの顔を指差した。

「『浮世絵類考』のうちの数点に北斎と写楽を結びつけた記述が見られるのだ。文政四年の編とされる風山漁者《ふうざんりょうじゃ》写本を例に挙げると――」

馬琴は帳面をめくり、再び筆を走らせる。

向かいから北斎と、それにお栄も首を伸ばして覗き込んだ。


上手　宗理。初め春朗。

是また狂歌、俳諧等の摺物画に名高く、浅草第六天神の脇丁に住す、すべて摺物ハ錦絵に似ざるを尊ぶとぞ、寛政十午年の比、北斎と改後、戴斗と云、又改めて為一といふ。

柳川重信。根岸に住す。鈴木忠次郎。

初め北斎に学ぶ、後に北斎と中たがひして自ら画風を書かへ、一家をなす。

二代目北斎。

写楽。東洲斎と号す。俗名金次。

是また歌舞伎役者の似顔を写せしが、あまりに真を画かんとてあらぬさまに書きなせしゆえ、長く世に行ハれずして一両年にて止めたり。隅田川両岸一覧の作者にて、やげん堀不動前通りに住す。

「……『浮世絵類考』の絵師の並び順は幾通りかあるのだが、ここでは北斎の関係者に隣り合わせて写楽が紹介されておる。二代目北斎の名前があり、本文がなく、次に写楽に関する記事。そのまま解釈するなら、二代目北斎すなわち写楽となる」

馬琴は手短に解説を加えた。

「二代目とあるが、おいらでいいのか？」

「史実通りならお前さんが北斎の画号を使い始めるのは三、四年先で、それを弟子に売り渡したのはさらに二十年近くも後だ。写楽が表舞台を退いてからその時分までお前さんの弟子だったとは思えんし、ここの二代目北斎というのはお前さん自身と見做してよかろう。俵屋宗理の場合と同じで、北斎の画号を知り合いから譲ってもらったとも考えられる」

「そうか。明日にでも心当たりをまわろう」

北斎が頬を掻きつつ頷いた。

「『隅田川両岸一覧』は鶴岡蘆水《つるおかろすい》の作品だが、これを手本にお前さんは『絵本隅田川両岸一覧』を描いておる。両国薬研堀には、ちょうど文化文政の頃、葛飾一門の昇亭北寿《しょうていほくじゅ》という絵師の住居があった。例の引っ越し癖がある、一時期、門人のところに転がり込んで居座っておったことはいちおう考えられる。〈俗名金次〉は、おそらくお前さんの通称の鉄蔵《てつぞう》を書写する際に誤認したのではないか。崩して書いたら似ていなくもない」

「辻褄は合うみたいだが、その史料は信用できるのかい？」

「信用できると思われていたら、とっくに定説になっておるよ。同一人物なら直前の宗理の項目で写楽に何も触れないのは奇妙だし、そもそも宗理と北斎と写楽を分けて扱うという意図が知れない。だから、これは本来北斎イコール宗理の記事だったものを筆写の際に誤って、隣の写楽のところへ書き損じたのだろうと見做されておる」

そんなところか、と北斎は落胆を隠さない。

「後世の出版物でも校正のミスで、誤字や脱字やおかしな文章がそのままになってしまっているものは少なくない。ましてや写本だからな。読者からの御指摘で誤りに気づくなんてことはないか」

「文面の整合性より、もっと根本的な疑問がある。写楽として活動した実績が後世に伝わらなんだことだ」

「どういうことだい？」

「お前さんは画号も画風もころころ変えたが、春朗、宗理、北斎、戴斗、為一、画狂人、いずれも同一人物と認められていて別人の可能性を疑う者もない。せいぜい画号を譲った門人と取り違えられるくらいだ。写楽だけが経歴から抹消されたのはおかしいだろう」

「そいつは、なるほど、ごもっとも」

「お前さんと親交があった斎藤月岑ですら、能役者説を採用したのだ。これはお前さん一人に限らず、歌麿、長喜、一九、あるいは蔦重の旦那や京伝師匠のような他の候補者の場合も同じことがいえるのだが、同じ業界で写楽が消えた後も活動を続けておる。だから、疑問が出てくるのさ。短い期間だけ写楽名義で役者絵を量産したのは何故か、その後は一転して口をつぐみ、再び世間の話題になることもなかったのは何故なのか――」

　いったん言葉を切ると、湯呑みを口へ運んで馬琴は喉を潤した。

「……ところが、これが斎藤十郎兵衛なら前提からして違ってくる。この男には能役者という本業があった。およそ十ヶ月で筆を断ったことも、史料にないから確定ができないだけで、どうとでも穏便な説明をつけられる。濫作に嫌気がさして版元と喧嘩別れしたとも考えられるし、もっと単純に非番のシーズンが終わって本業に専念するためだったかもしれない。いずれにせよ彼は商業出版から手を引き、それきり業界に戻らなかった。写楽の経歴が不確かなのもいわゆる一発屋ゆえ話題にされなかっただけ。史実通りでどこにも破綻はない――証明終わり《クオド・エラト・デモンストランダム》」

「いや、そこで終わられちまうとおいらが困る。撤回だ、撤回！」

　慌てて北斎は両手を振りまわした。

「写楽になれというのが蔦重の旦那のお申しつけだ。八丁堀の能役者でかまわないなら、わざわざおいらが出る幕はねえ。初めから十郎兵衛とやらを呼んでくれば片づく」

「そうなるの」

「だったら、どうしろというんだよ」

「どうするもこうするも……結論はとうに決まっておる。蔦重の旦那は余人にあらず北斎を写楽に選んだのだ。選択の余地はない」

　湯呑みを置くと、馬琴は北斎を見返した。

「おいおい、すると文献はどうなる？」

「知らんふりしかあるまい」

「知らんふり——？」

　予期しない答えに北斎は目を白黒させた。

「幸い——といっていいか、東洲斎写楽が謎の絵師だというイメージは世間に広く浸透しておる。そこに乗っかる。詳しい説明はやめにして、写楽は歴史の謎だ、日本史上のミステリーだと煽っておけば読者はお約束と見做して了解してくれるだろう。どうしても文献に言及せざるを得ないなら、『浮世絵類考』は疑わしいの一点張りで押し通す」

「待て待て。疑わしいところはないと長々と力説したのはたっきいだぞ」

「お前さんが写楽について教えろといったから、わたしの所説を述べたまでだ。それとこれとは事情が異なる」

　秀でた額に馬琴は縦皺を刻んだ。

「だいたい、写楽の正体に限らず、この手の謎解きやら真相やらといった試みの多くは、歴史上の実際の出来事に何らかの疑問があるから、きっちり検証を試みて、本当の意味での真実を突き止めようというのが趣旨では断じてない。そんなことは建前だ。本気にするな。ここのところを心得違いしてもらっては困る——」

「へーえ。だったら、何のためなんだよ？」

「話題になるためだよ」

「へ？」

「突飛な珍説や意外な真相というやつは商売になるんだよ。歴史の新説商法だ。初めから謎解きありきの企画なのだ。謎のあるなしは知ったことではない。今回の場合は謎解きを作れという版元のオーダーがあったから、無理強いに、それこそ歴史を曲げてでも、読者が食いつき、満足のできるような謎解きをでっち上げげんとならんわけだ。版元と読者のニーズさ。こいつはそういう性質のものだ。稗史と偽史、伝奇冒険活劇と通俗歴史解釈の違いはあるが、『椿説弓張月』で鎮西八郎為朝《ちんぜいはちろうためとも》を生き長らえさせて、南の海へ連れていくことになったのと本質は何ら変わらない。地道に史実を押さえて理解と認識を深めるより、歴史の表に出てこない、怪しい裏事情を覗き見するのが、歴史の奥深いところまでお手軽に勉強した気分を味わえるというわけだね。歴史を究めるだの読み解くだのと謳いながら、坂本龍馬《さかもとりょうま》暗殺の陰謀論だとか、大奥やら何やらの女の戦いだとか、およそ事実や考証をおろそかにした陳腐な憶説が絶えないのはそのせいさ。本末転倒な話だろう」

「おいおい」

「東洲斎写楽の正体にしたところで事情は同じだ。謎解きがメインイベントなのだから、この場合は何としても写楽に謎があるというのが大前提。どのみち読者のお目当ては初めから謎解き、隠された真相の暴露で、史実のどこが謎なのかということではない。そんな謎があるとは思えなくとも、大きな謎があるということで話を進めろ。史実の能役者説には目をつむれ。どこが信用できないとか訊くな。信用できないから、信用できないのだ」

「バカボンのパパだからパパなのだ、みたいな理屈だな」

「これでいいのだ！」

高らかに馬琴は宣言した。

「蔦重の旦那も面倒な注文をしてくれたもんだ」

さすがに北斎は鼻白み、探るような上目遣いで馬琴の表情をうかがった。

「なあ、たっきぃよ。本当においらは写楽になれるのかい？」

「いいや。無理ゲーだ、無理ゲー」

「あっさりといわんでくれよ」

「素直に考えを述べたまでさ。斎藤十郎兵衛の存在には目をつむるとしても、他の誰かに写楽を押しつけるのは裏技なしでは困難だろう。そうそう……これについては興味深い話があった。ま、参考程度に聞いてくれ」

馬琴は猪首をゆるりと傾け、視線を宙に泳がせた。

「扇面絵というものがある。扇の面に絵を描いたものだ。写楽の作とされる浮世絵は錦絵の他にもあって、うちわ絵や凧絵も描いたようだし、扇面絵も数点伝わっておる」

「それなら、いつだったかニュースで見たな。ギリシャで見つかったんだっけ」

「平成二十（二〇〇八）年七月にコルフ島で発見されたものだな。研究家の間でも真贋の判断は割れておるようだが。他に二点、伝写楽としてよく知られた扇面絵があって、一つは豆撒きをするお多福の合羽摺。もう一つが肉筆のいわゆる老人図。豊国の役者絵を裸の子供が踏んづけて、これを坊主頭の老人が悲しそうに眺めているというものだ。奇妙な絵柄だろう？　画中の題材――豊国の絵から、寛政十二年二月以降の作とされておる」

「寛政十二年だって？　ということは……」

「これらの扇面絵が真筆なら、商業出版からは手を引いたというだけで、写楽は表舞台から消えて五年が経った時点でも、座興で扇に絵を描くくらいはやっていたことになるな。死んだとか、脳梅毒が進行したとか、江戸を離れたために絵を描けなくなったといった解釈はこれで軒並みアウトだ。それればかりではないぞ。歌麿にしろ、一九にしろ、あるいはお前さんにしろ、世間の説にあるように写楽が他の絵師のうちの誰かと同一人物だとしたら、五、六年も経ってから描いた肉筆に突然写楽とは署名しないだろう。その時点での画号を書き入れるのが当たり前ではないか」

「つまり、写楽は写楽、他の絵師の誰とも違うといいたいのか」

　北斎は両腕を組み、うーんと唸った。

「そうと結論したいところだが……あいにくといまの解釈は、扇面絵が写楽の真筆だったら、という前提つきだ。肉筆の真贋は判断が難しい。彫師、摺師の手を経た版画とは線描も違ってくるからの。決定的な証拠が見つからないうちはせいぜい参考止まりだな。私見を述べるなら、老人図だけでも真筆と認めたいが……」

「おいらは贋作扱いの方がありがたいよ。写楽になるのが難しくなる」

猿顔馬面をしかめると、新しい大福餅をほとんどひと口に北斎は口の中に詰め込んだ。

「謎解きをこしらえるのもいろいろ手続きが面倒らしいや。それでたっきい、何か考えはあるのかい？　どうしても写楽がおいらということでお話を進めないとダメなんだぞ」

「結論はすでに御指定済みだからな。東洲斎写楽、すなわち葛飾北斎――これに合致した説明をつけられるように条件を並べる。十ヶ月で役者絵をやめた理由。写楽の名を経歴から消して、だんまりを決め込んだ理由。そうした事情にいちおうの筋を通して、初めてお前さんは写楽になれる」

「そんなに上手くいくのかね？」

「しょせんは紙の上の理屈だ。たいていはどや顔で威勢のいい話を並べておいたら歓迎されるだろう。読者にしたところで浮世絵の話題をろくに知らないうちから、意外な真相を御期待の連中が大半。人間というやつは往々にして、自分が見たい真実しか目に入らないものさ」

「何だか破れかぶれだな」

北斎は白湯を喉に流し込んだ。隣のお栄は大人たちの長い相談に飽きて、何だか眠そうである。

その時だった。

この上もなく傍若無人な声が、彼らの横合いから飛び込んできた。

「やや、これは面白きおひとらと行き合った。昼日中から不景気な御面相突き合わせて、御両人、いったい何の悪企みをしておられる――！」

三

曲亭馬琴と葛飾北斎の両人はうろたえ、声の主を振り向いた。

茶店に入ってきたばかりのその人物は、年頃は二十代半ば、目許のきりりとした美男子で、派手な身なりは描写するのも恥ずかしくなるくらい。だから、敢えて描写はしない。ぴいんと背筋を伸ばして歩くさまは自信に溢れ、煥発な才気と貫禄と軽薄な印象がほぼ等分に同居している。否応なしにまわりの注目を集めてしまう男だった。

「お、お前さんは……」

喘ぐように北斎が呼びかけるのに、

「通りすがりの浮世絵師だ。覚えておけ！」

「いや、それでは誰のことだか分からんから。ちゃんと名乗れよ」

「名乗らないでも、俺さまの名なら江戸中が承知だろうが」

「おいらたちじゃない、読者の皆さまに名乗るんだよ」

「ああ、そうか。そいつは失礼」

こほんと咳払いを一つ挟み、その人物はカメラ目線になると滔々と語り始めた。

「俺さまは太陽の王子、一陽斎《いちようさい》豊国！　ファースト豊国と呼んでくれ。歌川派一番の注目株、ただいま『役者舞台之姿絵』絶賛発売中の、いまを時めくイケメンカリスマ浮世絵師さまだ。俺さまの師匠の豊春《とよはる》先生は西洋画の模写から始めて風景画の分野を開拓した偉い絵師だが、しかし、業界最大手に歌川派を導いたMVPは俺さまなんだぜ。最盛期には江戸の浮世絵師の八割が歌川派だったとまでいわれる大人気なのだから、歌川にあらずんば絵師にあらず、とはよくいったものさ。指導者としても超一流で、国政《くにまさ》、国貞《くにさだ》、国芳《くによし》、国虎《くにとら》といった連中は俺さまが育てた。同門の豊広《とよひろ》のところの広重も、最初は俺さまに入門を望んだのだが、何しろ弟子入り希望者殺到だったから、定員いっぱいで涙を吞ませることになったんだ。悪いことをしたな。黄表紙や読本の挿絵を描かせても作者を選ばず大ヒット疑いなしで、どこの版元からも引っ張りだこ。歌麿に北斎に春英《しゅんえい》に、画力も人気もある絵師は同じ時代にも大勢居合わせたが、江戸っ子に俺さまほど応援された絵師は他におらんのだよ。いいか、とくと知るがいい、太陽とすっぽんという言葉を――」

「長い」口上の途中で馬琴が割って入った。「何をいっておるんだ、おのれは」

「俺さまの評判は後世ではいまひとつなんでな。ほら、高橋克彦《たかはしかつひこ》先生も御指摘だ。〈豊国の評価が低いのは不当である、とボクはいいたいのだ〉――講談社文庫『浮世絵ミステリーゾーン』百七十四ページを参照してくれ。そうした次第で、いったい初代豊国とはどんな絵師だったか、同じ時代にはどんな評判だったのか、そこのところがきちんと伝わるように全力で読者にアピールしなければならんわけさ」

断りもなく同じ席に上がってくると、この派手な男は茶店の娘を早速呼びつけ、汁粉を注文した。

馬琴と北斎が顔を見合わせる。どちらからともなく溜め息が洩れた。

「……うん？　どうしたどうした、ただいま売り出し中の大人気絵師さまが御同席くださるんだぞ。素直に喜んだらどうだい」

「喜べるか」

歌川豊国、この年二十六歳。歌川派の創始者豊春の門人である。革新的な風景画を描いて一派を興した師匠とは異なり、もっぱら役者絵の分野で世間の注目を浴びた。

この一月に版元甘泉堂から売り出された『役者舞台之姿絵』の連作は役者絵の傑作として、芝居好きの江戸庶民の間でたいへんな評判を呼んでいる。とりわけ贔屓の役者に熱を上げる娘たちからは絶大な支持を集めた。いまや飛ぶ鳥落とす勢いの新進人気絵師だ。

「お嬢ちゃん、お芝居は好きかい？　後でお兄さんが役者さんの姿絵を描いてやろう」

豊国はお栄に目線を合わせて語りかけた。途端にお栄はぽおーっと赤くなって、力いっぱいに首を振り下ろす。

「お江戸で売り出し中の人気絵師さまが、こんなところで幼女を口説くなよ」

皮肉を飛ばした馬琴に向かい、豊国はひらひら手を振ってみせた。

「女の子から婆さんまで、江戸の女たちは俺さまの大切なお得意さまなんだ。分け隔てはしないさ。ところで、さっきの質問に戻らせてもらうが、いずれそのうちお姫さまが犬の子を孕むような突飛なお話を書く変態物書きと、いずれそのうち大蛸に女が犯されるような珍妙な画を描く変態絵描きがお揃いで、昼日中から何の相談だい？」

「やめんか。読者の誤解を招く」

「嘘はついていないぞ」

「ここだけの話なんだがね」

渋面の馬琴に代わって、大福餅を噛みちぎりつつ北斎が切り出した。

「蔦重の旦那のところから、東洲斎写楽って絵師が売り出されるんだ。お前さんと同じで役者絵の描き手さ。どえらい評判になるはずだ。二百年先まで騒がれること疑いなし」

「ああ――」

豊国は短く呻き、魘されるような目つきで宙を睨んだ。

「ここが、写楽の世界か。だいたい分かった」

「いや、分かってないだろ。それより、同じ役者絵の描き手のお前さんに一つ、訊きたいことがあるんだが……」

「メールアドレスと携帯電話の番号はＮＧだぜ」

「この時代にはねえよ。写楽の正体をどう思うか、御意見を聞いてみたかったのさ」

「そんなことか」

豊国は苦笑いし、わずかに両肩を竦めた。

「誰だってかまわんさ。興味がない」

途端に北斎が噎せた。大福餅を喉に詰まらせたのだ。薄い胸に握り拳を叩きつけ、

「おいおい、そいつはどんな了見なんだ」

「画狂人の師匠がそれを訊くのかい」

豊国は片頬を引っ掻いた。

「いいかい？　海の向こうの批評家や後世の好事家連中が写楽を褒めちぎるのは、写楽の絵に高い芸術性を認めたからだろう。だったら、写楽の正体が史実通りの能役者だろうが、欄間彫師だろうが、他の絵師の変名だろうが、脳梅毒の重病人だろうが、西洋人画家だろうが、李氏朝鮮のスパイだろうが、それこそアダムスキー型円盤に乗って金星からやってきた異人娘だろうが、別に絵の値打ちに変わりは生じないのだから、誰だって同じことになる理屈だ。謎解きも真相も意味を持たない」

「他人事みたいにいってくれる」

「だって、他人事だもの。能役者の副業だったら写楽の値打ちが損なわれると考えるような連中が、本当の浮世絵の理解者、愛好者だとは思いたくないね。それに写楽の評判にはたいへんな誤解がある。そこのところをはっきりさせないうちは話が噛み合わない。そいつが面倒だ」

「ほう。どんな誤解だ？」

興味を惹かれたように馬琴は豊国の顔を見直した。

「いまもいったが、後々の世において写楽は何かにつけて騒がれて、芸術的評価、作品の価格、話

題性、どれをとっても最高クラス。浮世絵を知らない者でも名前程度は聞き知っている。ここまでは別にかまわない。いったん作者の手を離れた作品がどんな扱いを受けるか、そんなことは世間さまが決めることだ」

「だったら、どこがおかしいのだ？」

「後世の見方だという点さ」

「――――」

「こいつが剣豪や力士や遊女の評価だったら、話は単純だよ。同じ時代の中で抜きん出た大物だけが後の世まで語り継がれる。後世に残るのは同時代の評判だ。ところが、俺たちのような絵描きは違う。これは浮世絵に限った話ではないが、後世に絵が残る。作者が死んでから数十年か、数百年かが過ぎても、直接鑑賞できる。注意が必要なのはここのところさ。年代や趣向がまるで違う絵師たちを横一列に並べて、どれが上手いか、高値がつくか、後世の連中はそうやって絵を見比べる。これは一見すると公平に見えて、版画技術の進歩や絵画表現の広がり、発表当時の世相、流行といった要素をまるで考慮しない、傲慢な優劣論に陥りやすい。浮世絵の歴史は技術革新と試行錯誤の積み重ねだが、そうした過程がすっぽり見落としにされるわけだ」

豊国はひと息挟み、ちょうど運ばれてきた汁粉をすすった。

「偏った見方だとは思わないかい？　後々の時代の評判を物差しにして、芸術性くらいならまだしも、絵師個人の才能や当時の人気や、ましてや浮世絵への貢献の大きさまで決まるということがあるものか。ところが、有名かどうかでしか物事の値打ちを判断できない連中はこの理屈を理解しない。後世の人気や話題性でそのまま江戸を見てしまう。現役当時の一級の人気絵師や絵画史上の大功労者がそのせいで、後世の評価はさんざん、誰も知らない呼ばわり、二流、三流の扱いだ。自分が知らないのだから他の連中も知らないはず、何の値打ちもないはず、という発想なのかね。バカげた話さ。ひと握りの絵師を有名だからとむやみにありがたがるより、もっと多くの浮世絵に目を向けて、浮世絵の歴史とバラエティの豊かさを押さえる方がずっと有意義だろうに」

「お前さん……キャラクター造形は最悪だが、まともなこともいえるじゃないか！　まったくその通りだ！　見直したぞ！」

北斎が膝を叩いて賛同した。

馬琴もいつしか真面目な顔で聞き入っている。幼女のお栄は最初から瞬くことも忘れて豊国の横顔に見惚れていた。

「浮世絵の初心者には何といっても国芳がオススメだな。武者絵に動物絵に風刺絵に戯画に、独創性溢れる傑作がよりどりみどり。国芳の門下から出て、スプラッター趣味で名高い芳年《よしとし》、芳幾《よしいく》は、文明開化の御時世にいろいろと新しい試みをやっていて面白い。後輩の豊広は美人画を描かせたら絶品だ。役者絵なら国政、風景画なら国虎が素晴らしい」

「気のせいか歌川派の連中ばっかりだな」

「仕方がないだろう。歌川にあらずんば絵師にあらず、なんだから」

「見直したのは早合点だったかな」と北斎。「そいつはともかく、いまの話が、写楽の解釈にどう繋がるんだい？」

「難しいことはいわないさ。鈴木春信《すずきはるのぶ》師匠の功績なしに美人画を語り、歌川豊春師匠を素通りして風景画を語るなどという乱暴な話は通らない。役者似顔絵も同じだよ。このジャンルで最大最高のエポックメイキングが誰かといったら、それは写楽でないなら俺さまでもない——勝川春章師匠だ」

「おいらの師匠だ！」

「春章師匠は最初に似顔のジャンルを開拓した浮世絵師。俺さまも写楽もしょせん追随者という点では同じなのさ。月光仮面を前にした仮面ライダーと快傑ライオン丸程度の違いだ。こうした試みは最初に成果を上げたパイオニアが歴史的意義は一番大きいんだ。もちろん、ただ先人と同じことをやるのでは同業者の中に埋もれるばかり。どこかでオリジナリティを加えないことには世間の注目が集まらない。同じ春章師匠が開拓したコースを進みながら、写楽は芝居の役柄を踏み越えて、役者本人の地顔をあらわにするような、迫力たっぷりの大首絵を描いた。逆に俺さまは芝居の中の登場人物という点を重んじて、舞台上のワンシーンを想起させる、臨場感溢れる姿絵を描くことにした。写楽は登場人物を演じる役者を描き、豊国は役者が演じた登場人物を描いたというだろう。ブロマイドとスチールの違いさ。お互い、役者絵のジャンルに新機軸を打ち出そうと目論み、結果的に写楽は一過性のムーブメントに終わり、一方の俺さまは江戸っ子の支持を集めて、次世代のスタンダードになることができた。太陽とすっぽんの違いだね。ここ、超重要なところだから、きちんと押さえておくように」

「結局、最後に落ち着くのはそこかよ」

「写楽の錦絵は後になるほど安っぽくなっていく、と酷評されることがあるだろう?」

「画風もめまぐるしく変わるからな」

豊国の言葉に馬琴が大きく頷いた。

東洲斎写楽の作品群は大きく四つの時期に区分けできる。

第一期、最初の作品群は寛政六年五月興行の芝居に題材を採ったもので大首絵が二十八点。実際には三十点か、三十六点か、もっときりのいい点数で売り出されたのかもしれない。判型はいずれも大判、背景は豪華な雲母摺り。まったくの新人絵師としては異例の扱いといっていい。

第二期は同じ年の秋の興行を扱い、雲母摺りの大判が八点、黄つぶしといって下地を黄色の顔料で塗り潰した細判が三十点。第一期との大きな違いは、いずれも役者の全身像を描いた姿絵であるということだ。

さらに寛政六年冬の第三期、翌年正月の第四期と続くのだが、錦絵の雲母摺りが直前に禁止されたこともあって、大首絵には黄つぶし、姿絵には細かく背景が描き込まれるようになった。判型は間判、細判ばかりで、大判は大童山文五郎《だいどうざんぶんごろう》を描いた相撲絵がいくつかあるのみ。二代目市川門之助《いちかわもんのすけ》の追善絵や、武者絵、恵比寿絵などもこの時期に描いている。高価な商品は扱えなくなったから、廉価で大量に売り捌く方針へ切り替えたようである。

「俺さまにいわせると、大判サイズや雲母摺りをやめたのはともかく、大首絵から姿絵中心に画風が変わったことは謎でも何でもない」

豊国はぐるりと皆を見まわした。

「時代の流れだ。お客のニーズだ。俺さまに倣ったからだ。役者絵の本分は、一に芝居、二に役者の魅力を、芝居を愛する人たちに伝えることにある。江戸っ子は、写楽の大首絵にあらず、俺さまの姿絵を求めたのさ。知るがいい——」

「太陽とすっぽんといいたいのか」

「先まわりするなよ……おや、長話のせいですっかり餅が伸びてしまった」

気勢を削がれた豊国は汁粉の椀を手に取り、箸をつけた。

「ところで、当の写楽は誰がやるんだい？」

「さっき興味がないといわなかったか？」

「読者の反応が気がかりなのさ。史実通りの能役者だったら、空き缶が飛んでくるぜ」

その時、片方の袖を強い力で引かれて、豊国はそちらを振り返った。

お栄が片方の手で彼の袖をつかみ、盛んにアピールするように空いている手を頭の上で振っていた。

「……えーっと、いったい写楽は誰が」

豊国の顔がいったん馬琴たちに戻る。すると、お栄はさらに強い力で彼の袖をぐいぐい引っ張った。

「おーいが、写楽になるの！　お役者さんのお絵描きするのおーっ！」

「えっ……？」

思いがけない立候補者の出現に大人たちは唖然となった。何しろ幼女の言葉だから、それはまるで「大きくなったらプリキュアになるの」とか「セーラームーンにメイクアップするの」とでもいっているように聞こえた。

「おーい、待ちな。お前はとんでもないことをいったんだぞ。写楽の出版といったら、浮世絵の歴史に残るほどの大イベントだ。アゴ娘には十年、いいや、二十年は早いよ」

父親の北斎が諭すように声をかける。

「ダメなの？」

「ダメだ。だいいち、写楽になって役者さんの似顔を描くのはお父つぁんの仕事だぜ」

「どうしても？」

「どうしても」

「だったら、おーいが大きくなっても、お父つぁんの代作はしてあげない」

北斎は顔を振り上げると、馬琴と豊国にすがるような視線を浴びせた。

「うちの娘が役者絵を描きたいというんだ。どうだい、かなえてやってくれないか」

「てのひらをあっさり返すな。お前さん、父親の威厳というものはないのか」

馬琴は頭を抱えた。

「こいつはいいや。写楽の正体が女の子とはスポーツ新聞もびっくりだ」

げらげら声を上げて笑い出したのは豊国だ。

「よおーし、気に入った。写楽の役はお嬢ちゃんということで話を進めようぜ。決定だ、決定。たったいま俺さまが決めた」

「勝手に決めるな。他人事だと思って」

「だって、他人事だもの」

豊国は笑い過ぎで、ぜいぜい呼吸を切らしながら上目遣いの視線を馬琴に送った。

「意見があるなら、直接お嬢ちゃんにいってやれ。頭ごなしに撥ねつけるのはよろしくないぞ。そこは分別のある大人らしく、情理を尽くして、どうしてお嬢ちゃんが写楽だったら困るのか、それこそ三つや四つのお子さまでも分かるように説かなくちゃ。『南総里見八犬伝』を書いたお前さんなら、それくらいの理屈はどうとでも捻り出せるだろう?」

「まだ書いておらんぞ。ずっと先の話だ」

それでも馬琴は頭を起こすと、ふっと吐息を洩らし、ゆっくりお栄に向き直った。お栄はにこにこして馬琴を見返した。

「おーいちゃん、ちょっといいかな」

猫撫で声で呼びかけた後、少し考え、それから馬琴は帳面と筆をお栄に差し出した。

「お願いがあるんだけれど」と彼はいった。「この帳面に、おじさんたちの似顔を描いてみてくれない？」

葛飾応為《おうい》。

葛飾北斎の三女である。俗名を栄といい、別に辰女の画号を用いた。『葛飾北斎伝』にいわく、〈応為と号し、父の業を助く。最美人画に長じ、筆意或は父に優れる所あり〉

初め町絵師の南沢等明《みなみさわとうめい》に嫁いだが、夫の描いた絵を指して「下手だ」と笑ったために離縁される。実家に戻ってからは常に父親に寄り添い、その最晩年にいたるまで生計をよく支えて、時に作画や彩色を手伝い、時に代作を手がけ、時に人形作りの内職に勤しみ、さらに偏屈者の父親に代わって葛飾一門を実質的に切りまわした。一世の画狂人北斎は齢九十の長命を保ったが、彼の末期を看取ったのは余人にあらず、この応為である。

女流絵師応為の晩年の消息は詳らかでない。北斎歿後、門人の縁故で加賀の国金沢に移住したとの説があり、一方で慶応の頃までは江戸市中に存命していたとの証言も残る。巷間に最も流布された説は親類の証言によっており、黒船来航、江戸の大震災からまだ間もない安政四（一八五七）年の夏頃、東海道戸塚宿の住人何某の招きでその親類の家を出たきり消息を絶ち、当時、応為は六十七歳だったという。

最後の説を採用した場合、逆算すると彼女の生年はいちおう寛政三年ということになるから、東洲斎写楽が江戸に出現した寛政六年――浮世絵師葛飾応為すなわちお栄は四歳。

四

日本橋通油町、書肆耕書堂。

昼下がりに一度通された座敷で再び蔦屋重三郎に向かい、曲亭馬琴と葛飾北斎、それにお栄の三人は、それぞれ緊張の面持ちで端座していた。蔦屋の正面には幼女のお栄が座って、馬琴と北斎はお供の衆よろしく彼女の後ろに付き従っている。

「ううむ……」

手元の帳面から、蔦屋が顔を上げた。困惑の気色が顔いっぱいに浮かんでいる。

「これは何だね?」

「似顔絵です」

石のような表情で答えたのは馬琴だ。

「この筆遣いを御覧ください。人の顔の特徴をよく捉えていて、極端な誇張に面白味がある。いまにも紙面を離れて動き出しそうな迫力でしょう」

「子供の悪戯描きにも思えるがね」

「ここのお栄が描きつけたものです」

「そうか」

「役者の似顔を描かせたいとは思いませんか？　写楽の大首絵そのままのものが出来上がる」

「この悪戯描きが？　いや、そんな――」

「旦那」

馬琴の声に気迫が満ちた。

「どこから見ても写楽そのままではありませんか。たとえ似ているようには見えなくても、似ているといって強弁するのはこの手の別人説での常套手段。ましてや、幸いにこれは文章主体の小説。ビジュアルに訴えるＴＶドラマでもマンガでもない。登場人物のわたしたちがそれで話を合わせたなら、物語の中ではそういうことで通るのです」

「それはそうだが……」

蔦屋は目を細め、正気を危ぶむように馬琴の顔をつらつら眺めた。

「話が違うぞ。わたしが写楽になって役者絵を描けと頼んだのは、そこの北斎師匠だ」

「手伝わせるなら同じことでしょう。父親が四つの娘の描いたものに少々手を加えたところで、不自然な展開ではない」

「するとお前さんは、本気で、写楽を幼女にやらせようと……？」

「もちろん」

馬琴は一歩も退かない構えだ。

「おいおい。読者が食いつくものを用意しろとはいったが、いくらなんでも限度というものがあるだろう。リアリティがない」

「リアリティがないかどうかは最後まで話を聞いてから御判断いただきたい」

懐から半紙を出し、馬琴はさらさらと筆を走らせる。

「謎の絵師、写楽の正体――誰かが写楽としての資格を得るにはさまざまの条件をきっちり解決しなくてはなりません。ひい、ふう、みい、よお、ちょうどきりよく十項目……」

馬琴は蔦屋の前に半紙を滑らせた。

一、蔦屋との繋がりはあるか？
二、絵を描くことはできるのか？
三、何故役者絵を描いたのか？
四、二流三流の役者まで描いたのは何故か？
五、無名の写楽を蔦屋が売り出したのは何故か？
六、東洲斎写楽と名乗ったのは何故か？
七、斎藤十郎兵衛をはじめ、写楽の素姓がさまざまに伝わっているのは何故か？
八、短期間に画風が変わったのは何故か？
九、約十ヶ月の活動で絵筆を断ったのは何故か？

十、肉筆扇面絵はどう解釈するのか？

「……ありがちな手口だな。用意の結論が成り立つように条件を並べ立てたか」

「何という野暮を。多少は空気を読んでいただきたい」

謹厳な史家の面持ちを装い、馬琴は検討を始めた。

「まず一番は問題なし。耕書堂に出入りする北斎の娘ですからね。二、三番も同じく。職業絵師として身を立てるのは、二、三十年も先の話ですが、それこそ物心つく前から父親の仕事を間近に見てきて、見様見真似でお絵描きを覚えたということは決して飛躍した想像とはいえない。それに当時の北斎は勝川一門を離れて間もない時期で、馴染みがあるといったら、役者の似顔が自然でしょう。写楽の画風について勝川派出身の北斎なら好都合という旦那の御高説は、そっくりそのまま、北斎の娘にも当てはまるのです」

「そうだった。そんなこともいったな」

蔦屋はぽんと手を打ち、馬琴の指摘にうんうんと頷きを返した。

「ただし……年端もいかないお嬢ちゃんは似顔を描くのは上手だったものの、役者絵の作法をきちんと教えられていませんでした。それどころか、芝居の内容や、歌舞伎の楽しみ方そのものもまだ分からないでいた。だから、好き勝手に描いて〈あまりに真を画かんとてあらぬさまに〉なってしまったのです」

「何だって?」

「この娘は歌舞伎の舞台を見たままに、いや、むしろ面白がって誇張する方向でお絵描きしたのですよ。大人の男が白粉を塗りたくって、いちいち派手な身振りをして、妙な抑揚をつけて台詞を喋る。女装した者まで出てくる。歌舞伎の約束事を知らない、芝居を初めて見る子供にとって、こんなおかしな光景はありません。四歳の子供の感覚でこれを遠慮なしに描いたから、ああいう似顔ができた。四番、二流や三流の役者をたくさん描いた理由も同じ。役者の序列も人気も気にしないで、子供心に面白いと感じた顔を手当たり次第に描いていったわけです」

「ああ……」

蔦屋も北斎も感心している。

自分のことなのに蔦屋が訊いた。

「だが、何でわたしは子供のお絵描きを大々的に売り出すことに決めたのだ?」

「子供に売れると思ったからでしょう。本当の狙いは親の財布ですがね。写楽の役者絵はうちわや凧にもなっています。四歳の子供が面白いと思って描いたものなら、同じ年頃の子供もやっぱり面白がって欲しがるはず。そんな考えで、お絵描き上手のお栄ちゃんに目をつけた。大量の点数をいっときに売り出したことも、ターゲットを子供に絞って、あれも欲しい、これも欲しいと焚きつけるため」

なるほど、と蔦屋は頷く。

「確かに写楽の絵はどこかマンガっぽい」

「五番はこれで解決。六番、東洲斎写楽と名乗った理由。いくら子供向けでも、まさか四歳の女の子のお絵描きだとは明かせないから、新しい画号を用意したのです。東洲斎とは父親の画号からの連想なのでしょう」

「北斎から？」

「いまの時点の画号は春朗ですよ。陰陽五行説に従うなら、春に該当するのは東。東洲斎写楽という画号はそのまま春朗のところでお絵描きをする人だと解釈できます。穿って考えると、後になって北斎を名乗ったのも、東洲斎を意識しての命名だったかも」

ええーっ、と当の北斎が驚きに叫んだ。

「凄いぞ、たっきい！　そんなところからこじつけてくるなんて！」

「そこは推理といって欲しいのだが」

「初めに結論があって後から理屈を捻り出したんだから、推理とはいえないだろ。それより、お次はいよいよ最大の難問だぞ。七番。史実通りの斎藤十郎兵衛、たぶんおいらの二代北斎、享和頃に死んだらしい油絵描きの有隣に洒落斎の式亭三馬、それから歌舞伎堂——たった一人の写楽について、文献を見るとさまざまに素姓が伝わっていることをどう解釈するか」

上目遣いに北斎は説明を促した。

「そのまま解釈したらいい。いずれの説も正しかった……たったいま名前の挙がった者たちの全員が、ある意味では写楽の絵を描いたことに間違いなかったからさ」

「全員が、正しい――？」

「ア、シ、ス、タ、ン、ト、だった」

「あっ」

　蔦屋と北斎は顔を見合わせた。

「たとえ名義は有名絵師でも、実際はほとんど弟子との合作、それどころかまるきり代作させせたなんてことは珍しくもない話。げんに北斎、お前さんだって、爺さんになってからはこの娘の手を借りたくらいだ。だいいち、いくら上手いといっても、四歳の女の子が気の向くままに描き散らしたお絵描き。とてもそのまま版下絵として彫師に渡せるようなものではないし、渡したところで売り物にならない。だから、アルバイトを雇って手分けして、子供のお絵描きを浮世絵の流儀に敷き写し――トレースすることで版下絵を作成しないといけなかった。こんな試みに当時勝川春朗の北斎ほどうってつけの人材はいなかったでしょうね。何しろお絵描きした女の子のお父つぁんで、勝川派を追い出されてお先真っ暗でしたから。もっとも、おおっぴらに絵師を明かせる企画ではなし、それで北斎以外のスタッフには表向きに名前が出なくても文句をいわない面子を選んで声をかけたのです。本職の絵師でもない能役者の斎藤十郎兵衛や、後になって歌舞伎堂艶鏡を名乗る誰か、油絵を描いた有隣に駆け出し戯作者の三馬らも、臨時のアシスタントに雇われたメンバーの中にいたとしたら、史料に矛盾は生じない。写楽本人の素姓――もとになる絵を描いたのが四歳の女の子だったことは厳重に伏せられたから、年月が経つにつれて、写楽本人と、作業に参加したアシスタントの判別がつかなくなってしまったのですよ」

　ほとんどひと息に馬琴は事情を語った。蔦屋と北斎は唖然となって声もない。

「それから……北斎が写楽の件に口をつぐんで、経歴から消し、役者絵そのものからも遠ざかった事情もいちおうの説明がつく。東洲斎写楽は北斎本人ではなし、娘のお栄ちゃんでした。いくら困窮したといっても、娘のお絵描きに手を加えて売り出したというのは外聞がよろしくありませんからね。自慢話にはならない。その上、子供の目で描いた似顔は約束事に囚われた従来の役者絵には見られない迫力があった。他人ならともかく、たった四歳の自分の娘が、自分以上に迫力たっぷりの役者絵を描いてしまった。親としてはたいへんな屈辱でしょう。同じ土俵で勝負する気にもなれない。だから、役者絵を北斎はやめてしまったのです」

　ここで馬琴は隣の北斎を見やり、にやりと笑いかけた。

「顔見知りの斎藤月岑や栄松斎長喜に能役者説を吹き込んだのは案外にお前さん自身かもな。何かの機会に写楽が誰なのかと話題になって、面倒だから、同じアシスタント仲間の十郎兵衛に全部おっかぶせたのだ。写楽の住居が八丁堀にあると、三馬が追考を加えた理由もやっぱり同じ」

「ああ、辻褄が合っちゃった……」

　半ば呆れて北斎は首を振り下ろした。

「写楽本人……お栄ちゃん自身が、写楽の過去を他人に語らなかったことも不自然とはいえません。

幼い時分、洒落半分に役者さんのお絵描きを錦絵に仕立てて売り出してもらえたくらいの認識でいたでしょうからね。浮世絵師葛飾応為として独り立ちする頃には、かつて写楽だったという自覚もすでに希薄になっていた」

馬琴は笑いを消して、聞き手の反応をうかがった。

「十ヶ月の間に画風が変わった理由は？」

蔦屋が次の疑問を口にした。

「それは豊国のせいです」

「豊国？　どうして？」

「豊国の役者絵に惚れ込んでしまったからですよ。だから、豊国に倣って、豊国風の姿絵ばかりを描くようになった」

「おい、本気でいっておるのか」

「大いに本気ですとも。考えてみてください。お栄ちゃんにとって、馴染みのある役者絵といったら勝川派の似顔で、写楽の大首絵もその延長にあるものでした。ところが、第一期の大首絵を描いた後で、お栄ちゃんは何かの拍子に豊国の姿絵を、『役者舞台之姿絵』のシリーズを見てしまった。お絵描き上手といっても、そこは四歳の女の子です。豊国の絵にころっとやられた。ある意味では豊国の絵から、役者絵本来の面白さや芝居の楽しみ方を教わったといえるでしょうね。第二期からは画風が変わって、全体に迫力を欠くことになったのはこのためです」

馬琴は短く息を継いだ。さすがに横顔に疲れがある。

「次、九番——一年と続かず写楽が消えた理由。こいつも画風の変化が関わってくる。蔦重の旦那の御所望は、豊国に対抗できる、豊国の姿絵とは方向の異なる役者絵だったのですからね。豊国の亜流しか描かなくなったのでしたら、この先も写楽を続けていく意味はない。雲母摺りも禁止されたし、そろそろ切り上げ時と判断したのです」

「……………」

「写楽の作品は後になるほど質が落ちるでしょう？　とりわけ第三期の粗製濫造ぶりが目も当てられない」

馬琴の言葉に、蔦屋は無言で頷き返した。

「叩き売りに走ったのはこの時期にはもう写楽をやめるつもりでいたから。お栄ちゃんのお絵描きをもとにした錦絵だけではなし、ここにいる北斎や、その他大勢のアシスタントがオリジナルの画風を真似て描いた代作も多かったのでしょう。出来不出来の激しいことや大判をやめたこと、署名から東洲斎の三文字を外して、ただの写楽になったのはそのせい。どのみち打ち止めだからと、最後の荒稼ぎのつもりで描けるだけ描かせた」

「何とあこぎな」

自分でいって、蔦屋は顔をしかめた。

「とうとう最後まで辿り着いたな。写楽の署名がある扇面絵は何だったたか。たっ、き、い、い、よ、あれはやっぱりうちのアゴ娘が描いたことでいいのか？」

「自分の娘をアゴ娘と呼ぶなよ」

「他人の名前を覚えるのは苦手なんだよ」

「だからといって……まあいいや。伝写楽の扇面絵のうち、いわゆる老人図が描かれた上限の寛政十二年時点ではお栄ちゃんはまだ十歳。きちんとした絵師修行を挟んで、浮世絵師として独り立ちした後とは筆遣いや字の癖がすっかり変わっているということはいちおう考えられないではない。何かの座興にたまたま扇に絵を描く機会があって、まだ当時は葛飾応為でも葛飾辰女でもなかったから、懐かしい写楽の画号で署名したまで。不自然なところはないだろう」

「なるほど――」

暫時、一同の間に沈黙が落ちた。

「べらぼお……じゃないや、ブラボー！」

力いっぱい両手を打ち鳴らし、驚嘆をあらわに北斎が叫んだ。

「たっきい、お前さんは実に凄い奴だな。十項目、ちゃんとクリアできたじゃないか。写楽の正体がうちのアゴ娘なんて、あざとい、奇妙奇天烈な珍説によくもまあ上手に説明をこじつけてくれたな。うっかり鵜呑みにするところだったぞ！」

「ふん。しょせん史家の考証とは似て非なるもの。初めに決めた結論に合わせて調子のいいことばかりを並べたら、それはどんな論でも鮮やかに成り立つように見えるだろうさ」

そんな風にうそぶきつつ、しかし、馬琴はまんざらでない表情だ。

「おーい、よかったな。これでお前は役者さんのお絵描きを売り出してもらえるぞ」

北斎が娘に声をかけた。

だが、お栄から返事の声はない。

長い話にくたびれ果てて、将来の女流浮世絵師は座ったまま、横抱きにした唐辛子の作りものに顔を埋めるようにすやすや寝息を立てていた。

「……本当にこのお嬢ちゃんに、写楽の大役が務まるのか？」

蔦屋が不安の目を、お栄から馬琴に移して語りかけた。

「大丈夫です」馬琴は力強く頷いた。「いざとなったら、この北斎に代作させるまでの話」

「え？　すると、やっぱりおいらが写楽を描くことになるの？」

「当たり前だ。お前さん、いまになって何をいっておるんだ」

戸惑い顔の北斎に目を戻すと、馬琴はきっぱりいった。

「これは初めから、いったい、どうやって葛飾北斎を写楽に仕立てようかというのが話の本筋なのだからな」

おろしや国のパズル

一

何でもアイザック・ニュートンが万有引力の発見にいたったきっかけは、枝からリンゴの実が落下する瞬間を偶然目撃したことだったらしい。実話なのかと訊かれても困る。これはまだ小学校に通っていた当時、児童向けの学習マンガで読んで覚えたエピソードなのだから。

ウチの場合、アイデアのきっかけはリンゴの代わりにテニスボールが目の前に落ちてきたことだった。

時、体育の授業中。

場所、高校の敷地に設けられたテニスコート。

C組、D組合わせた女子生徒の全体の人数に比べて、二対二のダブルス形式でもなおコートの数がだいぶ足らない。ほとんどはギャラリーにまわって、自分たちの順番がまわってくるまでの手持ち無沙汰な空き時間。声援を送ったり、野次を飛ばしたり、こそこそと私語を交わしたりの、ちょっと緊張を欠いたシチュエーションだった。

そのテニスボールはコートの上を斜めに飛んで、地面で大きくバウンド。勢いづいて顔の高さまで跳ね上がったところを素手でキャッチした。

「ごめん、ごめんなさーい！」

ボールを追って、謝罪の声が飛んでくる。

そちらを見れば、ふわりとした金髪を可愛らしくリボンで束ねたクラスメートが、頭上でラケットを振りまわしている。たったいま派手に打ち損じ、ギャラリーめがけてボールを叩き込んでくれた張本人だ。

「こらこら。しっかり前に打たないと」

そんな言葉をかけ、ボールを投げ返そうと振りかぶる。

その時、脳のてっぺん辺りでびびっと何かが走った。天啓というやつかもしれない。

「ナスチャ」とまず名前を呼んで、「シャラポワって、ロシア語の発音でいってみて」

「え？」

「ほら、マリア・シャラポワって。ちゃんと地元の人っぽく」

「ああ」

場違いな要求にきょとんとした顔つきになり、それでもロシアからやってきた交換留学生はいわれた通りに口にした。ウチの耳には「シャーポバ」と聞こえた。

「すぱしーばー、よくできました」

野球まがいの投球フォームでテニスボールを投げ返す。

「何なの、いまのは？　テニスが上手になるおまじない？」

ちょうど隣にいたヒメが、怪訝な表情で訊いてきた。

「ほんのちょっとした思いつき。どう？　ロシア語で発音してもらって」

「ぜんぜん、質問の意図が分かんない。テニスの女王さまの名前をロシア語通りに発音すると、いったいどうなるわけ？」

「シ、ャ、ラ、ク、と聞こえないかなあ、なんて」

「────」

ノーコメント。リアクション、なし。

まわりで歓声がわっと起こった。

力いっぱいナスチャが振り抜いたラケットが、今度はジャストミート。テニスボールは高く、高く、山なりに弧を描くと、金網のフェンスの後ろへ落ちていった。

「シャラポワ、シャラポワ、シャラポワ」三度復唱したその後で、「日本語っぽく訛ると、シャ、ラ、ク──」

結論を口にすると、ホーちゃんはうっかり酢を飲んだような顔つきをした。

「アサさん。それ、本気の発想？」

「ダメかな？　我ながら目のつけどころは悪くないはず」

「あたしはよくても、ヒメにグーで殴られるよ。鉄拳制裁」

「大丈夫。その時はウチの、後の先のクロスカウンターが先に決まるから」

同じ日のお昼休み。

Ｃ組の教室に戻って、いまは楽しいランチタイムの真っ只中だ。

女子の大半は仲のいい友人同士で席をくっつけ合い、お喋りに余念がない。ウチらもまた御多分に洩れない。同じグループはウチにヒメに留学生のナスチャというういつもの顔ぶれに、この日はどうした風の吹きまわしかクラス委員のホーちゃんが加わっていた。

「ええと、東洲斎写楽だっけ」

記憶を探るようにホーちゃんは丸い目をくるくる動かす。

「江戸のマンガ家さんでいいのかな？　いろんな役者さんたちの顔をへんてこに描いて、それで有名になったの」

「浮世絵師でしょう」

お箸を動かす手を休め、横からヒメが口を挟んだ。

癖のないストレートの黒髪に色白な顔の造作や輪郭が見るからに鋭角的で、体形もやっぱりそんな感じで、これまたインテリっぽいシャープなフォルムの眼鏡をかけたヒメは、正統派の歴史愛好者を自認する、重症の歴史マニア。神代の昔から明治維新にいたるまで、日本史上の話題が出てくると放っておいても首を突っ込んでくる。この時もこの子は、当たり前に解説の役まわりを引き受けた。

「マンガ家といおうか、イラストレーターのイメージに近いでしょうね。出版物の挿絵、広告、日用雑貨やおもちゃのデザインも手がけるし、それから一枚絵の版画はポスターやポストカードとでも考えたらいいか。いまなら人気アニメのキャラクターや名場面を使わせてもらって商品展開するような感覚で、評判の美人を描いたり、歌舞伎役者の似顔を描いたり、観光名所を描いたり。浮世絵師という人たちは、芸術家である前にまず面白い絵を描くことがオシゴトの職人さんだったの」

「そうなんだ。アニメのグッズ感覚かあ」

「幕末近くには、錦絵――フルカラーの版画一枚が三十文で買えたという話ね。いまのお金に換算すると、五、六百円くらいかな」

「安い！　マンガ一冊のお値段なんだ」

「芸術品扱いされるのは鎖国をやめて自由貿易が始まって、海の外へ持ち出されるようになってから。それまでは江戸の人たちの、身近な楽しみでしかなかったの。一枚五百円の安値で売り買いされて、飽きられると包装紙代わりに使われたり、家財道具を梱包するのに丸めてクッションにされたり、壁や障子の破れたところに貼りつけられたり。高尚な美術品とはとてもいえないわね。名称からしてストレートに浮世絵でしょう。いまの言葉でいったら、ポップカルチャーとか、サブカルチャーとか、そのくらいの意味」

「あ、そっか。俗世間の絵、浮世の絵で、なるほど浮世絵……そのまんまだ」

感心顔でホーちゃんは聞き入っている。

日本史について彼女の知識はおそらくテスト勉強でちゃんと役立つ範囲内。目立ちたがり屋で世話好きで、一年の頃からクラス委員を一手に引き受け、ホーちゃん自身はしっかり者のつもりでいるようだが、三つ編みを輪っかにして頭の後ろで留めたヘアスタイル、童顔で背は低いし、身体つきも全体に薄いという感じがして、中学生、時には小学生に間違われることすらあるくらいだ。見た目だけは優等生風のヒメの横に並ぶと、どちらがクラスのまとめ役なのか判別がつかない。

「浮世絵は詳しい？」

ひとくぎりついたところで、留学生のナスチャが訊いた。

「見くびらないでちょうだい」

あたしは日本人なんだからね、といわずもがなを付け加えたホーちゃんは、

「浮世絵師で有名な人といったら、北斎《ほくさい》がいて、広重《ひろしげ》がいて、猫が可愛い国芳《くによし》がいて。それから、それから、ええと、えーっと……そうそう、写楽、写楽、役者さんたちの似顔絵を描いて有名な写楽だ！　浮世絵師の中でも一番の有名人じゃないの！　ほら、ＴＶの歴史番組でも採り上げてもらえるくらい」

三人挙げたところで早くも詰まってしまい、強引に話題を写楽に戻したのだった。

「でもさ。アサさん、何で写楽が気にかかるわけ？」

首を捻ると、そのままの角度からホーちゃんはウチに視線を送ってきた。

「チャンバラからアートに鞍替え？　絵画の鑑賞にこの頃目覚めましたの、みたいな。アサさんには似合わないよ」

「何だかオツムには筋肉ぎっしり、みたいないわれようだな」

「違うの？」

「……否定はできないかも」

ウチは首を竦めた。

「正直に認めると、浮世絵でも何でも、そっちの方向はよく分かんなくてさ。どちらかといったら、見ていて楽しめるのは刀かな」

「刀、いいよね。刀」

ナスチャが食いついた。前のめりに首を突き出してくる。

ふわふわのブロンド、エメラルドグリーンのつぶらな瞳に愛らしい顔立ち、肌の色が白くて、すらりと細くて、まるでマンガやアニメやＴＶゲームのキャラクターがそのまま三次元の世界に飛び出てきたような容姿を持つこの子は、彼女自身、マンガやアニメやＴＶゲームを通して日本への憧れを募らせてきた立派な海外産オタクなのだ。

「アサさんはどの刀がオススメ？　正宗《まさむね》？　兼定《かねさだ》？」

「うーん、同田貫正国《どうだぬきまさくに》――」

「天覧兜割り！　ごっついのが好きなんだ」

「それは、刀は、実戦で役立ってくれないと意味ないから」

「あんたたちねえ……」

ホーちゃんが呆れ顔で割って入る。ウチとナスチャを珍獣でも眺める目で見比べて、

「女子高生が日本刀の話で盛り上がって、国際交流？　いったい、どんな御時世なの。ほら、ヒメからも何かいってやんなさい。このミーハーな歴女《レキジョ》さんたちに」

「堀川国広《ほりかわくにひろ》」

「……御近所さんのよしみ？」

ヒメのコメントにホーちゃんは丸い目をいっそう丸め、片眉を上げげた。

「日本刀の話はいいから、いまは写楽でしょう、写楽。浮世絵がよく分かんないなら、アサさん、どんな気まぐれで首を突っ込んでみる気になったの？」

「ああ、それは」

指揮棒よろしくウチは目の高さまでお箸を持ち上げた。

「手短にいったら『ジパング・ナビ！』って雑誌の最新号で――」

「あーっ、その先はいわないでいいよ。そっか。また投稿するんだ。賞金をゲットしてお小遣いの足しにしたいから」

「……ま、そんなところ」

ホーちゃんは察しがいい。何だか出端を挫かれた気分で、ウチは目の高さからお箸をそっと下ろした。

「新しい原稿募集のテーマが、つまり、写楽の謎解きなんだ。正体がよく分かんないんだよね。だ

から、謎の絵師だって」

いったん口にしてから、そこでホーちゃんははてなと首を捻った。

「その話題なら、とっくに結論が出てなかった？　前にＴＶで見たよ。確か、浮世絵の古い文献にちゃんと名前が書いてあったとか」

「うん、そうだよ」

にっこり、天使のような笑顔でナスチャが認める。

「写楽が誰かといったらね、それは阿波藩のノウヤ――」

「猫パンチ」

「にゃあ」

グーの拳をこつんと当てると、リアクションも大げさにナスチャは両のてのひらで額を覆い、可愛らしい悲鳴を上げて後ろへ仰け反った。

「そう、いったい写楽が誰なのか、そのことなら昔からいろんな説がある」

実力行使で留学生を沈黙させておいて、ウチはまっすぐホーちゃんを見据えた。お箸を握ったままの右手に人差し指をぴいんと立てて、

「同じ浮世絵師の歌麿《うたまろ》が怪しいとか、北斎が怪しいとか、版元の蔦屋《つたや》が怪しいとか、もちろん、わざわざセンセーショナルな真相を探さないでも史実のままでおかしなところはないだとかね。けれど、この場合は史実扱いの説も含めて、他の説をどうこう気にかけても意味がない。スルーでいい

んだ、スルーで」

「はあ？」

おにぎりをかじったまま、ホーちゃんは白黒させた目でウチを見返した。

「だって、これ、いままでになかった真相を考えなさい、というのが雑誌が出してきたお題だよ。歴史上の出来事をきちんと検証しなさい、というお話とはちょっと違う。今回の写楽の話に限らないけれどさ」

「ああ、そうか」

「例えば論文を書くのなら、重要なのはちゃんと筋が通った検証なのか、おかしなことをいってないかで、やっぱり史実は正しかったとか、他のいろんな説のどれかとかぶっちゃったとか、そんな結論になってもかまわないわけじゃない？　それで検証自体の信憑性が高まることにもなるんだし。でも、こっちは初めからオリジナルのアイデアで勝負するのが前提の企画なの。ここが大事なところで、他の説をどう扱うかといったら、何がなんでも、たとえそれがどんな正論だったとしても、とにかく、そんなことは間違いなんだって否定するしか選択肢がないわけだ。そうしないとお話が進まないから」

「こらこら」

「もちろん、他の説にいくらケチをつけたところで、こちらの評価がそれで上がることにはならないよ。どっちみち真相のアイデアが面白くて、他のどんな説よりも納得できる、納得したいなと思わせることができたら結果は同じなんだ。いままでの説のどこが間違いだとか、そんなことは別に訊かれてないんだし、なるべくノータッチでいるのが正解」

「そんなものかな」

ふうーん、といちおうは頷きながらもホーちゃんは釈然としない表情だった。

「時々、アサさんの性格がよく分からなくなるな」

近頃買い替えたばかりの金縁眼鏡をいったん外し、眉根をつねってヒメがいう。

「難しい考証はやめにして、びっくり仰天の真相をみんなでわいわい想像する方が楽しめるじゃない。それだけ」

ウチはヒメにすっと顔を寄せると、からかい交じりに笑いかけた。

「他人の好みをヒメだってとやかくいえる？　空き時間に読み耽る本といったらその手のやつばかり。いままで読んだ中でオススメのツートップ、山河雨三郎《やまがうさぶろう》の『蒙古《モンゴル》義経記《ぎけいき》』と玄宗四郎《げんそうしろう》の『姫武者上杉謙信《うえすぎけんしん》』だっけ？」

「時代劇やＳＦはかまわないの。あれは初めから作りものの稗史、歴史のＩＦだから。謎解きや真相を売り文句にするくせして、御期待通りの展開に実際の出来事を書き替えてよしとするような、偽史、オカルト、歴史修正主義といっしょにしないでくれる」

辛辣に応じながら、ヒメは眼鏡を戻した。

「アサさんのいいたいこともヒメのいいたいことも分かるけれどさ。写楽が、シャラポワ——ロシア人なんてアイデアはさすがにちょっと無理過ぎない？　お侍さんたちの時代の江戸にロシア人がやってきて浮世絵を描いたなんて」

くすくす笑いながらホーちゃんが口を挟んできた。

「そこはそれ、いままでにない視点ってやつ。雑誌が新説を考えろといってきたから考えなくちゃいけないだけで、ウチ、浮世絵や写楽の話題はろくに知らないし。やっつけ勉強をいまから始めたって、三冊や四冊、初心者向けの本をかじったくらいで新解釈が見つかってくれるはずがない。本格的に調べていたら理解が追いつかなくなる。だから、ハッタリかまして、インパクト勝負のアイデアに頼るしか選択肢がないわけだ」

「自慢になってないな。ねえ、どう思う？　ロシア人を代表してさ」

ウチからナスチャへ目を移し、ホーちゃんがコメントを求めた。

「え？　え、えええと――」

突然話を振られて、広い額を撫でながらナスチャは言葉を選ぶ。

「ホントだったら嬉しいな、とは思う。でも、シャラポワが写楽、というのはなさそうな気がする」

「そうだよね、そうだよね、そうだよね。ぜーんぜん、シャラクには聞こえないよね」

ネイティヴから同意を得て、ホーちゃんは力強くガッツポーズを作った。要するにこの子の耳には、ロシア語通りに発音してもらった「シャラポワ」が「シャラク」には聞こえなかった、ということなのだろう。

「でも、海の向こうから写楽がやってきたんだってお話は前からあるんだっけ」

人差し指を片頬に添え、ナスチャがちょこんと首を傾けた。

「この前のお休みの日、イベントで知り合ったイタリア人の友達を誘って鉄板ナポリタンを食べにお出かけしたの」

「……ナポリタン?」ホーちゃんの額に縦皺がきゅっと寄る。「ねえ、グーで殴られなかった?」

「え? そんなことないよ。友達もまた食べたいだって」

「そう。なら、よかった」

「それで、その子が『ジパング・ナビ!』の特集を見ながら教えてくれたの。写楽の本名はシ、シャイ、い、い、ロックさんといって、船が沈んで、日本へ流されてきたイタリア人なんだって。ボク、クニヘカエリテャーギャア」

「ナスチャ。それはたぶん、前に読んだ小説の受け売り」

「そうなんだ?」

ヒメの指摘にナスチャは可愛らしく舌先を覗かせた。

「イタリア人のシ、シャイ、い、い、い、ロックさんの他にも、イギリス人のシ、シャーロ、い、い、ックさんだとか、フランス人のシ、シラクさんだとか、この手の外国人説はずいぶん昔からあるみたい。ところが、最初に誰が持ち出したアイデアなのか、そこのところがよく分からなくて」

思案する時の癖で、ヒメは人差し指を唇に押し当てた。

「前にちょっと気になって調べてみたら――」

「調べたんだ、ヒメ」とホーちゃん。「物好きな」

「気がかりは忘れないうちに調べてみる主義なの。それはそうと、昭和六十（一九八五）年……あたしたちが生まれる十年ちょっと前に『芸術公論』とかいう雑誌にオランダ人説の論文が掲載されたらしくて。図書室にあった写楽本のいくつかではこれが最初の外国人説扱い」

「違うの？」

「そこが難しいところでさ。図書室に置いてある昭和の写楽本をいくつか読んだら、昭和五十年代、『芸術公論』の論文よりも時期が早いものでも外国人説の話題がちらほら出てくるの。外国人が写楽だという話まである、混血説もある、みたいな。シャーロックやシラクやシュレックが日本語風に訛るとシャラクになる、というのは言葉遊びとしてもシンプルな発想でしょう？　それに東洲斎は東の島国の住人とも解釈できる。外国の人たちの視点に立った命名というわけ。だから、小説か、マンガか、それともＴＶの時代劇かで、何らかの事情で江戸へやってきた外国人が浮世絵を描いたみたいなストーリー自体は、けっこう早くからあったのかもしれない」

「アサさんイチ押しの、ロシア人説は？」

「それは……覚えがないな。昭和の頃だから、まだ東西の冷戦が続いていていて、ソビエト連邦の時代でしょう。歴史家や作家さんたちも含めて、大半の日本人にとってはいまよりもずっと遠い国だったから、そういう発想は出てこなかったということかしら。実際の距離ではなくて、感覚として」

前髪をさらりと揺らし、そんなコメントでヒメは解説を締めくくった。

「だったら！」

嬉しそうにナスチャが声を上げた。顔の前で両手をぎゅっと握り合わせて、

「ロシアと日本の往き来がこれからますます盛んになって、もっと、もっとお互いの国に興味を持つ人たちが両方で増えたら、国と国とが近くなったら、アサさんのアイデアも注目されて、TVや本で採り上げてもらえるかも！　ロシアと日本の両方で！　凄いじゃない、凄いじゃない！」

この発想はなかった。

エメラルドグリーンの瞳を潤ませた感激の表情を間近に見て、ウチは胸のうちで、写楽ロシア人説の可能性をきちんと追求するのも悪くないかと考えた。白状しよう。それまではほんの冗談のつもりでいたのだ。

「外国人は外国人でも、朝鮮人が写楽だったりする説もあったたな」

ふと思い出したという口吻でヒメがいった。こちらはそれほど面白くなさそうに。

「ちょ、朝鮮……？」

「韓国ブームの当時はけっこう話題になったんだって。スパイだったらしいわよ。当時の李氏朝鮮から、日本の国情を偵察するために送り込まれた。江戸市中に潜伏して、カムフラージュに浮世絵を描きながら、主に軍事機密を対象に幕府の内情を探索したの。候補者としては、宮廷画家の大物金弘道《キムホンド》や、追放されたまま消息の分からない申潤福《シンユンボク》といった人たちの名前が挙がっているみたい」

「何なの、それ？　妖術でも使ったの？」

──スパイ活動のためにはるばる朝鮮半島から海を渡ってきて、何でまた歌舞伎役者の似顔絵を描くことに？　意味が分からない。

「正直、聖徳太子がペルシア人だったとか、朝鮮語やヘブライ語で『万葉集』が読めるとかの説と同じで、島国コンプレックスの産物としか思えない発想でしょう。歴史はグローバルな見方が必要だとか、世界史の一部として日本を捉えなくちゃいけないみたいなことをいわれると、それだけで感激してしまって、すっかり信用してしまう人たちがいるの。困った話ね。ただ、写楽の場合はもともと外国人説を持ち出しやすい下地はあるのよ。それも西洋人、ヨーロッパ人に限って」

「どういうこと？」

　とウチが訊いた。

「日本国内の評価はいまひとつ、幕末明治の頃には他の浮世絵師たちの間に埋もれてしまって、すっかり忘れられた絵師という状況だったのが、海の外に流出して、ヨーロッパの画壇で発見されたということ。写楽の高い評価は、西洋発祥、西洋からの逆輸入なの」

「あっ、よくあるパターンだ」ぱちんと指を鳴らして、「アニメや特撮ヒーローでも、日本ではぱっとしなくて、それなのに海を越えると大ヒット──」

　一瞬、『UFOロボ・グレンダイザー』やら『超電磁マシーン・ボルテスV』やら『銀河大戦』やら『巨獣特捜ジャスピオン』やらのタイトルが喉まで出かかったが、リアクションが戻ってこなかったら寂しいので自重する。

「日本人よりも西洋人の感覚に受け入れてもらえる役者似顔絵。鎖国時代の江戸で写楽がそんな絵を描くことができたのは、それは写楽自身が、江戸にやってきた西洋人だったから。西洋流の肖像画のエッセンスを反映させて役者絵を描いたから。そう説明されると、なるほど、そうかと納得したくもなるでしょう？」

「すると、ヒメ、外国人説には何の根拠もないの？　シャーロックさんにシラクさんにシャイロック、さんに、そういう言葉遊びから出てきたアイデアなんだって」

自分も外国人だからか、ちょっと拗ねた顔をしてナスチャが訊く。

「それが……いちがいにそうともいえなくて」

意外なことにヒメが言葉を濁した。

「まだ何かあるの？」

興味津々、丸い目をくるくる動かしてホーちゃんが口を挟んだ。

「江戸時代の文献に、写楽が油絵を描いた、と書いたものもあるのよ」

「油絵？」

「そう、油絵」

眼鏡の端からホーちゃんを見返し、ヒメはさらに詳しく語った。

「『浮世絵類考』——江戸の浮世絵師のガイドブックね。手書きの写本で広まったものだから、内容は写本によって食い違いがあるけれども、そのうちの一つにこんなことが書いてある。また油絵をよくする、号は有隣《ゆうりん》。油絵といったら、つまりは西洋画でしょう？　西洋画を写楽が描いたのなら、そのまま西洋人の画家だったという解釈もできる。有隣の号も、ひょっとするとアイリーンとか、ユリアンの意味かもしれない」

「それだけ？　ちょっと苦しくない、その解釈」

　ホーちゃんが両頬を膨らました。すると、童顔がますますお子さまっぽくなる。

　ちらっと見ると、ナスチャも期待してがっかりという顔だ。おそらくウチも似たような表情だったろう。

「西洋画を描いたから西洋人、というんだものね。さすがにこれは短絡的」

　ヒメは口角をくいと上げた。怜悧な薄笑いが唇に浮いて、

「当時、西洋画の技術はかなり日本に入ってきていたのよ。銅版画や油絵の技術を自力で修得して、同じ時代のヨーロッパのものと比べても遜色ない作品を残した司馬江漢《しばこうかん》のような人もいたし、浮世絵のジャンルに限定しても、歌川派を開いた豊春《とよはる》、初代豊国《とよくに》のお師匠さまが西洋画の模写を手がけて江戸の人気を集めている。西洋画の技術を導入する試みはとっくに国内で始まっていたわけ」

「そうでした」

「西洋人説までは飛躍しないでも、西洋風の絵——蘭画や洋風画を日本で描いた人たちの中に写楽がいるはず、という解釈には一定の支持があるみたい。西洋流の肖像画のノウハウを役者の似顔絵

に応用したという説。写楽が油絵を描いたという記述もこれなら活きてくる。司馬江漢が怪しい、歌川派の絵師たちの誰かが怪しい、土井《どい》有隣が怪しい――」

「有隣？　そんな絵師もいたんだ」

そのまんまの画号だ。何げに最有力の候補者なのではないか。

「土井有隣は長崎の絵師で、西洋画の模写も手がけている。詳しい伝記は残されていないし、若い頃に江戸に出て、歌舞伎役者の似顔を描くということももしかするとあったかもしれない。大きな破綻は見当たらないわね。それから『解体新書』の挿絵を原書から模写した小田野直武《おだのなおたけ》という人がいる。秋田藩士で、この人は画号を子有《しゆう》といったの。有隣は、子有の隣で絵を描いた人、とも解釈できるでしょう？　だとしたら、小田野直武の弟子という意味になる」

まいったな、とホーちゃんがいった。

「外国人を持ち出さないでも、いろいろと説明がついちゃうんだ。それはそうと、いったいヒメ、そんな話をどこで仕入れてきたわけ？」

「話をすると長くなるな。『竜の柩』や『総門谷』シリーズを書いた高橋克彦《たかはしかつひこ》センセイのデビュー作は『写楽殺人事件』といって――」

「あーっ、いわないでいい。だいたい分かったから」

両手を振りまわしてホーちゃんが遮る。話の腰を折られて、レンズの奥からヒメが軽く睨んだ。

「写楽かどうかは後まわしにして、油絵を描いた有隣さんが誰だったか、それも絞れないわけ？」

ウチは思いつきを口にした。

「そう、その点もちょっとやっかい。さっきの文章には続きがあってね。寛政のすぐ次の享和年間に写楽イコール有隣が卒去、つまり、お亡くなりになったと書いてある」

「死んだ時期が分かるんだ。だったら、ほとんど決まりじゃない」

「ところが、享和の卒去に注目すると、今度はそれらしい候補者が見当たらなくなるの。享和は四年までしか続かなくて、司馬江漢や土井有隣が亡くなった頃にはとっくに年号が変わっている。だから、油絵を描いた有隣とは明らかに別人だということに」

あらら、とウチは脱力した。

しかし、よくよく考えると、とっくに検討済みなのが当たり前なのだ。いまさらながらに写楽は手垢のついた話題なのだと実感させられた。

「史実がどうとか証拠がどうとか、そういう細々した話は素っ飛ばして、ズバリ、ヒメはどう思う？江戸へやってきた西洋人が写楽だったなんて、びっくり仰天の真相が、現実の出来事として成り立つかどうか」

ストレートにウチは訊いてみた。

「時代劇やＳＦの設定だったら、そんなに悪くはないと思う。面白おかしくドラマチックに、鎖国時代の異文化交流を描けるでしょうね。いわゆる歴史のＩＦというやつ。けれども、現実的かといわれるととうてい……」

「やっぱり難しいか」

「第一に江戸に西洋人がいるとしたら、長崎の出島からやってくるオランダ使節か、そうでないなら太平洋で船が難破した遭難者になるでしょう？　そんな人たちが偶然優れた絵画技術の持ち主で、ただし、その事実がまったく後世に伝わらなかった——この時点で相当に都合がいい仮定だとは思わない？　こんなエピソードを前に読んだことがある。幕末に黒船がやってきた時、見物に集まった日本人が大勢いて、アメリカ人が見ていると、みんな、画家でもないのに筆と紙を持ち出してスケッチを始めた。そのことにアメリカ人たちはとても驚いたんだって」

「素人が絵を描くのは珍しかったということ？　その頃の外国、というか、西洋では」

「軍隊には従軍画家を連れていった時代なのよ。特殊技能だったみたい。だから、出島商館のオランダ使節にしろ、遭難者にしろ、江戸にやってきた西洋人が、天の配剤や運命のめぐり合わせでたまたま歴史に残らなかった優秀な画家でしたといわれても、フィクションならまだしも、実説扱いするにはちょっとリアリティがね」

右に左にヒメはゆらゆら頭を揺らした。

「そうだ。シーボルトにもお抱えの絵描きさんがいたよね」

ナスチャが声を弾ませた。

「川原慶賀《かわはらけいが》。江戸まで連れていったの」

「詳しいわね」

「シーボルト先生といっしょに狸に化かされたり、いっしょに古墳を盗掘したり、いっしょに河童を捕まえようとして山奥で遭難したりの大騒ぎになるんだ」

「……どこで仕入れた知識なのかは訊かないでおく」

お箸の末端でヒメは自分のこめかみをつついた。

「西洋人画家を江戸に連れてくるところまでは認めても、そこから先にはまだまだ困難が山積み。喜多川《きたがわ》歌麿や山東京伝《さんとうきょうでん》をすでに発掘して、何十点という規模で錦絵を出版できる力を持っていた版元の蔦屋重三郎《じゅうざぶろう》と知り合い、才能を認めてもらうということが第二の困難。期待してできることとは思えないし、これだって偶然の出来事ということになる。まだあるわよ。蔦屋が出版を考えてくれても、オランダ使節なら定宿の長崎屋から連れ出さないといけないし、遭難者なら、巨大都市の江戸の真ん中でその人を匿うことになる。おまけに発覚の危険を犯して、歌舞伎の芝居見物を手引きしないといけないから……こうして考えていくとほとんど綱渡りみたいな頼りないシチュエーションの連続。それでいて結局のところ、こうも考えられる、百パーセント否定はできない、くらいの話でしかない。裏づけになるような証拠はまるでないもの」

「そいつは確かに」

ショートの髪を掻きつつウチは考えた。

概要を聞くだけでも現実の出来事とは思えない、とこれは認めるしかない。

けれども、その一方でどこかに見落としがあるような気がした。当然のようにヒメが語ってくれた想定の中に何かしら不確かな思い込み――一般論の落とし穴があるような。

「それから、もう一つ」ヒメの話はまだ終わっていなかった。「外国人説が現実的かとなると、とても頷けない、どうしても引っかかることがあるの」

「どんなこと？」

思案を中断してウチは促した。

「いま話したような仮定は、外国人の画家が日本へやってきて、歌舞伎の舞台を見てスケッチすることができたか、その可能性だけで話を進めているでしょう？　もしもそんなことが実際に起こり得たとしても、版元の蔦屋がホントに出版する気になるか、そこまで外国人に肩入れする気になったかという点がおざなり」

「何かおかしなことが？」

「おかしいも何も、写楽がいなくなってから、一番蔦屋が熱意を傾けたのは本居宣長《もとおりのりなが》の著作を出版することだったのよ」

「宣長？　大和心やもののあはれの？」

「蔦屋の出版は戯作と錦絵に限らない。芸事や学問の本もたくさん出版している。もともと国学者たちとの付き合いがあったらしくて、橘《たちばな》千蔭《ちかげ》や村田春海《むらたはるみ》が手がけた本をいくつも出版済み。どちらも賀茂真淵《かものまぶち》の高弟でしょう。だから、本居宣長に蔦屋が関心を持つのは当然の流れだったともいえる。『玉勝間』『手枕《たまくら》』……まだ写楽が消える前から蔦屋は出版の準備を進めているし、それどころか、写楽の錦絵から手を引いた直後、同じ年、同じ春のうちに伊勢の国の松坂まで自分で直接出向いていって、宣長の家を訪問するくらいの熱の入れよう。寛政九年に蔦屋は亡くなっていて、江戸患い、つまり脚気が死因だったらしいから、フィクションのイメージなんかだと写楽出版の頃にはすでに身体を悪くして、江戸の町を出歩くのにも不自由していたりするけれども、それはあくまでフィクションのイメージなの」

「ああ、そういうことなら確かにダメか。外国人説は期待薄」

天井を仰いでぼやいたら、ナスチャとホーちゃんが二人とも戸惑った顔をして、ヒメからウチへ視線を移した。

「本居宣長といったら、江戸時代の偉い学者センセイだよね。国学者だっけ。その人の本を出版しようとしたことが、写楽の外国人説がダメっぽいことに何でなるわけ？」

ホーちゃんが確かめる。

「だから、宣長のせい。この人、古典の研究が行き過ぎて、極端なニッポンバンザイ、外国嫌いの思想家じゃない。尊皇攘夷が何のことか、分かる？」

「あっ」

「日本は神さまの国、世界で真っ先に生み出された宗主国。何でもかんでも日本のものは尊くて外国のものは劣っている。ニッポン最高。ウチの国が一番偉い。世界の国々、外国の人たちは、中国人も朝鮮人もインド人も、みーんな、日本に従わないとダメ——みたいな感じ」

「ロシア人も?」

こちらはナスチャの疑問。

「世界中だから、それはもちろん、ロシア人も日本に従いなさいということじゃないの。ロシアの知識がどこまで宣長にあったかは知らないけれどさ」

「それ、ちょっとどころじゃなくて無理な相談だと思う……」

ギリシア神話のメドューサに睨まれでもしたようにナスチャは顔を強張らせた。笑い話にしようとして、笑顔を上手に作れなかったようだ。

「だろうね。ウチも、そう思う」

もっともな感想にウチはこくんと首を振った。

「いくら思想信条と商売は別だといっても、たんに著作の刊行だけでなし、はるばる伊勢の国まで出かけている。新幹線や飛行機がある現代と同じ感覚では考えられないわよ。それでなくても戯作や浮世絵のような売れ筋とは違う。蔦屋自身、宣長の思想に共感があって、自分の店から出版したい、江戸の人たちに広めたいと、強い意気込みがあったはず。そんな人が、宣長の出版を進める一方の手で、外国人に関わりを持って、歌舞伎役者の似顔を描かせて出版するようなことがあるかな。露見したら、間違いなく店は潰されて、自分の命だって危ないのに」

「そっか。それでヒメもアサさんも外国人説はダメだって」

やっと納得、とホーちゃんの首が縦に動いた。

「現在の政治に不満がある人はたいてい、昔はよかった、いまはダメだって、過去の日本を美化してしまうか、そうでないなら、昔もいまも日本はダメだ、外国を見習えといって、海の向こうに憧れの理想郷を作ってしまうでしょう？　鎖国時代はいまと違って、理想を持てるほど外国は身近にない。だから、この国の素晴らしさを訴える宣長が信奉者を集めたり、尊皇論や攘夷論が盛り上がったりした。時代劇の主人公がやたらに先進的だったり、開明的な御意見の持ち主だったりするのは視聴者や読者に共感してもらうための脚色で、どこまで現実味があるかを考えたらね……」

左右の肩をちょっと持ち上げ、ヒメは唇に苦笑いを刻んだ。

「やっぱり無理があるのかな。面白おかしく、写楽の正体にこじつけるのは」

頭の後ろに両手を組んで、椅子の背に仰け反るようにウチは寄りかかる。

「写楽はロシア人でした！　悪くないアイデアだと思ったのに」

「ない、ない、ない。百歩譲って写楽が歴史の謎だったとしても、ロシア人を割り込ませるなんて曲芸みたいな離れ業はかないっこない。写楽はシャラポワなんて思いつき！」

意地悪く笑いかけると、ホーちゃんは肘でウチを小突いた。

「あっ、でも！」

ナスチャがウチに顔を近づけてきた。興奮に色白の頬を赤くして、この子はいった。

「シャラポワが写楽のはずはないよ。だって、女の人の姓なんだから。同じ姓でも男の人と女の人とで語尾が変わるの。ナスチャのパーパも、べ、べ、べ、ベズグラヤじゃなくて、べ、べ、べ、ベズグリーだよ」

あっ、とこの時はナスチャを除く全員が同じ声を上げた。

「何て初歩的な見落とし」への字にヒメは唇を歪めて、「教えてもらったことがあるのに出てこなかった」

「すると、男の人なら……シャラポワはどうなるの？」

ナスチャの肩をつかんでウチが訊く。けれども、ナスチャは人差し指を頬に添えたまま考え込んでしまった。

「ネットで検索かける方が早くない」

そういって、ホーちゃんが自分のカバンから携帯端末を取り出した。

「都合よく引っかかるかな。シャラポワの男性形」

「お父さんの名前を調べたらいいでしょう。テニスの女王さまの」

ホーちゃんが端末を操作する。その他の三名はそれぞれ首を伸ばして、彼女の手許を覗き込んだ。

ごくり、誰かが唾を呑んで喉を鳴らした。ウチだったかもしれない。

「嘘……」

呻くようにウチがいった後、

「まさかね」

とこちらもかすれ声でヒメが続きを引き取った。

世界のテニスプレイヤー、マリア・シャラポワのお父さんはこんな名前だったのだ。

――ユヽーリヽ・シヽャヽラヽポヽフヽ。

二

放課後。

この日は幸いに部活の定休だったから、C組の教室を出ると、ウチはまっすぐ図書室へ向かった。後ろからは渋るヒメの手を引きずるようにナスチャが追いかけてくる。

「アサさん。何から手をつけるか、当てはあるの？」

弾んだ声でナスチャが話しかけてくる。肩越しにウチは振り返って、

「ないよ。だから、最初にそれを見つけるところから始めるの」

貸し出しカウンターにはデスクトップのごっついパソコンが置いてある。図書室の蔵書はパソコンで管理されているのだ。その前に座っていたのはおとなしそうな見た目の女子生徒で、セーラー服のカラーを見ると一年生だが、どやどやと図書室に入ってきたウチらを見るなり、びくっと怯えたような表情をした。気のせいだろう。

放課後の図書室は閑散として、あちらに一人、こちらに三人、そちらに四人と、利用者の姿はまばらだ。閲覧席にはまだまだ余裕がある。

お目当ての一冊は、歴史関連の書架にきちんと収まっていた。

講談社刊『日本全史』。全千二百ページ以上、百五十億年の時間軸に沿って、六百近い年表に、日本史上の重大事件約四千の記事が収録されているという分厚い本だ。奥付を見ると一九九一年三月発行。ヒメにいわせれば全体に通俗解釈に寄りかかりがちで、出版後二十年の間に研究が進み、そのせいでいまや古びた内容も少なくないらしいが、日本史の流れと概要をつかんでおきたい時にこれほど重宝する書籍は他にない。

「ユーリ・シャラポフ、ユーリ・シャラポフ。日本語風に訛ると、有、隣、写、楽――」

おまじないの文句のように呟くと、ヒメは右に左に首を振った。

「何の意味もない偶然よ。偶然も偶然。こんなことで写楽の素姓や実名が決まっていいはずがない」

「意味なら、こちらで好きにつけたらいいじゃない。天啓だ、天啓。誰も知らないロシアと写楽の繋がりを探したまえと、天の神さまが正しい道筋を示してくれたの。天のお告げ」

「宇宙からのメッセージでしょう」

書架から引っ張り出した『日本全史』を閲覧席まで持っていく。

逸る気持ちで、ウチは座席に着かずに本を開けた。一八六八年、鳥羽伏見の戦いのカラー図版。七十年分ほどページを行き過ぎてしまった。

「写楽が登場したの、西暦だといつだっけ?」

「一七九四年でしょう」

ヒメが即答した。

ページを捲って、時代をさかのぼる。一七九四年。該当のページに辿り着いた。東洲斎写楽の記事はちゃんとあった。カラー図版は見覚えのある役者大首絵。画面の外を寄り目で睨みつけ、への字に結んだ口、両のてのひらをいっぱいに開いた構図は小さいながらも迫力たっぷり。三代大谷鬼《おおたにおに》次《じ》の江戸兵衛《えどべえ》を描いたものだ。

〔謎の浮世絵師写楽　役者絵をつぎつぎ発表　版元は蔦屋重三郎〕

5月　江戸　浮世絵師の東洲斎写楽が、日本橋通油町の版元蔦屋重三郎から特異な面貌の役者絵をつぎつぎと発表し、センセーションを巻きおこしている。写楽が版行したのは、江戸の都座・桐座・河原崎座の歌舞伎狂言に出演中の役者をモデルとした、雲母摺の大首絵（半身像）28枚。

写楽登場の背景には、版元の蔦屋が1791年の戯作者山東京伝の筆禍事件で財産半減の処分にあったことや、浮世絵美人画でヒットした歌麿を他の版元に引き抜かれたことなどがあった。蔦屋の起死回生策が、写楽の起用だったのである。

こののち写楽は、役者絵を中心に相撲絵なども含めて、わずか10か月のあいだに140余点の作品を発表する。歌麿は、1803年制作の自作の画中で、写楽の役者絵を「わるく女をにせたる似つら絵」と批評してライバル意識をむきだしにしている。

写楽は翌年1月、忽然と浮世絵界から姿を消す。生没年不詳、人物・経歴についても諸説がある。

簡潔な記事だが、きちんと要点を押さえてある。写楽の事跡についてウチがまともに知っている内容もこの程度だ。

ところが、次の瞬間、写楽の記事は意識から消し飛んでしまった。同じ年、同じページの上半分を占める、もう一つの記事にウチの目は釘づけになった。

「……マジで？」

〔光太夫《こうだゆう》10年のロシア体験談　桂川甫周《かつらがわほしゅう》、「北槎聞略《ほくさぶんりゃく》」に著す〕

8月　江戸　ロシアから帰国した漂流民大黒屋《だいこくや》光太夫を尋問した蘭医の桂川甫周（44）が、光太夫の体験談を蘭書のロシア関係資料で補訂し、「北槎聞略」全12巻を著した。1782年、伊勢白子を出航した光太夫らが8か月後にアリューシャン列島に漂着、以後10年におよぶ苦難を経て92年にラクスマンに伴われて帰国するまでをまとめたロシア漂泊記である。

本書は光太夫の足跡を記すだけでなく、アリューシャン列島の島民の生活や種族名、シベリアのイルクーツクをはじめ、首都ペテルブルグへ向かう途中の都市や村落のようす、またペテルブルグの高級遊里の情景や夜の遊びをこと細かに示すなど、これまで日本人の知らなかったロシア各地の諸事情を伝えている。さらに、光太夫がロシアから持参した外套《うわぎ》（カフタン）・袴（シタイノ）・雨衣（セネリ）・靴（チェフェリ）など29種の衣服図や、金牌（金メダル）・鼻煙盒《かぎたばこいれ》・

煙管《きせる》などの器什図、地球全図・亜細亜《アジア》全図をはじめとする地図10枚が付されている。

甫周はこのほか、前年9月に江戸城吹上苑で行われた光太夫にたいする尋問のようすを、「漂民御覧之記」に書きとめている。

「おろしや国帰りの大黒屋光太夫！　この人がいたんだ！　やった！　これで写楽の新説を投稿できる！　日露友好バンザァーイ！」

「うらあーっ！」

いきなりの大当たり。

それぞれ両手を振り上げると、ウチとナスチャはハイタッチを交わし、盛り上がった勢いのまま力いっぱいにひしと抱き合った。図書室に居合わせた他の生徒たちがこの時、おおーっ、と波のようにざわめいた。

「あなたたち、少しは場所をわきまえなさい」

冷静にヒメが割って入り、ウチらを引き離した。

「それはそうと……これは考えもしなかったな。大黒屋光太夫と東洲斎写楽、この人たちの、江戸の注目を集めた時期がほとんどかぶっていたなんて」

ヒメは人差し指を曲げると下唇に添えた。『日本全史』に戻した視線が、意外に険しい。

「有名だよね？　この人」

ナスチャが訊いた。

「マンガや小説の題材になるくらいにはね。商船が難破してロシア領まで流されて、その後、十年がかりで日本へ帰ってきたの。女帝エカテリーナ二世陛下にも拝謁している。当時の首都のペテルブルグでは賓客扱いで、宮廷の人気者だったというお話」

「ベーリング海もシベリアもその頃は未開の秘境で、恐竜の生き残りが出てきたり、幽霊船が彷徨っていたり、吸血鬼や魔女が隠れ住んでいたり——」

「ナスチャ。マンガや小説の中のお話を本気にしないで」

交換留学生の両肩にてのひらを置き、諭すようにヒメがいった。

そんなやりとりの後、該当の記事をヒメは声に出して読み聞かせた。ナスチャはわくわくの表情で聞き入っている。

「まいったな。ピンポイントで、当時のロシアに関わった人が見つかっちゃった」

あははは、とウチは笑った。宝くじの一等賞を引き当てた気分だ。

同じ年、寛政六年の記事は四件あった。写楽の出版を除くと、どれもこれも外国関連、それも西洋事情に関わる出来事ばかり。写楽の時代がどんなものだったかが、このことからもうかがえる気がした。

六月十日、幕臣新井成美《あらいしげよし》が時服を拝領したという記事がある。前年九月に曽祖父白石《はくせき》の著書『西洋紀聞』を将軍家に献上したことに対する褒賞らしい。これにより執筆から八十年余り、ずっと禁書の扱いだった同書が解禁の運びになったということだ。

閏十一月十一日には蘭学者大槻玄沢《おおつきげんたく》が蘭学の同志を集い、京橋水谷町の私塾芝蘭堂でオランダ正月と称する祝宴を催している。またの名を芝蘭堂新元会。この日は太陽暦の一七九五年一月一日に当たっていて、長崎出島商館の在留オランダ人たちが祖国の新年を祝う行事にならったものらしい。これがオランダ正月の始まりで、以降、四十四回にわたって続いたと同じ記事にあるが、そんな経緯はともかく、大黒屋光太夫の名前を記事の中に見つけてウチはぐっと拳を固めた。

「光太夫も出席したんだ。よく考えると将軍上覧があったわけだから、当然身分も引き上げられて、御目見え以上の直参扱いか。とすると……光太夫さ、江戸でもけっこう行動は自由だったことになららない？　それこそお芝居の見物に出かけることだって」

掲載の図版はオランダ正月の場景を描いたもの。「医学の父」ヒポクラテスの肖像画や海獣のイッカクを描いた絵などが奥の壁に見える。座卓を繋げた長テーブルにはグラスやスプーンなどの西洋食器が並べられており、会食者たちの歓談の輪からはぽつんと外れて、一人、明らかに洋装と分かる小太りな男性が椅子に腰かけていた。

この人物が、ロシア帰りの光太夫その人だろうか？

いや、他にもう一人、いっしょに帰国した磯吉《いそきち》という若い水夫がいたはずだから――これはマンガで読んで覚えた知識――洋装の男性はその磯吉かもしれない。

「ビギナーズ・ラックよ。写楽と同じ時期の、一番目立つ出来事をつまみぐいしたというだけ。あたしたち、大まかな時代の流れすらまだ見ていないのよ」

冷静にヒメが指摘する。

「どうするの？」

「まずは帝政ロシアと日本の関係ね。そういえば田沼意次《たぬまおきつぐ》が、ロシアとの通商も視野に入れて、蝦夷地――つまり、当時はほとんど手つかずだった北海道の調査を命じたはず。その頃までさかのぼって調べないと。蝦夷地御用が始まって、近藤重蔵《こんどうじゅうぞう》や最上徳内《もがみとくない》といった人たちが活躍するのもちょうどこの時代か。それから、大黒屋光太夫たちが遭難してから日本へ帰ってくるまでの経緯。最低でも、このくらいは押さえておきたい」

「何かと注文が多いことで」

「アサさん、やるの？　やらないの？」

「了解《ラジャー》。お姫さまの仰せのままに」

いったん三十年前まで時代をさかのぼる。

それからページを年代順に捲って、一つ一つの記事に目を配った。明和二（一七六五）年、江戸の浮世絵師鈴木春信《すずきはるのぶ》が錦絵を考案。明和五年、国学者賀茂真淵が『万葉考』を脱稿。同年、上田秋成《うえだあきなり》『雨月物語』を脱稿。

「待って」とヒメが制した。「ここ、ロシアの話題がある」

それは明和八年の出来事だった。

〔ロシア、日本を攻撃か？　ベニョフスキー　北方情報を書き送る〕

6月20日　奄美大島　ハンガリー人のベニョフスキー（26）が、出島のオランダ商館長あてにロシアの南下を警告する書簡を発送した。

ベニョフスキーはプロイセン・オーストリア・ロシア3国によるポーランド分割に反対してポーランド軍に参加、ロシアの捕虜となり、1769年暮れにカムチャッカに流されていた。2か月前、軍艦を奪って同志とともに脱出に成功し、食料と水の補給のため、阿波と奄美大島に立ち寄った。

今回発送された書簡は、「ロシアは今年、3隻の船を巡航させ、日本の近隣諸島を攻撃する計画をたてている。千島にはすでに要塞が築かれ、大砲も備えられている」というものだった。

この警告の内容は幕府にも伝えられ、知識人たちの関心を集めた。1783年には、仙台藩医工藤平助《くどうへいすけ》が「赤蝦夷風説考」で、林子平《はやししへい》は91年刊の「海国兵談」でこの事件にふれ、蝦夷地の開発、国防の必要性などを説くことになる。


「この事件は知らなかったな……」

長い黒髪を指で梳きつつそういって、そのままヒメは考え込んでしまった。

「軍艦を奪って脱走した戦争捕虜が、日本上陸？　そのまま映画にできそうな話だな。同じことがいまの時代に起こったら、間違いなく日本中が大騒ぎだ」

ナスチャにせっつかれるまま記事を読み上げながら、江戸時代の日本、幕藩体制とは奇妙なものだとつくづく実感させられる。

ヨーロッパ情勢の余波が遠く日本にまで打ち寄せたというのに一地方の椿事の扱いで、関心を寄せた人たちはほんのひと握り。それがいまも尾を引いているのか、そんな事件があったということすらほとんど知られていなくて、TV番組や小説で採り上げられることもない。ウチが知らないだけなら不勉強のせいだが、ヒメも知らなかったのだから、本当に話題になることがないのだろう。

「二人とも、気づいた？」

ふとヒメが声をかけてきた。

「何がよ」

「奄美大島の前に、ベニョフスキーたちは阿波に立ち寄っている」

「それが？」

「史実の上では写楽は阿波藩士でしょう」

そうだった。

ウチとナスチャは顔を見合わせた。

「と、いうことは――」

「幕府や他の藩では早々と忘れられても、当の阿波藩には事件を記憶する人たちが大勢いたはず。

それこそ直接外国人との交渉に当たった人だってね。すっかりいなくなるのに二十年は短いわ。むしろ逆さまで、こんな事件があったんだから、外国、特にロシアの動向に関心を持つ人が出てくるのが当たり前」

もっともな指摘にウチもナスチャも頷いた。

「そんなところにロシアの船が通商を求めてやってきて、ロシア帰り、ペテルブルグ帰りの光太夫が江戸の評判になる。阿波藩でも大きな関心を集めたでしょうね。光太夫の許を訪ねて、詳しい情報を聞き出そうとする藩士もいたかもしれない。二十年が経って、あれからロシアの国情はどうなったのかと」

「それがちょうど、写楽の時期なんだ！　ロシアと写楽が繋がった！」

ナスチャが快哉を叫ぶと、ウチの肩に両手をまわして飛びついてきた。

途端に外野の生徒たちがひゅうひゅうと口笛を吹いて囃し立てる。本当に騒がしい連中だ。

「これで真相を作ろうよ、これで。大黒屋さんが写楽で決まり。アサさん、投稿が採用されて賞金をもらえたらさ、ビーツたっぷりの美味しいボルシチを御馳走してあげる」

「いいね、いいね。そいつは楽しみだ」

ウチはナスチャの頭を撫でまわした。

「あ、あの、皆さん、ちょっと……」

後ろから細い声がかかった。三人揃って振り返ると、図書委員の一年生が引き攣った顔をして立っていた。

「何か?」

「い、いいえ、何でもない、です。お騒がせしました」

びくっと身震いすると、その女子生徒は慌てて頭を下げて、カウンターの方へ戻っていった。何だか怖がっているような素振りだった。気のせいだろう。

「結論を急がない。写楽まではまだ二十年かかる」ヒメが静かにいった。「冷静になれ、冷静に。お前はパルチザンになりかけている」

「ふうーん。『時の娘』からの引用だ。ヒメさ。もしかして張り切ってない?」

「いいから、先へ進みましょう」

再び、『日本全史』。ウチはページを捲った。

明和九年一月、田沼意次が老中就任。同年二月、目黒行人坂の大火。

安永三(一七七四)年八月、西洋医学書『解体新書』刊行。

安永五年四月、江戸参府中のオランダ商館医ツンベリーの許を桂川甫周が訪問。同年十一月、平《ひら》賀源内《がげんない》がエレキテルを制作。見覚えのある名前がだんだん増えてきた。

安永七年九月、秋田藩主佐竹曙山《さたけしょざん》が西洋画論を著す。秋田蘭画というらしい。

安永八年十二月、平賀源内が獄死――これと同じ年にロシア関連の新しい記事が見つかった。大黒屋光太夫の名前も出てくる。

〔松前藩　ロシア人からの通商申し入れを拒否〕

8月7日　蝦夷　近年ロシア人は南下をすすめ、前年には蝦夷地に来て通商を求めていたが、松前藩はこの日、その申し出を拒絶した。

前年の6月9日、得撫島《うるっぷ》のロシア人ケレトフセら40人あまりが根室半島のノッカマフに上陸し、松前藩に通商を申し入れたが、松前藩は返答を明年まで保留にした。この年、ケレトフセらはその回答を得るため、ふたたび来航していた。

この日、厚岸で松前藩士とロシア人の会見が行われ、松前藩側は国法による交易禁制を説き、米や酒などを贈ってロシア人を帰したが、このできごとは幕府に報告されなかった。

こののちもロシアは通商を要求し、13年後の1792年には日本人の漂流民大黒屋光太夫らを伴って、正式な使節が根室に来航する。その後、知識人の間では海防論が説かれるなど、人々の関心も少しずつ海外へ向けられるようになっていく。


「ひどーい。幕府に相談もしないで、追い返しちゃったんだ」

内容をウチから伝えられると、機嫌を悪くしてナスチャは頬を膨らました。

「ちゃんと交渉して欲しかったな」

「当時は商業重視の田沼意次の全盛期。幕府の指示をきちんと仰いでいたら、ひょっとして……歴史のＩＦね」

吐息を一つしてヒメは首を横に振った。

ウチはさらにページを捲る。

元号は安永から天明に移り、本居宣長の儒学批判や薩摩藩主島津重豪《しまづしげひで》の蘭癖といった記事を挟んで、天明三（一七八三）年。この年の話題は何かと賑やかで、司馬江漢が日本初の銅版画制作に成功し、大槻玄沢がオランダ語入門書『蘭学階梯』を脱稿。七月には浅間山が噴火し、天明の大飢饉が東日本を襲っている。上方の人気役者尾上菊五郎《おのえきくごろう》、俳諧と南画の巨匠与謝蕪村《よさぶそん》の死亡記事もある。写楽の出版と関わり深い、版元蔦屋重三郎が日本橋へ進出したのも同じ年の出来事。ロシア関連の記事も二つあった。

〔仙台藩医の工藤平助　「赤蝦夷風説考」を田沼意次に献上〕
1月　江戸　江戸詰めの仙台藩医で経世家の工藤平助（50）が、「赤蝦夷風説考」上下2巻を完成、老中田沼意次に献上した。
本書は、「ロシア誌」や「地理全誌」などの蘭書の知識をもとに、ロシアの南下政策や密貿易の現状をのべ、ロシアの植民地と蝦夷地との地理的関係を明示し、金山の採掘など蝦夷地の開発と対露貿易の必要性を説いたもの。
著者の工藤平助は蘭医として有名な前野《まえの》良沢《りょうたく》や、やはり仙台藩医の大槻玄沢、あるいは中川《なかがわ》淳庵《じゅんあん》といった蘭学者とも親交があり、海外事情通で知られている。また、営利の才にもたけ、オランダ通詞と結んで船来品を売りさばき、巨利を得て話題になったこともある。

　田沼意次はこの献策を入れ、2年後の1785年、山口鉄五郎《やまぐちてつごろう》ら調査団を蝦夷地に派遣するが、田沼の失脚とともにこの蝦夷地開発・開国貿易計画はたち消えとなる。


歴史のIFだとヒメがいいたくなるのもこの記事を読んだら分かる気がした。

田沼意次の政治路線が続いていたら、史実よりも五、六十年早く、ただし、アメリカではなくロシアを最初の相手に徳川幕府は開国に踏み切り、通商が始まったかもしれないわけだ。その場合、いったい日本という国はどんな歴史を辿ることになっただろう?

そして、もう一つ。いよいよお待ちかねの大ニュースだ。

〔大黒屋光太夫ら　アリューシャンに漂着　苦難の異郷生活はじまる〕
7月19日　北太平洋　前年12月9日に伊勢白子（三重県鈴鹿市）の浦を出帆し、同夜半駿河沖で時化にあい消息をたっていた白子村の彦兵衛《ひこべえ》の持船神昌丸が、午後2時、アリューシャン列島の西端アムチトカ島に漂着した。乗組員は船頭の大黒屋光太夫（33）以下17名で、うち1名は途中で死亡。この千石積みの廻船は、紀伊家の廻米500石と木綿・薬種・紙などを江戸に運ぶ途中だった。

島には現地人と、ラッコの皮などを買いにきた25名のロシア人がいた。光太夫たちにとって、辛い4年間の島の生活が始まる。

こののち、一行はカムチャツカ、シベリアを経て首都ペテルブルグ（レニングラード）に至り、女帝エカテリーナ2世に拝謁、ロシア使節ラクスマンの船エカテリーナ号で、ようやく日本に帰ってくる。漂流後10年、帰国の途につくことができたのは光太夫と小市《こいち》、最年少の磯吉の3人だけ。その小市も、壊血病にかかり根室で死亡する。


「十七人もいて日本へ帰ってこれたのは三人だけ……ううん、結局は二人か。それも十年がかりでやっと。途方もない話だったんだな」

「十七人の中には自分で選んで、ロシアに残った人たちもいたはずよ」

「そうなんだ」

「現地の女性と結婚したり、ロシア正教に改宗したり。ロシアに残った彼らと日本へ帰ってきた光太夫たちと、いったい、幸せな人生を送ることができたといえるのはどちらかしらね」

さらにページを進める。

天明四年には若年寄田沼意知《おきとも》が暗殺され、天明六年には父親の意次も老中職を解任された。時期を同じくして十代将軍徳川家治《とくがわいえはる》もこの世を去っている。田沼政治の終焉だ。蝦夷地の調査に派遣された最上徳内たちが、南下してきたロシア人たちと接触したという記事もある。ところが、田沼意次の失脚の煽りで、調査自体が打ち切りになってしまったらしい。これも残念な話というしかない。天明七年六月、松平定信《まつだいらさだのぶ》が老中就任。元号はまだ変わらないが、ここから寛政の改革が始まるわけだ。

同じ年の十二月、紀伊藩主に本居宣長が政治意見書を提出したという記事があった。為政者の責任を厳しく弾劾する一方で、日本は神国だからといって、朝廷崇拝と外国排斥を訴えているところがこの人らしい。

それからは幕政改革の記事が多くなる。奢侈禁止令。出版規制。異学の禁。まったくろくなものがない。戯作者の朋誠堂喜三二《ほうせいどうきさんじ》が筆を折り、恋川春町《こいかわはるまち》が謎の死を遂げる。寛政三年には山東京伝が禁制に引っかかり、版元の蔦屋は身代半減を命じられてしまう。蔦屋が歌麿を起用して、錦絵の出版に力をそそぐようになるのはこの後からだ。

寛政四年。注目したい記事が二つあった。

〔林子平　海防を説いて禁錮に　「海国兵談」は絶版〕

5月16日　江戸　「海国兵談」「三国通覧図説」を著した林子平（55）が、老中松平定信（35）の命により禁錮となり、両著書も絶版となった。

前年刊行された「海国兵談」は、日本の中枢部ともいうべき江戸沿海の防備をうったえ、「細かに思えば、江戸の日本橋より唐・阿蘭陀迄、境なしの水路となり」という有名な警句をもって、江戸湾への異国船侵入の可能性を指摘している。また、1786年刊行の「三国通覧図説」は、朝鮮・琉球・蝦夷地と無人島（小笠原諸島）の地図などを示し、国防的観点から4地域の地理や風俗を解説。とくにロシアの南下に備えるため、蝦夷地の本格的経営を提唱した。
幕府はこれを「虚構妄説」、幕政批判の書ととらえた。子平は翌年、禁錮先の仙台で「親も無し妻無し子無し板木無し、金も無けれど死にたくも無し」の歌をのこし、世を去る。

現代人の視点で見ると、林子平の指摘は一から十まで正論で、六十年後の黒船の来航を正確に予見したものだと分かる。妄言として弾圧してしまえば、そんなことは現実に起こらないとでも幕府は考えたのだろうか。不遇のうちに死んだ林子平が気の毒である。
そんな幕府への痛烈なしっぺ返しのように、たった四ヶ月後、通商を求めてロシアの船がやってきた。

〔ロシア使節ラクスマン　漂流民光太夫を伴い　根室に来航〕
9月3日　蝦夷　ロシアの特使アダム・ラクスマン（27）が、1783年にアリューシャン列島のアムチトカ島に漂着した大黒屋光太夫（42）らを伴い根室に来航、日本との通商を求めた。
光太夫は、漂着後4年をへてイルクーツクに着き、シベリア総督に3度の帰国歎願書を出すが、拒否された。その後、帝国科学アカデミー会員キリル・ラクスマンのはからいで首都ペテルブルグに招かれ、女帝エカテリーナ2世に拝謁、修交使節とともに帰国することを許された。キリルの子で使節を命じられたアダムに伴われ、光太夫らは前年11月にペテルブルグを出発、大陸を横断してオホーツクに出、ようやく根室に到着した。漂流以来10年、17人いた乗員のうち帰国できたのは光太夫と磯吉・小市の3人だけだった。

幕府は目付石川忠房《いしかわただふさ》らを派遣し、翌年、会談にあたらせる。

「考えてみると凄いな。エカテリーナ二世といったら、同じ時期の天皇も将軍もとても比較にならない、世界史のレベルで有名人だ。そんな超大物に、遠い島国の、難破した船の船乗りが拝謁することができて、おまけに帰国するため、わざわざ船まで用意してもらえたんだから。とんでもない出費じゃない」

「それだけ日本との通商実現にかけた期待が大きかったということ。光太夫は女帝から金メダルももらっている。実質的に外交使節として送り出されたのでしょうね。光太夫もそのことを心得ていて、宮廷の貴族や大商人たちの期待と関心を煽るように振舞ったんだと思う。光太夫自身、日本とロシアの国交を実現させて、外交官として活躍する将来の自分の姿を夢見たのかも」

遣日使節来航騒動の決着は、明くる年、寛政五年に持ち越された。

〔松前の日露会談進展せず　ラクスマンに長崎回航を要請〕

6月27日　蝦夷　前年、漂流民大黒屋光太夫らを伴って根室に来航したロシアの特使ラクスマン（28）と、幕府派遣の目付石川忠房（39）・村上大学《むらかみだいがく》（21）による3度目の会談が、松前で行われた。鎖国後初の通商・外交を求める使節だが、外交交渉の窓口である長崎への回航を主張する老中松平定信の意見により、長崎への入港許可証を交付したにとどまった。

ラクスマンは来航以来、10か月近くこの会談のために待機していた。第1回目の会談は6月21日、松前藩の浜屋敷において行われ、24日の第2回目ではラクスマンがシベリア総督の公文書を手渡し、同時に遭難船員の引き取りを要請。日本側は長崎以外の地での交渉には応じられないことを伝えるが、船員の引き取りは受諾した。3度目の会見でも幕府は姿勢を変えることなく、再度長崎への回航を求めたのである。

6月30日、ラクスマンは、不本意ではあるが一応の成果はあげたとして、長崎に向かうことなく帰国。光太夫・磯吉の2人は9月18日、江戸城の将軍の面前でロシア事情について取り調べをうけ、その体験談は翌年、蘭医の桂川甫周により「北槎聞略」としてまとめられる。

「何なの、これ。最悪のタイミング」
同じページの、すぐ下の記事を見てウチは目を剥いた。
同年七月二十三日、ロシア使節が離日して一ヶ月と経たないうちに、長崎での外交交渉を指示した松平定信が老中職を解任されている。光太夫と磯吉はまだ江戸に着いてもいなかったはずだ。

ロシア船の来航と通商要求がよほどショックだったのか、松平定信は海防体制の見直しに取りかかり、大規模な再編構想をまとめていた。このことは別の記事に書いてある。これでは何のために林子平を弾圧したのか分からない。そもそも田沼意次が十年前に手をつけた事案だ。ところが、定信が失脚したせいで、十年遅れのこの構想も実現を見ないまま棚上げになってしまった。もとの木阿弥、同じことの繰り返し。

「定信自身はこの時、ロシアとの交渉に乗り気だったといわれているの。長崎への回航を主張したのも、先例遵守と、通商の準備を整えるための時間稼ぎ」

眼鏡のフレームを押さえ、くいと上げるとヒメがいった。

「ホントに？」

ナスチャが驚きの顔で、ヒメを振り向く。

「幕末の勘定奉行で海防掛も兼ねた川路聖謨《かわじとしあきら》の証言があるの。プチャーチンの艦隊が来航した時、それまでの外交文書を総点検して定信自筆の覚え書を見つけたそうよ。実際、ロシアと争うより、択捉島《えとろふ》か国後島《くなしり》で交易を許可した方がいいと、最上徳内のお師匠の本多利明《ほんだとしあき》という学者が建白書を書いて献策したことがあるから、まったく有り得ない話とはいえない。定信には光太夫を引見した後、あれは器量者だといって喜んだエピソードもあるしね。けれども、そんな未来の可能性も定信の失脚といっしょにお流れ」

「………」

「黒船来航――ペリーの艦隊がやってくる前にも、幕府の中で鎖国をやめようかという動きはいくつかあった。そのたびに反対派の巻き返しで潰されるの。もしかすると、この時が最大のチャンスだったかもしれないな。実現していたら、日本の歴史はずいぶん異なる道筋を辿ったでしょうね。それがよかったか、悪かったかは別にして」

「それも歴史のＩＦだね」

さて、とページを捲りつつウチはいった。

「いよいよメインイベント、写楽のお出ましはこの年だ」

一七九四年――寛政六年。写楽の記事、それに大黒屋光太夫のロシア見聞を桂川甫周が書物にまとめたという記事のページに戻ってきた。

「ヒメ、どうする?」

「どうって?」

眼鏡の端からヒメがじろりと見返した。

「大黒屋光太夫が江戸へやってきて、次の年、一年と経たないうちに写楽の役者絵の出版がスタートした。この二つの大事件を、どうやって結びつけたらいいか」

「ただの偶然」

「ダメ、ダメ。そこはどや顔を作って、こう、上から目線で決めつけるの。こんな偶然、あるはずがない!」

ウチはグーの形に拳を固めて振り上げた。

「……この人、グーで殴っていい？」

何故かナスチャに向かってヒメが訊いた。

「ダメ、ダメ。返り討ちにされちゃうから」

両のてのひらを硬い笑顔の前で揃えて、ナスチャが押さえる仕草をする。

「あ、あの、皆さん、お声を少し……」

再び後ろから呼びかける声。振り返ると、カウンターから例のおとなしそうな一年生がウチらを見ていた。

「何か？」

「い、いえ、ごめんなさい！」

何故かウチらに謝ると、一年生はそのまま顔を下に向けてしまった。気にしないでおこう。

「ちゃんと聞きなよ。ヒメもナスチャもさ」

右手でヒメの、左手でナスチャの肩を、ウチはぐっとつかんで引き寄せた。

「おろしや国ではお客さま扱い、あちらの貴族の皆さんやお偉い学者センセイの間で引っ張りだこの人気者でしたといったところで、もともと光太夫は船乗り身分。仕事で江戸へやってくることはあっても、浮世絵や歌舞伎にどれくらい馴染みがあったかは怪しいじゃないさ。ロシアに十年もいて、油絵の具の肖像画もたくさん見てきたはず。描き方も教えてもらったかもしれない。そう考えると、西洋人の場合と条件はそう違わないよ。それでいて日本へ帰ってからも割合出歩きはできたようだし、芝居町に出かけて歌舞伎を見物するくらいはあったかも。二十年前の脱走船騒ぎの件があるから、ロシア帰りの光太夫と阿波藩の間に接触があったことは充分有り得る。版元の蔦屋は、これは出版業だから、国学でも蘭学でも江戸の学者センセイ方には顔が利く。だいいち、ロシアから見た場合、日本は東の果てにあって、日本からやってきた名士さまの光太夫はそのまんま東洲斎、日本人の絵描きさんで東洲斎写楽だ。東の島国へやってきた西洋の人たちに東洲斎を名乗らせるよりは自然な発想だよね。これだけ材料が揃って、まだ不足がある？　たとえ偶然だったとしても、こんなに美味しい偶然、まさか放っておこうとは思わないよね？」

「うーん――」

気持ちが動いたのか、ヒメの目がふらふら泳ぐ。一方のナスチャの瞳はすでにほとんどハートマークだ。

「どんな時代に写楽が登場したのか、せっかくここまで見えてきたんだ。このアイデアでどこまで進んでいけるか、やれるところまではやってみない？　江戸時代の日本とロシアの交流なんてことは興味もない人たちが大部分。いままでにない視点や発想で歴史を見るって、そういうことじゃないの」

「アサさん」

ヒメの視線がようやく定まり、レンズの奥からウチをまっすぐ見つめた。

「正直いって見直したわ。あなた、時々はホントにまともな発言をするわね」

「時々というところが、その、すっごい引っかかる……」

「こんなことでもないなら、あたしたちも調べやしなかったものね。事実の断片を繋ぎ合わせるようなパズルの真似事でも、これがきっかけで興味を持つ人たちが出てきてくれるならやるだけの意義はあるかも」

「そうこなくちゃ！」

ナスチャが高々と片手を突き上げる。ウチもヒメの肩から手を外すと、ぱちん、と彼女のその手に打ち合わせた。

「ところで、何から手をつけるかの当てはあるの？　大黒屋光太夫と東洲斎写楽を、いったい、どこをどうしたら結びつけられるか」

やっとウチの手から解放されて、軽く伸びをしながらヒメが訊いた。

「ああ、その点なら任せておいて。ちょっと気づいたことがあって。たぶん、目のつけどころに間違いはないはず」

「ふうーん。期待していい？」

「ま、そこのところは結果次第」

まわれ右。くるりと後ろを向くと、両手でメガホンを作ってウチは呼びかけた。

「図書委員さん、ちょっと！」

「――ハイ!」

カウンターの一年生は返事をするなり、起立、直立不動の姿勢になった。そこまでかしこまらないでもいいだろうに。案外に体育会系なノリの子なのかもしれない。

「そのパソコン、ネットに繋がるよね?」

とウチは確かめた。

三

……きんは七歳の文化十三年に、下谷御成道(今の黒門町)の石川家へ御奉公に出た。御奉公に上ったとはいうものの、幼年のことだから、乳母が付いておったという。当時の風習で、幼年者が大名の奥向へお茶小姓といって奉公したものである。勿論民間から突入するのではない。いずれもその藩の家来達の娘が、御愛嬌に奥方のお側へ出ているのであったが、豊国の娘は例のお茶小姓ではなく、お画具《えのぐ》ときという名目であった。この石川家は、伊勢亀山の城主で六万石、主殿頭総佐《とのものかみふさすけ》といわれた。その殿様のお道楽は浮世画であって、俳優の似顔などを描かれた。そうして画を豊国に習われ、国広という号をさえ持っておられた。江戸三百年の間に、浮世画師の弟子になったり、俳優の似顔を描いたりした大名は、この石川主殿頭のほかにはない。無類一品の殿様である。豊国代々の紋章になったあの年の字を丸くした紋所も、亀山侯の徽章であるのを、殿様が初代に襲用を許したのだそうだ。

——三田村《みたむら》鳶魚《えんぎょ》「歌川豊国の娘」

国広　【生】（空白）／【歿】（空白）／【画系】初代豊国門人／【作画期】文化—文政
伊勢亀山の城主石川日向守《ひゅうがのかみ》、下谷御成街道の邸に住み、浮世絵を初代豊国に学ぶ、其の関係によりて豊国の一女きん（国花女《くにかめ》）を、七歳の時「お絵具とき」といふ名目にて召抱へしと云ふ。豊国の画印として用ゐし年丸の紋は、此の亀山侯より與へしものなりとぞ。（初代豊国の外孫伊川家の伝へに拠る）

——井上和雄《いのうえかずお》『浮世絵師伝』

石川総博（いしかわ　ふさひろ・一七五九〜一八一九）＝伊勢亀山藩六万石石川家第五代当主。宝暦九年、支家石川阿波守総恒《あわのかみふさつね》の二男として江戸で誕生。安永五年五月総純《ふさずみ》の養子となり、七月家督を相続、翌六年十二月従五位下日向守に叙任した。前代から総博の時代にかけては風雨の害が多く、明和八年椋川を改修した藩士生田理左衛門《いくたりざえもん》によって、安永九年鈴鹿川の流路開通工事が完成されている。寛政二年には藩校明倫舎が置かれ、漢学・習字・芸術を講じた。領内若松村の船頭光太夫が白子浜から出帆し、ロシアに漂着したのもこの時代である。同八年五月隠居、文政二年六月江戸で卒去した。法号は体全日見総博院。

――『三百藩藩主人名事典』

四

「よりによって、こんなところで名前が出てくるなんて。江南亭《こうなんてい》国広か。亀山藩にはこの人がいたんだ……」

該当の記事を読み上げた後、コピー用紙に視線を落としたまま、もう何度目とも知れない溜め息をヒメは吐き出した。

「知ってたんだ？　ヒメ」

みぞれのシロップをたっぷりそそいだ氷の山をプラスチックのストローでさくさく突き崩しながら、ナスチャが訊く。

「知識があっただけ。大黒屋光太夫や、ましてや写楽に結びつけては考えなかったな」

「有名な人なの？」

「メジャーとはいえないでしょうね。浮世絵よりも浮世絵師、業績よりも面白エピソードに興味を持つ人でないなら、ほとんど聞き覚えもないと思う」

「そっか。だから、ヒメには覚えが」

「納得しないで欲しいな」

下校の途中、ほとんど行きつけの溜まり場になっている甘味処にウチらはいた。部活が終わって合流したホーちゃんもいっしょだ。

テーブルの上には人数分のかき氷。

夏本番で、午後六時をまわっても窓の外はまだまだ明るかった。

「ちょっと信じられないな」

宇治金時の、濃緑の氷をひとすくいして口に運びながらホーちゃんがコメント。

「六万石のお殿さまじゃない？　そんな人が浮世絵を描いて、描くだけでは飽き足らないで出版まで手を出したなんて。いったい、ホントの話なの？」

「当てにならない巷の風説ならともかく、出どころは考証家の三田村鳶魚の聞き書きで、初代豊国の孫娘の証言なのよ。年之丸の印章も亀山侯が豊国に与えたものだって。信憑性は高いと思う」

「けれど……ちゃんと実在するの？　国広なんて絵描きさんが」

「それは確か。江南亭国広といって、豊国門下の歌川派、上方歌舞伎の役者絵や美人画、風景画をたくさん描いて残した浮世絵師よ。この人、姓を滝川、大坂の住人だったというくらいで詳細はいっさい不明。版元天満屋の関係者ではないかという見方がある程度ね」

資料のコピーからヒメは目だけを上げる。

「だから、鳶魚が書き残した通り、亀山藩の殿さまが素姓を伏せて出版したという可能性は否定できない。江戸ではなくて監視の緩い大坂を選んで出版したところにリアリティがあるし、江南亭の画号は、近江の南、伊勢の国の住人とも解釈できるでしょう？　滝川といったら昔の伊勢の豪族だし、別の画号にも伊勢地方を連想させるものが多い。ただ……国広という絵師は活動期間がずいぶん長くて、明治になってからも錦絵を残したの。いくら豊国の門人の数が多いといっても同じ画号を二人に与えるはずはないから、亀山藩主との同一人物説を認めるなら、さすがに外聞を気にかけて、同門の誼で国広の画号を使わせてもらって錦絵を出版したか、それとも亀山藩にゆかりの誰かに後で画号を継がせたのでしょうね」

「へーえ……」

「ただ、鳶魚の説明にも疑問がないとはいえない」

コピー用紙の向きをくるりとまわし、ホーちゃんに突きつける。

「ほら。鳶魚は、国広を名乗って浮世絵を描いたお殿さまは石川総佐だと説明しているでしょう？文化十三年時点の亀山藩主だから、単純に総佐のことだと決め込んでしまったのでしょうね。けれども、総佐は九歳で石川家を継いで、豊国の娘が召し出された文化十三年の時点でもまだ二十二歳。たとえ本人の道楽が浮世絵でも、さすがに出版まではまわりが止めたと思う。それにこのお殿さま、当時の風潮もあって熱心な蘭癖、西洋趣味だった。家中に蘭学を奨励して、自分でもフランス語の修得に励んだり、ヨーロッパ風に軍制を改編したという話まであるくらい」

「何というか」ストローとかき氷をくわえたままホーちゃんはコピーを受け取ると、「生まれてくるのが四十年早かったみたいな人なんだ。浮世絵師のイメージからはちょっと遠いか」

「だから、国広がホントに亀山藩の殿さまだったとしたら、総佐とは別人だという見方もある。可能性があるのは、当時、すでに隠居の石川日向守――」

「総博、か」

途中まで口にしたヒメの結論にかぶせるようにウチは横からいった。

手許の資料に視線を落とす。こちらも図書室で従順で可愛らしい図書委員がコピーしてくれたもので、歴代の亀山藩主、譜代大名石川家の当主たちの略歴が並べられている。石川総博という人は、十八歳の年に亀山藩主に養子縁組して、この直後に家督相続。末期養子というやつだ。寛政八年の五月に三十八歳で隠居、それから二十年余を経て、文政二年六月五日死去、享年六十一。次の代の総師《ふさのり》は享和三年六月に二十八歳の若さで早世、蘭癖大名の主殿頭総佐は、先々代の総博の死から一年、後を追いかけるように二十六歳の若さで亡くなったから、なるほど、道楽に浮世絵を描いて、文化十三年に豊国の娘を召し出した殿さまに相応しい候補者は日向守総博の他に見当たらない。

「国広の画号も、豊国と総博から採ったと考えるのが自然か。それに十八までは部屋住みの次男坊だったわけだから、それまでに悪所通いをして遊び歩いて、版元や浮世絵師たちと親しくなっていてもおかしくない。ちょうど田沼時代の真っ只中だし……あっ、でも、寛政八年に三十八歳だったなら、その二年前は、殿さま、写楽が登場した年には三十六歳だ。豊国はもっと若くなかった？」

「当時は二十代半ばね。部屋住み時代に知り合い、浮世絵を手ほどきしてもらったと仮定するなら、同じ歌川派の絵師でもそれは豊国じゃなくて、お師匠の豊春だったかも」

「おお！　西洋画を模写した人だ」

「姫路藩主の弟で、世を拗ねて風雅の道へ進んで江戸琳派を打ち立てた酒井抱一《さかいほういつ》も、一時期、浮世絵に手を出して豊春の下で学んでいる。同じ部屋住みの境遇で、二、三歳しか年齢も違わないはず。総博もやっぱり豊春と親しかったことは考えられる。錦絵出版の便宜のために形の上では豊国の門人ということにしておいたのでしょうね。下谷御成街道の藩邸に豊国の七つの娘を召し出したのは、その見返り」

ひと通りのところをヒメは語り終えると、ブルーハワイのきらめくような水色に彩られたかき氷を引き寄せた。

「朋誠堂喜三二は出羽秋田藩士だし、恋川春町は駿河小島藩士だった。同じ時代の亀山藩士の中にも、浮世絵師か、そうでないなら戯作者がいたかもしれない。そんな人が都合よく見つかってくれたら、理屈をこじつけて写楽に繋げられるとは期待したけれどさ。まさかお殿さま直々にお出まし願えるなんて」

テーブルの空きスペースにウチはコピーの束を投げ出した。

「そうだ、写楽、写楽だ！」

ホーちゃんが叫んだ。ストローの末端を口にくわえ、じゅるると音を立てて緑色の氷水を吸い上げると、

「ロシアから帰ってきた大黒屋光太夫や、浮世絵を描いた殿さまが、ちょうど写楽と時期が重なる人たちだってことはいままでの話で納得できたよ。それでアサさんもヒメも、結局、どうやって写楽の正体に説明をつけるわけ？　ロシア帰りの光太夫が写楽の名義で役者さんの絵を描きましたなんて、そんな怪しい新説、ホントにきちんと筋が通るの？」

「それはもちろん――」

といいかけ、ウチはちらっとヒメを見る。

「これはアサさんのアイデアでしょう。お手並み拝見、といくわ」

そういってヒメはそっけなく、顔の横でてのひらを振った。野良猫でも追い払うような仕草だ。ナスチャもかき氷をつっつきながら、期待の目でウチを見ている。

どうやら自力の謎解きとなるようだ。

目の前の黒光りのする塊をひとすくいして、コーラ味の氷を舌の上で転がしながら、ウチは頭の中で考えをまとめた。

直接の証拠はない。東洲斎写楽が江戸に登場した当時、覆面浮世絵師だったという疑いがある石川日向守総博は現役の伊勢亀山藩主で、ロシアから帰国間もない大黒屋光太夫は亀山藩の領民だった。それだけの繋がりから、大黒屋光太夫を写楽に仕立ててしまおうというのだから容易でない。

「……一目瞭然のところから始めるか。写楽が消えた直後の寛政七年三月、伊勢の国の松坂まで蔦屋が遠出して、本居宣長を訪ねたことはヒメの話に出てきたよね？」

「著作を出版する打ち合わせだっけ」

「当時の松坂は、国は伊勢でも紀伊藩領だった。大雑把に説明したら、亀山藩領を南下して、藤堂《とうどう》家の津藩を通り過ぎ、お伊勢さん――伊勢神宮の手前が松坂という位置関係」

「すると……どうなるの？」

「初めから宣長が目的で江戸を出発したと考えるから、蔦屋は外国嫌いの国粋主義者扱いされちゃうわけ。けれど、ホントのお目当てが、手前の亀山藩か、津藩かの知り合いを訪ねることだったとしたら？　出版の企画もあるし、せっかくだからひと足延ばして、巷で評判の宣長センセイに挨拶しておこうと考えることがあってもおかしくない。商売上手で目端の利く版元なら、それくらいの労力は惜しまないはず」

「ホントの行き先は亀山藩だってこと？　でも、何でそんなところに……あっ！」

両手を叩き、ホーちゃんは答えを叫んだ。

「参勤交代！」

「正解」

ウチは首を縦に振った。

「図書室に『武鑑』があったから確認済み。亀山藩石川家の参勤は、六月参府、翌年六月帰国の決まりだった。『続徳川実紀』によると総博は、寛政四年三月に西の丸大手門の警備、寛政七年九月に二の丸の火の番を仰せつかったから、寛政六年六月から翌年五月までの間、伊勢の国を蔦屋が旅した時期にはちょうど国許に帰っていた」

凄い、とホーちゃんが唸った。

「そんな本まであるんだ。あの図書室……」

「こら、そっちで驚かない」

「大黒屋さんの地元の亀山藩と版元の蔦屋に繋がりがあると考えたから、アサさん、同じ時代の戯作者や浮世絵師が亀山藩にいたか、ネットで調べてもらったんだね。図書委員さんに」

いまさらのようにナスチャが口にした。

「さすがに殿さまが引っかかることまでは期待してなかったな。浮世絵師と付き合いがあって、役者絵を自分でも描いたらしいんだから、とんでもない隠し玉だね。ホント、辻褄はひとりでに合ってくれるんだ。さ、これで面白くなってきた」

ウチは両手を揉み合わせた。

「寛政六年の春、当時の江戸はロシア帰りの大黒屋光太夫の話題で持ちきりだ。ひと儲けできたらと蔦屋が考えて、伊勢亀山藩に口利きを頼ったという仮定は成り立つよね？　といおうか、この場合は亀山藩しか当てにできない。蔦屋は幕府に睨まれていたもの。江戸に移されてからの光太夫と磯吉はいちおう幕府の監視下に置かれたから、真正面から訪ねても警戒されるだけ。蘭学者たちに相談を持ちかけたところで便宜を図ってもらうことまではとても期待できない。その点、亀山藩なら都合がいい。何たって神昌丸の船員たちの地元だもの。国許には彼らの家族や親類、縁者が大勢いる。江戸に出てきた家族を光太夫たちに引き合わせたり、地元に遺品を送り届けたり、それに調べてみたら、後になって光太夫も磯吉も時日を限って帰郷を許されていて、生まれ故郷の人たちとの再会が実現したの。どれをとっても亀山藩の手配りなしには進まない。光太夫たちと亀山藩の間には何かにつけ往き来があったんだ」

いったん言葉を切ると、ウチはストローに唇をつけた。何だか喉がひどく渇いた。

「蔦屋は亀山藩のお殿さまに頼んで、大黒屋さんに役者さんの似顔絵を描いてもらったことになるの？」

とナスチャの問い。まさか、とウチは首を横に振った。

「きっと初めの考えでは、漂流してからの十年間の体験記とか、ロシアで見てきた宮殿や街並み、風俗、自然の風景を描いた錦絵とか、そういうエキゾチックな出版物を売り出せたらという企画だったの。これなら大ヒットは疑いなし。そんな目論見でちょうど江戸に参府中の総博や、跡継ぎの総師に取り入って、蔦屋は光太夫に接近したんだ」

「ああ！　それ、絶対話題になる！」

「実現したらの話だけれどね。光太夫たちの処遇がちゃんと決まらないうちは、ひそかに準備を進めるのがせいぜいで、ロシアの本もロシアの絵もいざ出版とはいかない」

そこで、とウチは指を一本立てた。

「埋め合わせに浮上した企画が、写楽の錦絵、役者絵の大量出版だったわけ。たぶん、この企画は総博の方から持ちかけたんじゃないかな。ちょうど豊国の役者絵のシリーズが成功を収めたところだったから、だったら俺も一つ、と考えたということだって」

「お殿さまが？」

「ペテルブルグで光太夫が覚えてきた西洋流の描き方を面白がって、自分がスポンサーになって費用は出すから、役者さんたちの似顔を錦絵に仕立てて売り出せとでもいったんだよ。一種の道楽出版だね。調べてみたら、写楽が最初に出版した大首絵のうち、『花菖蒲文禄曽我』というお芝居から最多の十一点が描かれていて、このお芝居の元ネタは地元の伊勢亀山で起きた事件だった。ひょっとすると接待のため蔦屋はこのお芝居を選んで、亀山藩の殿さまや光太夫たちを歌舞伎の見物に招いたのかもしれないいな。そんなきっかけで、役者絵を出版してやろうと殿さまはすっかりその気になっちゃった」

「お殿さまが、写楽のスポンサー……」

「だから、まったくの新人絵師が、一度に三十点近い数、サイズは大判、雲母摺りの豪華版で出版するなんて派手なイベントになったんだ。外部からの持ち込みの企画で、スポンサーが出版費用をまるまる出してくれるから、錦絵が売れても売れなくても蔦屋の懐は痛まない仕組みだった。そうでもないなら、経営難の蔦屋が、あんなギャンブルまがいの売り出し方をするはずないよ」

外国人説は現実的でないとヒメが批判した時、見落としがある、落とし穴があるように思えて引っかかったのはここのところだ。

よくよく考えると、版元の蔦屋自身が直接写楽と知り合って、出版を企画し、芝居見物の手配を行い、出版の経費を自力で工面したとは限らない。

写楽の出版が蔦屋の企画ではない――他に企画者やスポンサーが存在して、出版費用は相手持ちだったという場合だって有り得るのだ。

「写楽の出版がスポンサーつきの、つまり、自費出版だって話は前からあるんだっけ？」

ウチはヒメに確かめた。この手の話題は彼女が一番詳しい。

「ああ、あったな。蔦屋の経営状況、経済力を考えると、スポンサー説は合理的なところがあって納得しやすいの。一挙に三十点近い新作となると、費用を捻出するだけでも相当に困難がある。再三再四出版を重ねて、現存するだけでトータル百五十点近く。いくら再起のためとはいえ、無名の新人を起用して、こんなギャンブル行為に蔦屋が打って出たとは考えづらいでしょう。だから、自費出版」

「解説、さんきゅ」

後になるほど写楽の錦絵がどんどん安っぽくなり、それでいて点数ばかりがむやみに増えていったという迷走や、二流三流の端役を平気で描いていることも、蔦屋自身の企画でないなら納得しやすい。評判や売れ行きが悪かったり、取り締まりが強まって現状維持が困難になったというなら、その時点で打ち切るか、出版の規模を縮小する方が自然だ。けれども、出版費用が相手持ちなら、蔦屋の立場は印刷所のようなものである。だんだん出来が悪くなって、たとえ粗製濫造のていたらくになろうとも出版を続けるうちは稼ぎになるのだから、自分からもうやめましょうとはいわない。

ナスチャもホーちゃんも、うんうん頷きながら説明に聞き入っていた。

「――最初の出版の翌月、参勤期間が終わった総博は国許に帰ってしまう。その後に光太夫と磯吉の処遇がようやく決まって、身分は直参扱い、江戸定住が厳命された。幕府は海外の情報が広まることを嫌ったから、江戸のロシアブームを当て込んだ出版の企画はあっけなく頓挫。仕方がないから、蔦屋は総博から預かった出版費用の分だけは写楽名義の錦絵の出版を律儀に続けて、ひとくぎりついたところで、一連の経緯について報告と弁明をするためにいそいそと伊勢の亀山まで出かけていったわけだ。少し先の松坂まで足を延ばして本居宣長を訪ねたのはそのついで」

「………」

「次の参勤で江戸へやってきた時、総博は三十代の若さで隠居するじゃない？　他に不祥事があったようでもないし、これ、きっと写楽の出版に関わったのがバレちゃったせいだよ。そんな経緯で光太夫も口をつぐんで、以後、おおっぴらに絵を描くことは自重した。それから……ああ、油絵を描いた有隣か。享和の間に死んじゃったんだから、これは次の代の総師だろうね。西洋流の絵画技術を光太夫から教えられて、ロシア風にユーリとでも名づけてもらって御満悦でいたんだ。お父さんの総博が資金を出して写楽が描いた絵を出版させたんだから、写楽はきっと若殿時代の総師に違いない、みたいな噂が一部で流れたんじゃないかな。たぶん。ええと、これでひと通りの説明はついた、かな……？」

ストローをくわえ、コーラ味の氷水をじゅるじゅる吸い上げながら、ウチは上目遣いでクラスメートたちの反応をうかがった。

愛想のかけらもない表情のままヒメは片方の肘を前後に動かし、すぐ隣のナスチャを小突いた。

「え、何？　どうしたの？」

「ほら、アサさんが感想を聞きたいだって。何でもいいから、気の利いたことをいってやんなさい。テキトーでかまわないから」

「ナスチャ、しっかりよろしく。あたしの分まで任せた」

反対の側からもホーちゃんが、交換留学生の肩を叩いて激励する。

「え、ええと、ええと、えーっと……」

ロシアからやってきた天使のような美少女はほんの少し言葉を詰まらせて迷った後、

「はらしょおおおーっ！」

割れんばかりの拍手と共に叫んでくれた。

阿波徳島伝東洲斎《とうしゅうさい》

過去の芸術における一人の偉人に迫るには、――たとえいかに才気に満ち、そして興味を引かれる対象であったとしても――もっぱら美的見地からのみ評価するだけではもはや十分ではないということを、今では我々はきわめて正確にわかっている。歴史的研究が不可能な場合は、当座しのぎの策としてそれで満足せざるを得ないが、多くの芸術的評価を歴史的事実の確固たる骨格の中に入れなければ、確かなことは得られない。この骨格を組み立てることを好ましく、また面白いことであると主張することは、私にはできない。

――ユリウス・クルト

一

「コレクションの中から面白いものが出てきたのです。御覧いただけますか?」

正午の空砲がドーンと響いたその直後。休憩の誘いに顔を覗かせた坂本《さかもと》がそんなことをいって、紙袋をかかげてみせた。

鷹揚にコートが頷いてみせると、

「見覚えはございませんか、領事閣下」

紙袋の口を開けて、坂本は一枚の版画を引っ張り出した。

かなり色褪せた錦絵である。舞台の一場面が、紙の上にそっくり切り出されたかのよう。時代がかった衣装をまとい、前かがみに見得を切る役者の姿形に躍動感があって、舞台化粧を巧みに誇張した表情がユーモラスだ。

「書き込みが裏にあります。ポルトガル語の文章を読める者がいないのですが……署名はおそらく、領事閣下のものではないかと」

「ほう」

コートは版画を手に取ると、再度念入りに絵を眺め、これを裏返した。

ポルトガル語の文章が走り書きされている。異国の風景に引っかけて女性の美しさを褒めちぎっているだけの、他愛もない内容の詩だ。出来はよくない。だが、ペドロ・ヴィセンテ・ド・コートという署名は、確かに彼のものに違いなかった。

「おお！　これはおヨネさんに贈ったものです。間違いない。モラエスの妻になる、少し前のことでした」

「そうでしたか」

「すると、モラエスはこの絵をずっと手許に……無理もない。おヨネさんの形見ということになるのだから」

コートは立ち上がると、窓外の明かりに版画をかざした。かつての神戸の風景がそこに浮かんでくるような気がした。

ヨネは美しい女性だった。黒めがちの大きな目に素晴らしく整った顔の造作。いまから振り返ってもコートが出会った日本人女性の中で美しいということでは群を抜いていた。

初めて彼女を知った頃、ヨネは遊郭で芸者働きをしていた。芸者は芸を見せるだけで、遊女と違って客は取らない。それでも飛び切りの美貌のおかげで、神戸居留の西洋人たちの間で彼女の人気は高かった。とりわけ熱烈に惚れ込んだのが友人のモラエスだった。やがてヨネが健康を損ない、故郷の徳島へ帰ってしまったことを知ると、ただちに徳島まで追いかけていき、彼女を探し当てて求婚した。彼らの結婚は、明治三十三（一九〇〇）年の十一月だったから、すでに三十年近くも昔ということになる。モラエス、四十六歳。ヨネ、二十五歳。日本の作法に従って式を挙げた。黒紋付の羽織袴に白扇を差した大男のモラエスと、純白の花嫁衣裳に細身を包んだヨネの姿が、昨日の出来事のようにコートの目に浮かぶ。まるで童話の中の一場面を見るようだった。

「美術商でたまたま見つけて、わたしよりも、おヨネさんが興味を持ったのです。彼女が教えてくれましたよ。これを描いた画家は、自分と同じで徳島の人間なのだって。とても嬉しそうでした。そんなことでもなかったら、たぶん、買いはしなかったでしょう」

思い出しつつ、コートは経緯を語った。

外国人相手の美術商が神戸には多い。中でもエキゾチックな錦絵は、割合に安価ということもあって、土産物に喜ばれた。当時から領事館勤務のコートは購入を頼まれることがよくあった。そうはいっても、日本の絵の知識はさっぱりで、何がいいかもよく分からない。そこでヨネに相談して、しばしば買い物についてきてもらったのである。

「何といったかな。この画家の名前は」

「東洲斎写楽《しゃらく》です。ここには写楽としか、落款がありませんが」

「そう、シャ、ラ、ク、だ。そんな名前だった」

「三十年前ということでしたら……なるほど、国内では二束三文の値しかつかなかった時分ですか。安い買い物をなさいました」

「いまは違うのですか?」

コートは、版画から坂本へ視線を移した。

「御存知でないのですか?」

かえって坂本の方が驚いた。

「一九一〇年――ちょうど二十年前ですか、ドイツのミュンヘンで写楽の評伝が出版されました。あちらの研究家が書いたものでしたが、何しろ海の向こうの画壇で認められたというのでしょう。これを境に評価がすっかり一変してしまい、無名の絵師が、春章《しゅんしょう》、豊国《とよくに》らを飛び越して、いままでは世界に誇る大芸術家の扱い。浮世絵がどんなものかを知らない者たちまで、写楽は凄い、日本一の名画だと口にするくらいです」

「ほう。それで高値がつくように」

「何しろ寛政年間――十八世紀末の画家ですからね。ただでさえ古くて、そう数が残っていない。海外に流出したものも多くて、いまでは入手しようとしてもなかなか……」

「面白い話です。やがて世界から注目される偉大な芸術が、この土地から出たなんて」

コートは窓の外へ目をやった。緑、緑、緑、ただ緑ばかりが多い城下町の風景。

ここは四国、徳島県。五、六十年前までは阿波の国といった。

昔もいまも、中央からは遠い場所だ。維新からおよそ六十年が経ったが、開発のめまぐるしい東京や神戸とは違い、この徳島は侍の町のたたずまいを残している。

世を拗ねて友人が引き籠り、生涯を終えた同じ土地から、世界的画家が出現したという話はコートをとても愉快な気持ちにさせた。

「さて、実際のところはどうなのでしょう」

学者らしい思案顔になって坂本は語る。

「なるほど写楽は俗称を斎藤十郎兵衛《さいとうじゅうろべえ》といって、阿波藩の能役者だということになっている。古い文献にはそう書いてあります。ところが、この斎藤十郎兵衛という人がよく分からない。世界の大肖像画家になってからというもの、ずいぶん多くの方々が徳島を訪れ、写楽と斎藤十郎兵衛について調べていきましたが、どこを探しても、それらしい痕跡が見つからないのです。だから、いまでは同じ能役者で、浄土真宗の東光寺に墓がある春藤又左衛門《しゅんどうまたざえもん》という人が江戸へ行って名前を改め、斎藤十郎兵衛を名乗ったのだろうといわれていますし、この徳島の出身の鳥居龍蔵《とりいりゅうぞう》先生は、いいや、そうではない、春藤は春藤でも春藤次左衛門《じざえもん》が写楽になったのだと主張しておいでです」

「百三十年か、そこいらの昔の話がもう分からなくなっているのだと？」

「確かな史料が見つからないうちは研究の進めようがないでしょう。近頃は阿波藩も能役者も何かの誤り、勘違いで、役者絵を描いた写楽は別人だという説も出てきたとか。おそらくは他の画家の変名ではなかったかと」

「そんな話まで。おヨネさんが知ったら、きっとがっかりする」

「しかし……昔の文献をまるまる信用できないと決めてかかったら、そこから先は想像で何とでもものをいえますから」

坂本は苦笑いすると、この話題を打ち切るように顔の前で片手を振った。

浮世絵師東洲斎写楽の実像について、阿波藩士斎藤十郎兵衛説が根拠を欠くとして、代わっていわゆる別人説が主流になるのは昭和二十年代に入ってからである。

穿った見方をするなら、江戸の浮世絵の実態を直接知る者たちが絶えてなくなり、大正の震災、昭和の戦災を経て、新しい史料の発見がほとんど期待できなくなったことで、写楽別人説はようやく支持を集めたといえるかもしれない。

「ありがとう。懐かしいものを見せていただいた」

コートは礼を述べると、坂本に版画を返そうとした。

「よろしいのですか？　もとは領事閣下がお買いになられたものでしょう」

モラエスとヨネの形見ではないか、と言外に確かめている。

「御厚意だけでけっこう。わたしはすでにこれを手放した。おヨネさんに贈り、その後はモラエスの手に渡ったもの。コレクションはこの図書館に寄贈するという、友人の遺志を尊重したい。だいいち……もとはこの国の人たちの楽しみだった絵なのですから」

コートは穏やかに答えて、坂本を促した。

「御配慮に感謝いたします」

慎重な手つきで坂本はもとの紙袋に版画を収めた。


太平洋の東向こうからは〝暗黒の木曜日《ブラック・サーズデイ》〟以来の空前の恐慌が海を越えて飛び火して、たちまちに国土の隅々まで燃え広がり、いまや火の海も変わらないありさま。一方ではユーラシア大陸を横断した西向こうの、東西五ヶ国の代表がロンドンに集まった海軍軍縮会議の帰趨を朝野挙げて注視していたこの頃——昭和五（一九三〇）年一月。

在神戸ブラジル領事ペドロ・ヴィセンテ・ド・コートは、やや長めの休暇を取得すると瀬戸内海を渡って、四国の徳島を訪れた。

かつての在神戸ポルトガル領事、ヴェンセスラウ・デ・モラエスがこの世を去って、すでに半年余りが経つ。

日本在住三十年余、公職の傍ら、祖国ポルトガルへ向けて、極東の島国日本の政治、経済、外交、歴史、風俗、信仰、自然、芸術、将来の展望、その他さまざまの見聞を発信し続け、文学者として、近代日本の紹介者として国際的な名声を得たモラエスは、国王暗殺から共和国革命にいたる祖国の政変とその後の混乱、時期を同じくする妻ヨネの病歿にすっかり打ちひしがれて、公職を退くと、ヨネの親類を頼って徳島に移り住んだ。晩年は不遇で、飼い猫とこれも飼っている蛇と、時々遊びにやってくる近所の子供たちだけが慰めの、寂しい生活だったという。昭和四年七月一日歿、享年七十五。住居の壁の貼り紙には「ワタクシハモシモシニマシタラワタクシノカラダヲトクシマデヤイテクダサレ」と書き残されていた。

異国の市井に埋もれるように孤独と失意のうちに死んでいった元ポルトガル領事を、当時の新聞各紙はセンセーショナルに報じた。遺体の状況に不審があったことからさらに拍車がかかり、自殺説、事故説に加えて他殺説まで持ち上がり、報道競争は過熱した。予想外に大きな騒ぎに地元の住人たちはいちように驚き、日頃「西洋乞食」と陰口をいっていた変わり者の薄汚い西洋人が、元領事の前歴にまして、海外では有数の日本通として名高い文学者だったという事実をほとんど初めて知った。

生前、モラエスは遺言状を作成しており、遺産の処分方法について詳細な指示を残していた。銀行に預けた財産は二万三千五百円。現代の貨幣価値では二億円を超える。それほどの財産がありながら、どうして貧窮の生活を続けたのか、皆が首を傾げたという。この財産は遺言に従って相続人たちに分配されたが、これとは別に彼の蔵書や、日本刀、掛け軸、版画などのコレクションは、徳島県立光慶図書館へ寄贈するように指示があった。極端な識者嫌い、名士嫌いで、県内の知識人層とはまったく没交渉だったモラエスだが、唯一、同図書館の坂本章三《しょうぞう》館長とは親交が深かったためである。モラエスの業績と学識の深さを同じ徳島にいて理解する者は、彼の生前、坂本を含め、数えるほどしかいなかった。

ヨーロッパ人の外交官兼文学者に相応しく、モラエスの蔵書は複数の言語にまたがるものだった。英語、フランス語、ポルトガル語。英語やフランス語は問題ない。しかし、ポルトガル語となると話は別だ。地方都市の徳島では修得者はおいそれと見つからない。生前に親交があるだけに坂本は悩み、神戸のポルトガル領事館に相談を持ちかけた。幕末以来の国際貿易港で、神戸には外国人居住者が多い。外交官、貿易商、宣教師、技術者、労働者、ジャーナリスト、国籍も職種もさまざまな人々が集まっている。規模は小さいながら、ポルトガル人のコミュニティも形成されていた。

ブラジル領事のコートは、マカオ生まれのポルトガル人二世で、モラエスとは三十年来の親友だった。蔵書選別の相談を聞きつけると、他人の手に委ねるくらいならばと自ら手を挙げた。もっとも、さすがに公務をおろそかにはできず、ようやく徳島行きが実現するのは年が明けてからになった。

こうしてコートは徳島に滞在して、亡き友人の蔵書の整理に日々を過ごした。

一日の作業を終えて光慶図書館を出た後、まっすぐは宿に戻らず、いくらか遠まわりをして徳島の町を散策することが滞在の間のコートの日課になっていた。モラエスが最後の十六年間を過ごした土地をじっくり見ておきたかったからだ。

その日の帰り道は、徳島の玄関口ともいえる中洲港に足を向けた。

運河の支流が集まった港は喧騒と活気に満ちて、荷船が行き来し、海に陸に、男たちの喚声がひっきりなしに飛び交っている。船着場を取り巻くように軒を連ねる酒場や安宿のたたずまい。南国の徳島には、芭蕉や椰子の木、サボテンのたぐいがあちらこちらに見られた。コートの目にそうした風景は、いまは遠い、生まれ故郷のマカオの記憶を思い起こさせた。

郷愁の情に誘われながら船着場を歩きまわっていたコートだったが、ふと前方に人影を認め、その足を止めた。

奇妙に人目を惹く、まわりから浮いた感じがする二人連れの姿があった。

そのうちの一人は、十四、五といった年頃、坊主頭に秀でた額、彫りの深い、くっきりと濃い顔立ちの少年で、地肌は浅黒く、がっちりした体形に学生服を着込んでいる。一見すると、凛々しい、精悍といえる風貌だが、再見すると両目も口も虚ろに開いて、何だか放心した様子で立ち尽くしているのだった。

もう一人は同じ年頃らしい少女で、連れの少年とは違い、見るからに簡素な、たったいま野山歩きから戻ったような絣の着物を身につけている。こちらは好奇心をあらわに、きょろきょろ付近に視線を走らせていた。

実のところ、コートが目を奪われたのは少女の方だ。その横顔をひと目見て、思わず彼は呼びかけていた。

「コハルちゃん……！」

少女の動きがぴたりと止まる。コートを見返した顔はきょとんとして、そのまま横倒しに首が傾いていった。

コートは走り寄り、彼女たちの数歩手前で立ち止まった。

「あ、あの、君は……」

「あたしは、ツル」と少女が名乗った。「異人のおじさん。コハルなんて人は知らないよ」

「ああ……そうだろうね。分かっている。よく分かっているさ」

コートは片手を胸に当てて、動揺を押さえた。

「驚かせて悪かった。申し訳ない。昔の知り合いによく似ていたから」

謝罪しつつ、コートは近くから少女の顔をまじまじと見た。

それほど美形とはいえないが、よく陽に焼けた顔は、勝気な目つきに唇をへの字にきゅっと結んで、生気と活力に富んでいる。細部の造作はもちろん違う。それでも少女の容姿は初めて知り合った頃の、初々しく、溌剌としたコハルによく似ていた。ただ、連れの少年にまして濃厚な野性味は、町娘のコハルには見られないものだった。

コハルはヨネの姪である。ヨネが死んだ年、彼女は十九歳の若さだった。

ヨネを失ってモラエスが徳島に移り住んだ後、彼の身のまわりの世話をするため、コハルは住み込みで働くことになった。彼女がモラエスと関係を持ち、事実上、後添いの妻の立場に収まるまでにそう長い時間はかからなかった。

二十年、いや、せめて十年でもコハルが生き長らえたなら、モラエスの晩年はずっと潤いのあるものになっただろう。最初の子の死産と、ちょうど同じ年の世界大戦の勃発がコハルを変えた。日本はどこの国からも侵略されたわけではない。日英同盟を口実に参戦を決定、火事場泥棒も同然にドイツに宣戦を布告したのだが、そうした経緯は国民の大半には分からないし、分かったところで、ドイツ人なのかそうでないのか、西洋人の区別がつかない。まるで道理が通らないが、戦時中の日本人たちの敵意は西洋人全体に向かったのである。執拗な迫害、排斥が始まった。外国人居住の歴史が長い神戸でさえ困難が絶えなかったのだから、閉鎖的で、旧慣がいまだ色濃い徳島の場合はなおのこと深刻だった。西洋人の愛人ということでコハルも周囲から白い目で見られた。この頃からコハルは健康と若さを目に見えて失い、結核を病んで、蝋燭の火が消えるように死んでしまった。まだ二十三歳だった。

「おツルさん、といったね」

コートは親しみをこめて語りかけた。コハルにどこか似た少女を前にして、いっぺんに好意を抱いてしまったのである。

「どうしたんだい？　こんなところで」

「さあ？」

ツルという少女はまた首を倒した。

「あたし、セツ兄についてきただけだから」

そういって、傍らの少年を振り返る。少年はまだぼんやりしていた。

「この町の子ではないようだね。どこから来たの？」

「勝幡のセブリ」

「知らないな。どの辺り？」

「尾張だよ」

「オワリ？」

コートは首を捻った。それが旧制下の国名の一つで、愛知県の西半、名古屋の辺りだというくらいは何となく覚えがあった。

「遠くから来たんだね。いったい、何のために？」

「会いたい人がいるんだって。佐々木味津三《ささきみつぞう》という人」

「君たちの親類かい？」

「違う、違う。異人さんは知らないの？　天下御免の向こう傷、でございます」

「何だい、それは」

「物書きさんなの。セツ兄の学校の先輩」

コートは、佐々木味津三という大衆小説家の名前を知らなかったが、少年少女が楽しみに読むような物語の書き手らしいことだけは何となく想像できた。

「どこへ行ったら、物書きさんに会えるの？」

期待をこめて少女が訊く。

「その佐々木という人は徳島に住んでいるのかい？」

コートは逆に訊いた。

「セツ兄、どうなの」

少女が少年の背中を叩いた。

「え、何だって？」

それまで放心の態でいた少年は、初めて我に返ったように頓狂な声を上げた。

「船を下りたよ。これからどこへ行ったらいいの？」

「ええと、ところで、ここはどこ？」

「四国だよ。阿波の国の徳島」

「徳島だって！」

少年が目を剥いて叫んだ。

「待ってくれ。どうして僕たちはそんなところに。東京へ行くはずだったんだよ」

「知らないよ。どこへどう行くのも、セツ兄任せだったもの」

拗ねた顔で少女が睨みつける。

「何てことだ。僕は、ただ佐々木味津三先生に会いたくて町を出たはずなのに」

少年は両手で頭を抱えるとその場にしゃがみ込んだ。

「事情がいまひとつ呑み込めないのだが……つまり、君たちはどこかで行き先を間違えて、徳島までやってきたということなのかい？」

コートが口を挟んだ。

「そうなるかな？　僕にもよく分からないんです」

「それは困ったな」

コートは両腕を組んで考えた。夢見がちな、何かの熱に浮かされた子供なら、そんなこともあるかもしれない。警察に連れていった方がいいだろうか。

「ところで、いったいどんな理由でその佐々木という人に会いたいんだい？」

「僕は作家になりたいんです。佐々木味津三先生のような」

頭を上げると、少年は真顔で語った。

「それなのに……おかしいな。東京と徳島とではまるきり方向が反対だ」

「家に帰ることを考えた方がいいんじゃないか？　いまから帰りの船便を探さないといけないな」

コートが諭すようにいった。

「いえ……」

少年は頭を横に振った。深呼吸を一つして、

「四国に来てしまったものは仕方がない。せっかく海を渡ってきたんです。この際、見物したい場所がいくつかあります。徳島といったら、剣山がありましたね。それから金峰山というのも。阿波の国の一の宮は、確か鳴門の方だったかな。ついでに渦潮もこの目で見ておきたい」

気持ちの切り替えが早い。すっくと彼は立ち上がった。

「待ちたまえ。君たち、いったい宿はどうするんだい？　お金もろくにないだろう」

「野宿くらいはどうということもないですよ。野山を歩くだけなら、お金もかからない。何とかなるでしょう。いざとなったら、セブリバを探して世話になったらいい」

「それがいい、それがいい」

少女がはしゃいで、両手を打ち鳴らした。

「おやおや。たくましい子供たちだ」

コートは吐息した。少年たちの奇妙な確信と余裕がどこから来るものかはよく分からないが、警察を頼る必要はないように思えた。

「何かあったら、その時はわたしに相談してくれたらいい。しばらくはこの町にいるからね。一番大きな公園にある図書館を訪ねて、コートはいるかと呼んでくれたら、たいがいは会えるだろう」

「異人さん、コートとおっしゃるんですか。もしかすると学者センセイ？」

「いいや。ブラジルという国の領事だよ」

「へええ」

一国の領事と聞かされても、少年といい少女といい、ぴんとこないようだった。

「念のため、名前を聞いておこうか」

少年の目を見つめてコートが訊いた。

「矢留《やどめ》、です」少し胸を張るように少年は名乗った。「矢留節夫《せつお》といいます……」

これは後日の話になるが、結局、矢留少年が佐々木味津三に会うことはかなわなかった。四年後、佐々木が三十七歳の若さで急逝したためである。しかし、もう一つの願い、作家になりたいという夢の方は実現した。

だから、読者の便宜もあるだろうから、この物語では彼を本名の矢留節夫ではなく、やがて作家になってからの彼のペンネームで呼ぶことにしたい。

――すなわち、八切止夫《やぎりとめお》。

二

八切止夫、本名矢留節夫の出自には謎が多い。

大正三（一九一四）年十二月、名古屋の生まれというのがいちおうの実説だが、八切自身は横浜生まれを称したし、生年についても本によってまちまちだ。

幼少期は恵まれたものでなかったようだ。

八切自身の回想によると、両親は不仲で、殊に生母のふさは身勝手な振舞いが多く、幼い八切を邪険に扱い、虐待を繰り返した。これを見かねたのが祖母のさだで、彼女は伝手を頼って尾張山窩《さんか》の長に話をつけ、名古屋の西の郊外、日光川下流の蟹江の辺りをねぐらにする山窩一家のセブリに孫を預けることにした。

山窩――山家、散家、算家とも書く。これは中世以来の漂泊浮浪の民族で、通則として一所に定住せず、山と野をさすらい、セブリという移動天幕をもっぱら住居に用いた。狩猟、採集、川漁から糧を得て、時に里や町に出ると、竹細工の箕や桶やささらを行商することはあったが、土着する者は少なく、季節の移ろいのうちにたいていは逃げ水のように流れ去ってしまう。同族内の団結はすこぶる固く、独自の言語と習俗と秩序を守り、外界からは隔絶された彼らのみの共同体を形成したとされる。これの発祥について柳田国男《やなぎたくにお》は『山人考』を講演し、〈上古史上の国津神が末二つに分かれ、大半は里に下って常民に混同し、残りは山に入りまたは山に留まって、山人と呼ばれた〉と述べて、古代大和朝廷の征服の過程に起源を求めている。

八切は、六、七歳からのおよそ三年間を、この山窩の家族に交じって過ごした。

まるきり伝奇小説のような展開だが、大正から昭和の初期にかけ、こうした漂泊の人々は常民の日常のすぐ近くにまだ見られたということなのだろう。

後年、もう一度八切は山窩の集団に交じって生活することになる。

昭和五年の一月、十五歳の八切少年は家出をした。当時の人気作家佐々木味津三に弟子入りするというのが当初の目的だったはずだが、何故か山窩を頼って、そのままあちらこちらを放浪したらしい。たいていはツルという娘と行動を共にした。この時の山窩生活は短い間で、二月の末には名古屋に戻ったということである。

愛知一中を卒業後、上京した八切は、日本大学在学中に菊池寛《きくちかん》の知遇を得る。本格的に小説を書くようになるのはこの頃からで、耶止説夫《やしせつぷ》名義を用い、『新青年』誌を中心に短編小説をぽつりぽつりと発表している。転機が訪れるのは昭和十七年。菊池寛の口添えで満州に移住すると、大東亜出版社を自ら立ち上げて経営する傍ら、探偵小説、海洋小説、SF小説を量産した。戦後帰国してからも創作の意欲は旺盛で、自らが編集、発行したカストリ雑誌にさまざまのペンネームを使い分けて作品を掲載したのだった。

一時期は消火器販売の事業を手がけ、事実上、執筆活動からは手を引くことになったのだが、昭和三十九年、第三回「小説現代」新人賞の受賞を機に作家活動を再開。耶止説夫に代えて、以後、八切止夫名義に統一する。

そして、昭和四十二年。書き下ろし刊行の一長編がたいへんなセンセーションを巻き起こしたことで、一躍、八切は時の人になる――『信長《のぶなが》殺し、光秀《みつひで》ではない』である。

藤本正行《ふじもとまさゆき》、鈴木眞哉《すずきまさや》両氏はその共著において、八切の著作を左のように紹介している。

かつては光秀の単独犯行として誰も疑わなかった〈信長殺し〉だが、戦後になると異説が現れた。

光秀とは別に真犯人がいたとか、光秀を陰で操って本能寺の変を起こした者がいたとかいうのである。つまり本能寺の変には、背後に謀略があったというわけである。

こうした説の火付け役は、作家の八切止夫氏である。氏が一九六七年に発表した『信長殺し、光秀ではない』（講談社）は、人目を引く書名、独特の史料操作、史論とも小説ともつかぬ文章、読者を煙に巻くほど確信に満ちた主張で当時ベストセラーになった。

歴史研究の専門家はともかく、一般の読者はその主張をけっこう信用したのである。勢いづいた八切氏は、続編や続々編を書いたばかりか、上杉謙信は女人だったとか、光秀は斎藤道三の子だったなどといった奇想天外な作品を書きまくったため、当然、信用度も急降下した。それでも、八切氏のお陰で、事件の背後には謀略があったとする研究や時代小説などが解禁状態になり、以後、様々な謀略説が発表された。

歴史小説の大家、津本陽《つもとよう》は書く。

戦後の大きなエンターテインメント小説の流れを形づくる歴史小説と推理小説の接点で、最初に生まれた作品が、あえていえば史実も論理性も無視した荒唐無稽なこうした作品だったことはいささか寂しいが、この八切氏の『信長殺し、光秀ではない』は奇説を歓迎する一部の読者に大いに受け入れられるとともに、歴史小説に推理小説の手法を導入した作品を生み出す端緒となった。また歴史研究書と称しつつ、実は歴史推理に過ぎない出版物も、こののち頻出することになる。

すなわち、野心か、怨恨か、それともある種の精神疾患のせいか、謀反人明智光秀の心理について見解の相違はあるにせよ、およそ光秀が自らの意思で決断し、自らの力で断行した謀反であることはそれまで誰も疑いを持たなかった本能寺の変の解釈に、黒幕説、陰謀論、謀略史観といった視点を最初に持ち込んで新機軸を打ち立てたのが、誰あろう、八切止夫その人なのである。

歴史家や考証家からは、殊更に奇を衒った虚妄の説だと一蹴されたが、八切が説くところの「真相」は読者の支持を集めた。メディアも跳びついた。八切以後、謎解きや隠された真相を謳い文句に、謀反の裏に黒幕の存在があり、織田信長抹殺の謀略があったとする言説が、雨後の筍、柳の下の泥鰌《どじょう》のように続出して、いまや大勢を占めるにいたった現状を思えば、日本人の歴史認識に八切がもたらした影響たるや、吉川英治《よしかわえいじ》、海音寺潮五郎《かいおんじちょうごろう》、司馬遼太郎《しばりょうたろう》らの、いわゆる国民作家たちを大きく上まわるとすらいえるかもしれない。

ともあれ、『信長殺し、光秀ではない』の上梓で成功をつかんだ八切止夫は、たちまち文壇の寵児に駆け上がり、メディアと読者の要請によく応え、最盛期には年間二十三点を刊行する驚異のペースで歴史の「真相」を解き明かしていく。

八切自らが「意外史」を謳い、「裏がえ史」とも呼んだ著作群について詳述は控えたい。主な著書のタイトルのみを以下にかかげると、『徳川家康は二人だった』『上杉謙信は女だった』『利休殺

『日本原住民史』エトセトラエトセトラ。

しの雨がふる』『赤穂浪士討入りの黒幕 柳沢吉保《やなぎさわよしやす》』『天皇アラブ渡来説』『源は元チンギスカン』『日本原住民史』エトセトラエトセトラ。

まさに八切止夫こそは、歴史にまつわる奇矯で突飛な珍説は商売になるという風潮を定着させた一大戦犯――否、業界の大恩人に他ならないのである。

ところで、ここで一つの疑問が生じる。

八切自身はいったい、自らが唱えた説をどれくらい本気にしていたのだろうか？

興味深い史料がある。自選ベストテンならぬ、八切自身の〈読んで頂きたい順〉というものだ。これを見ると『天の古代史研究』『日本古代史入門』と古代史関連の著作が上位を占め、以下、『野史辞典廉価版』『庶民日本史辞典』『不可思議な国ジャポネ』『日本人の血脈』『同和地域被差別の歴史』等々に、山窩の歴史と習俗について書いたものが続いている。

武家の嘘を武略といい、仏の嘘を方便という。明智光秀の言葉だ。

ひょっとすると……ひょっとすると八切止夫が本当に論じたかった話題は、この日本という国と民族の成り立ちで、織田信長は陰謀で殺されたとか、徳川家光《とくがわいえみつ》は家康《いえやす》と春日局《かすがのつぼね》の間に生まれたとかのたぐいの醜聞は、ひとまず読者の関心を集めることが狙いの、八切一流の武略、方便ではなかったか？　作者にはそんな風に思えてならない。

三

初めて知り合った日から後、八切少年と山窩のツルという少女は、たびたび光慶図書館にコートを訪ねてやってくるようになった。

コートも日中は、モラエスが残したポルトガル語文献の整理で忙しい。閉館の時刻まで待たせて、行きつけの洋食店へ連れていくことが多かった。少年たちは地方都市ではまだ珍しい西洋料理を喜んで食べた。

少年は外国の話、とりわけ大航海時代の出来事と世界情勢を聞きたがった。

いまはヨーロッパの一弱小国でしかないが、大航海時代を謳われた十五、六世紀、ポルトガルは有数の海洋大国で、世界中の海をポルトガル船がめぐった。東の果ての日本にもやってきて、最新兵器の鉄砲を伝え、キリスト教を伝え、戦国末期の名だたる武将たちとの間に交渉を持ったものである。コートの口から語られる「世界史」に少年は熱心に聞き入った。『信長殺し、光秀ではない』『上杉謙信は女だった』その他の萌芽は実にこの時に植えつけられたといえるが……もちろん、そんなことをコートは知らない。

コートもまたこの少年たちが、日本版のジプシーのような山窩の一族だと知って、強く心を惹かれたのだった。

そんなある日。

「明日の行き先はもう決めたのかい？」

数日ぶりに図書館に現れた少年たちに向かい、コートが訊いた。

「いいえ。どこといって」少年は首を捻って、「どうしてそんなことを訊くんですか？」

「何でも東京から有名な歴史家がやってきて、高等小学校で講演するという話なんだ。わたしも詳しい話は知らないが、館長が教えてくれた。この徳島に立ち寄るというんで、地元の教育会が講演を頼んだらしい。郷土研究会からも手伝いで人手を出さないといけなくなったから、おかげで朝から慌しいよ。落ち着いて本の整理もできない」

図書館長の坂本は郷土史研究に熱心で、以前から地元の郷土史家たちを集め、連携と組織化を進めている。いずれは考古博物館を開設したいというのが坂本の構想だった。

「君たちなら、もしかすると興味を持つかと思ったんだがね」

「学者さんのお話なんて、難しくて眠たくなっちゃう」

唇を尖らせて少女が訴える。

「僕も固い話はちょっと……」

気後れがするのか、指先で頬を引っ掻きながら少年も返事を濁した。

「それはそうと——領事閣下、僕の発見を聞いていただけませんか」

「発見？　この徳島の話かい？」

はい、と少年はコートの目を見て頷く。

「ひょっとすると僕はとんでもない歴史の真実に気づいてしまったかもしれない。それで誰か、大人の意見をうかがいたくて……」

「それは面白そうだ」

例によってコートは、図書館を出た後、少年たちを伴って新町橋の洋食店へ向かった。

三階建ての立派な洋風建築の店内は、それなりの客の入りだった。コートと少年たちは二階の、やや奥まったテーブルへ案内された。手前の席には、丸刈り頭のいかつい顔に丸い眼鏡の、旅行者らしい男が一人座って、ナイフとフォークを操り、黙々とステーキを口に運んでいた。

当たり障りのない雑談を交わすうちにコートたちのテーブルへ料理が運ばれてきた。

「さて……とんでもない発見があると話していたね。日本の歴史については素人だが、楽しい話なら大歓迎さ。ここなら何を話しても邪魔は入らない」

目尻に皺を寄せてコートが促す。

「そうですね」

こくんと首を縦に振った後、思案をまとめるように少年は少しの間を置いた。

「初めにお訊ねしますが、領事閣下は、邪馬台国というのを御存知でしょうか？」

「ヤマタイコク？　ええと、確か、大昔の日本にあったらしい国の名前だね。支那の古い歴史書に出てくる――」

「『魏志倭人伝』ですね。正しくは『魏書』のうちの、東夷伝、倭人の条ですが」

「日本のどこにあるのか、はっきりしないという話も聞いたが」

「そうです、そうです。昔から議論があるんですよ」

コートの答えに嬉しそうに首を上下させると少年は詳しい事情を伝えた。

日本史上で『魏書』の記事が採り上げられた最古の事例は、『魏書』の成立に遅れることおよそ四百五十年、八世紀前半の『日本書紀』においてである。第九巻、神功《じんぐう》皇后三十九年の条に、卑弥《ひみ》呼《こ》という女王が魏国に入貢した記事を引いて、神功皇后がすなわち卑弥呼であり、邪馬台国は畿内の大和にあったように説いている。『神皇正統記』の著者北畠親房《きたばたけちかふさ》もこの記述に従い、神功皇后と卑弥呼を同一人物と見做して大和説を採用した。

江戸時代に入って、儒学者新井白石《あらいはくせき》もやはり大和説を支持。

従来の定説といえる邪馬台国大和説に異を唱え、初めて九州説を打ち出したのは国学者の本居宣長《もとおりのりなが》である。『古事記』研究で名高い宣長の説くところ、日本国こそは世界の中心であり、天地開闢以来の万国の宗主なのであって、かつて異国の王朝に臣従したなどという事実はあるはずがない。南九州の熊襲族の女酋長が、勝手に神功皇后を騙り、魏国に誼を通じたのだろうと結論づけた。

さらに時代は下って、明治四十三年。京都帝大の内藤湖南《ないとうこなん》教授が大和説を結論とする論文を発表すると、同じ年、東京帝大の白鳥庫吉《しらとりくらきち》教授がこれに反駁を加える形で九州説を支持、邪馬台国の所在を筑後の国の山門郡に求めた。

これから後、大和説対九州説の論争は、もっぱら京都帝大対東京帝大の学閥上の争いといった様相を呈して、京大系の学者は大和説に従い、東大系の学者は九州説を採り、在野の歴史家たちは、両派の主張を共に批判し、第三の立場から邪馬台国の新しい候補地を提唱するという、まさに百家争鳴、いわゆる邪馬台国論争が盛んになるのだった。

明治四十三年の内藤湖南対白鳥庫吉の論争からちょうど二十年、大正期を経て、昭和五年のこの時点でも、邪馬台国をめぐる状況はそれほど変わっていない。

「これぞ真の女王国――という候補地はそれこそ歴史家の人数と同じくらいあるようですが、大勢の見解ということでしたら、大和か、そうでないなら九州のどこか、やはりこの二派に絞られるでしょうね」

「だが、大和の国といったら、いまの奈良県だろう？　大阪の東隣のはずだ。奈良と九州とでは大違いだよ。何だって、そんなおかしな議論になるんだい？」

「『魏書』の記述が不確かなんです……いえ、〈倭人は帯方の東南の大海の中に在り〉から始まって、その先の道筋にあったらしい国々が、方角、距離といっしょに、細々と書き並べられてはいるんですよ。ところが、記述の通りに進んでいくと、邪馬台国は九州よりもずっと南の海の上に、それこそいまの沖縄付近にあったことになってしまって。だから、もともと日本の国の地理をろくに知らない支那人が書いたものだし、魏の国の使者が女王の都へやってきたのは本当だとしても、まるきり信用はならない、記述のどこかに誤りがあるのだろうということに」

「おやおや」

「例えば大和説の場合、原文では不弥国の南に投馬国があり、さらに南が邪馬台国、〈女王の都する所なり〉だと書いてあるのにこれでは方角がおかしいといって、当時の支那人は南と東を取り違えていたことにしてしまう。あべこべに九州の中に収めたい場合、こちらは原文に〈陸行一月〉とあるのは誤りだと決めてかかって、〈陸行一日〉に読み替えるといった按配ですね」

「なるほどね。いちおうの理屈は通るか。しかし……それは他の何らかの根拠から結論を導き出せる場合の、後づけの理屈ではないかな。文献の中から自分の説に都合のいい部分だけを持ち出して、都合の悪い部分を好きに差し替えたり、知らない顔を決め込んだりができるなら、どこだろうと結論を持っていける」

「そうですね。それでは空想と変わらない」

「邪馬台国の謎についてはひとまず分かったが……それで君がいう、とんでもない発見とは何なのかね？」

「そう、その発見です」

　少年は唇を緩める。ちらっと白い歯を覗かせて、

「聞いてください。邪馬台国は阿波の国に——この徳島にあったと、僕は思うんです」

　がちゃん、と食器が鋭い音を立てた。

　隣のテーブルの男が手元を誤ったのだ。

コートには声もない。横を見ると、山窩の少女もぽかんとした顔だった。

「愉快なことを考えるね。そうすると、帝国大学の学者たちは西も東も間違いで、邪馬台国はここにあったと主張するのかい」

コートは慎重に口を開いた。

「空想だとお思いですか？」

「さて、どうだろう。わたしには判断がつかないな。もちろん、何らかの根拠があってそんなことをいっているのだろうね？」

「ええ。それをいまから話します」

少年は顔の前に指を一本立てた。

「初めに一つ……これは邪馬台国というより、日本という国の歴史を論じる上での、大切な前提だとお考えください。学校の授業では、日本は昔から一つの民族だったように教えています。これは大きな誤りなのです。一つの民族どころか、有史以来、この国はほとんど二つに分かれて争ってきたのですから」

「何だって？」

「白と黒の対決です」

人差し指を鼻先で振り立て、少年はなおもいいつのる。

「あるいは神信仰と仏信仰の対決。白は神徒で、黒は仏徒。日本の歴史は白黒二色のせめぎ合いのようなものなのです。土着の国津神と外来の天津神、原住民と征服者に置き換えていただいてもかまわない。お疑いでしたら、『古事記』『日本書紀』に目を通してみてください。蝦夷、熊襲、国栖、土蜘蛛、八束脛……白の勢力の名残り、征服された原住民たちがさまざまな呼び名で出てきます」

「何だか話が大きくなってきたな」

「そして、幻の邪馬台国について述べるとこれは明らかに白の勢力、神信仰の陣営に属していると考えられるのです」

少年は両のてのひらを上に向けた。

「『日本書紀』は『魏書』の記事を引き、女王卑弥呼に神功皇后を結びつけますが……この解釈はとても成り立ちません。だって、卑弥呼が死んだ時、塚を築いて、百人を超える奴隷をいっしょに埋めてしまったんですよ？　元禄の頃の松下見林《まつしたけんりん》という学者がすでに指摘した通り、神功皇后よりも昔、垂仁《すいにん》天皇の御世に殉葬の風習はとりやめになったはずですからね。この一点を見ても、神功皇后が卑弥呼のはずはない。もし『魏書』に古代の朝廷が言及されていたとしても、それは邪馬台国にあらず、見込みがあるのはむしろ敵対する狗奴国ではなかったでしょうか」

「………」

「『魏書』には卑弥呼が、鬼道に仕えて衆を惑わしたと書いてあるんです。この鬼道というのが謎の祭祀で、宿曜道のような東洋流の占星術だと解釈する人もいれば、後漢末期に流行した道教の一派の五斗米道ではないかと論じる人もいるようですね。けれども、そうした論議は難しく考え過ぎで、鬼道とはたんに古い形の神道、仏信仰が入ってくる前の神信仰を指していたのではないでしょうか。日本において鬼と神とはもともと同じもの。魏の国の学者たち、使者たちは蔑視もあって、神道ではなく、あえて鬼道と呼んだのですよ」

「興味深い解釈だが……しかし、神の信仰ということなら、この国の皇室だって同じではないのかね。君たちの陛下の権威のよりどころは、太陽神の子孫、神話の時代までさかのぼる家系だという点にあるのだろう?」

コートが疑問を指摘した。

「それが征服者の——おかみの手口ですよ。祟りを恐れて、自分たちの歴史と制度に取り込んでしまうのです。仰々しく祀り上げたなら神になり、忌避して遠ざけたなら鬼になる。神功皇后にかこつけて卑弥呼の事跡を奪ったことと根っこは何ら変わらない」

「だが、廃仏毀釈だったかな、明治の頃に仏教は弾圧されたと聞いているが……」

「それこそおかみの都合次第だという見本でしょう。文明開化、西洋の進んだ文明を取り入れるために古びた仏信仰はもはや役立たずでしかなかった。大昔は逆さまでした。百済伝来の仏信仰をありがたがって、全国に寺を建て、仏信仰を下々に強いたのは他でもない古代のおかみがやったことなのですよ」

古代の習俗と信仰を色濃く伝える山窩の共同体に親しく交流したこの少年は、近代日本の宗教政策と国家神道に、強い違和感、反発を覚えているようだった。

「眩暈がするような話だが……よろしい。大昔の日本に神の信仰と仏の信仰、原住民と征服者の争いがあったという見方はいちおう認めよう。それはいいとして、すると、邪馬台国がこの徳島にあったという話にはどう繋がるんだい？」

「だから、阿波です。領事閣下は神代の昔の、イザナギ、イザナミの国生みの故事は御存知でしょうか？」

「どんどん話が古くなるね。男女の創造神が、日本の島という島を生み出したのだっけ」

「ええ、そうです。この国生みの経緯が、実に奇妙なのですよ。イザナギとイザナミの間の最初の子は、ヒルコと名づけられました。ところが、イザナギとイザナミはヒルコを嫌い、葦の船に押し込め、そのまま流してしまうんです。それから、次に生まれた子を淡島《あわしま》といいます。『古事記』には〈こも子の例に入らず〉とあって、こちらもやっぱり失敗作扱い」

「淡島……アワの島？」

コートの喉から唸りが洩れた。

「結局、仕切り直しの後の最初の成功例が、淡道の穂の狭別の島――いまの淡路島だったというんです。そのまま解釈するなら、阿波の国へ向かう道筋、入り口というくらいの意味。まだ阿波の国は存在しないはずなのにおかしな命名です。それから、次に伊予の二名の島――四国が生まれます。これも『古事記』に〈この島は身一つにして面四つあり〉と書かれていて、伊予、讃岐、阿波、土佐、それぞれに神さまとしての名前がついている。阿波の国にはオオゲツヒメの名前があって、これは穀霊、農耕の女神のようです」

「すると阿波は、女神の国なのか」

「おそらく……この故事は阿波が、仏信仰以前の、神信仰の本場だった記憶の名残りではないでしょうか。卑弥呼はヒルコなのですよ。すでに淡島――アワの国が存在したのに、淡路島を作り、四国のうちの一国に新しく阿波と名づけて、古いアワの記憶を封じ込んでしまったのです。そうそう、同じ四国に伊予の国があり、土地の女神をエヒメと呼んでいますが、これは卑弥呼の後継者の、壱《い》与《よ》に由来するものでしょう。国生みの故事を別にすると『古事記』『日本書紀』に四国はまるで出てこない。それもこれも、神信仰の女王国、邪馬台国が阿波にあった事実を隠蔽するためだったのでは」

　ほとんどひと息に少年は持論を語った。

「四国の山々をこの足で歩くことができたのは幸運でした。古い山の道々、山上の集落なんかをじかに確かめることができましたからね。僕の見込みでは、女王の都があったのはおそらく名西郡の神山町神領の辺り、女王の陵墓は名方郡の矢野神山ではないかと。天石門別八倉比売神社の奥の院に古代の祭祀跡らしい石壇があるのを見てきました。五角形の、星の形をかたどった祭壇でしたよ。それから……『伊予国風土記』にいっとき聖徳太子《しょうとくたいし》が四国を行幸したという記事があるんです。『日本書紀』は不思議に伏せているようですがね。『古語拾遺』に忌部《いんべ》氏の祖が阿波の国に入ったとあるのも、邪馬台国が阿波にあって、かつて神信仰の本場だったことに関わりあるように思えます。

さらに述べると織田信長の家系も忌部氏の末裔、神信仰の一族だったようです……」

「…………」

「けれども、これらの事柄はおかみの思惑ですっかり覆い隠されてしまいました。後々の世に伝わったのは事実の断片ばかり。八十八ヶ所の霊場巡礼を弘法《こうぼう》大師が定めたことなんかも、あるいは神信仰の本場の四国を、仏信仰の結界によって封印しようという意図ではなかったでしょうか。それこそ、死者の国——死国として」

「よくもあれこれと見つけてきたものだ」

　コートは溜め息を吐き出した。

　正直なところ、少年の話は半分程度も理解が追いつかなかったが、それでも奇妙に感心させられたというのが偽らない実感だった。

「他にも気がかりがあるんですよ。阿波徳島藩から、東洲斎写楽という絵描きが出たことは御存知ですか?」

　話題が、突然、古代からほんの百三十年ばかり昔の寛政年間に飛んだ。

「海外でもたいへんな評判だという話ですが、僕にはこの写楽の画風が、邪馬台国——阿波の国のお国柄に由来するように思えてならないんです」

「おかしなことを考えつくな。いったい、君の話はどこへ向かうんだい」

「東洲斎写楽という浮世絵師には、能役者の本業があったのですよ」

「そういう話だったな」

坂本の話を思い返してコートは頷いた。

「『風姿花伝』を書いた世阿弥《ぜあみ》は、能楽、または申楽ともいいますが、この起源について三つの説話を紹介しています」

「…………」

「一つ、神代の始まり。天の岩戸に伊勢の大神がお隠れになり、地上が闇に覆われた時、天の香具山に八百万の神々が集まって、神楽を奏したという故事ですね。二つ、天竺国は仏在所の始まり。これは祇園精舎で釈迦牟尼《しゃかむに》が説法する際、一万人の異教徒が集まってきて騒いだので、弟子たちに芸を演じさせて静かにさせたという故事。〈阿難《あなん》の才覚・舎利弗《しゃりほつ》の知恵・富樓那《ふるな》の弁舌にて、六十六番の物まねをし給へば、外道、笛・鼓の音を聞きて、後戸に集まり、これを見て静まりぬ〉とあります。それから、三つ――日本国の申楽の始まり。聖徳太子がここに出てきます。秦河勝《はたのかわかつ》に太子が命じて、神代、仏在所の吉例に倣い、六十六番の面と演目を作らせたとあるんです。この秦河勝という人は、秦の始皇帝《しこうてい》の生まれ変わりだとか、赤ん坊の頃に壺に入って、洪水で流されてきたとか、不思議な話がいろいろと伝わっています。最後は〈化人跡を留めぬ〉といって、うつぼ舟に乗り込んで海に出て、播磨の国に漂着すると神になったのだとか。大いに荒れると書いて、大荒《おおさけ》大明神と呼んでいます。本当に秦の国の王族だったかは疑問ですが、大陸から渡ってきた移民の出自なのは確かでしょう。だいいち、聖徳太子の側近ということでしたら、これはまぎれもない仏信仰の一派です」

「それは凄い」

思いも寄らない能楽の起源を聞かされてコートは目を丸くした。

「世阿弥はこうも書いています。聖徳太子が神楽を申楽に改めたのは、神の一字から偏を除いて旁を残したのだと。何だか意味ありげだとは思いませんか？　時代が下って古典芸能の一つに成り下がりましたが、もともと能楽は、神信仰と仏信仰のうちの、仏信仰に属するものでした。げんに能楽の演目といったら、死霊、地霊、総じて古い神霊が出てくるものが大半ですからね。世阿弥は神の演技について〈およそ、この物まねは、鬼がかりなり〉と説き、鬼の演技については〈これ、殊さら、大和の物なり〉と書いています。神の演技は鬼がかり、鬼の演技は大和のもの――能楽というのは、本来、古い神信仰を、神と鬼を封じ込めるために行われた儀式なのですよ」

「能の始まりはよく分かったが、ところで、いまの話がどうやったら写楽の絵に繋がるんだい？」

「写楽がもっぱら描いた歌舞伎の舞台は、能楽とは違い、こちらは本来、神信仰に属する芸能だったのです」

「おや、そうなのか」

「いったい歌舞伎という芸能は、出雲巫女の出自の、阿国《おくに》という女性が始めた歌舞伎踊りがもとになっているのですから、これは疑いなく神信仰の一派といえるでしょう。風紀を乱すといって幕府が禁止したので、形を変えて、若衆歌舞伎になり、野郎歌舞伎という形式に落ち着いたわけです。

江戸の幕府、いえ、徳川将軍は仏信仰の一族でしたからね。歌舞伎の演目は大きく荒事と和事に分けられますが、これには神信仰の、荒魂と和魂という考えがそれぞれ反映されているようです――」

「歌舞伎が神の信仰に連なる演劇で……しかし、写楽は……」

「歌舞伎役者を描いたといっても、それは余技に絵筆を振るったまでの話。東洲斎写楽は――本名斎藤十郎兵衛は、あくまで能役者なのです。それもただの能役者ではない。他でもない阿波の国、かつて邪馬台国があった神信仰の本場で、仏信仰の能楽を相伝した人でした。神道、鬼道についてもひと通りの知識はあったはず。同じ能役者でも他国の同業者とは違い、神や鬼との対決という、古い、原初の能楽の形態を色濃く継承していたと見てよろしいのでは」

「すると……どうなるんだい？」

「ただの絵描きが歌舞伎の舞台をいくら巧みに写したところで、それは見たままを、小手先の器用さで描いたというだけの話。歌舞伎を知らない外国の人たちの心を打つにはいたらない。ところが、写楽一人は違いました。能役者の目で――聖徳太子以来、秦河勝以来の仏信仰という目で、神信仰の舞台を見ていた。だから、従来の役者絵にない真に迫った姿形を、歌舞伎役者の本質を鋭く捉えた肖像画を描くことができたのです」

短く息を継ぎ、少年はぐるりと首をめぐらした。

「西洋の芸術の歴史について僕はよく知らないのですが……絵画にしろ、彫刻にしろ、キリスト教の教会と結びついたことで価値を認められて、大きな発展を遂げたという話を聞いたことがあります。有名な画家の多くが宗教画を手がけ、それによって地位を得たのでしたね。写楽の絵が日本よりもヨーロッパで評判になったのは、宗門の違いはあるにせよ、伝統的に絵画の持つ宗教性にずっと敏感だったためではないでしょうか？」

「セツ兄、凄い！　すっかり説明がついちゃった！」

少女が歓声を上げる。照れた仕草で少年は眉根を撫で、両の頬を緩めた。

「領事閣下。僕の発見はいかがでしたか？」

上目遣いで少年はコートをうかがった。

「さて……」

コートは両腕を組み、いままでの少年の話を振り返った。

邪馬台国。国生みの神話。能楽の発祥。歌舞伎の原点。そして、写楽が描いた肖像画。それぞれの話題をばらばらに眺めるのではなく、ひと続きの、それこそ千年を超える歴史という巨大な骨格の中に収めてみせる。面白い試みだった。ユーラシア大陸の反対側の画壇で高い評価を得た写楽の傑作群を、画家一人の資質で片づけないで、それらを支える精神的土壌によくもここまで想像をめぐらしてみせたと感心に思う。なるほど、そうだったかと納得したくもなる。しかし、再考すると、出来事の一断片を採り上げ、曲解し、まことしやかに繋いだなら、どのような「真相」を描くことも可能だろう。コートはその点に気づいて危うさを覚えた。

「あの……お気に召されませんでしたか？」

沈黙を続けるコートに少年の表情が翳った。

「そんなことはない。この国の人間でないわたしにはいささか難しかったというだけさ」

両の肩を軽く持ち上げるとコートははぐらかした。

「君の話を聞くことができて光栄だったよ。たいへん興味深かった。いずれそのうち、世間に発表するだけの値打ちはあるんじゃないかな」

そういって、コートは拍手を送った。つられて少女も両手を叩く。

ところが、この時、彼らにまして高らかに鳴った拍手の音が、隣のテーブルから投げ込まれてきた。

「素晴らしい。いや、素晴らしい御高説を聞かせてもらった！」

そちらを見ると、笑い声と拍手の主は、丸刈り頭、丸い眼鏡の男だった。さっきから少年の話に聞き耳を立てていたらしい。

「少年よ、君はなかなか見どころがあるぞ。いやはや、まったく、帝国大学に巣食う愚か者どもに爪の垢を煎じて呑ませたいくらいだ！」

丸い眼鏡の男は立ち上がると、自分の椅子を引きずり、コートたちのテーブルまでやってきた。唖然となっているコートや少年たちに断りもしないで、そのまま椅子に腰かけ、尊大な仕草で踏ん反り返る。

「しかし、少年よ、まことに残念だ」

彼はくつくつと喉を鳴らした。

「目のつけどころは悪くないが、結局、帝国大学の連中と同じ間違いに陥ってしまったな。もっとも、それは勇み足、若気のいたりだと、好意的に受け取っておこう」

「……おじさん、誰なの？」

怪しむように山窩の少女が訊く。だが、相手が何かをいう前に、

「僕の発見の、どこが間違いなのですか？」

さすがにむっとした顔で少年が質した。

「それはもちろん、何もかもが間違いばかりさ。しかし、どれか一つ、根っこのところの一番大きな間違いを挙げろというなら……」

どこか得意げに胸を張ると、丸い眼鏡の男はぴしゃりといってのけたのだった。

「邪馬台国は、四国になどないのだよ！」

四

「邪馬台国は、四国にない……」

コートは両目を見開き、思いがけない闖入者を見返した。

皮膚に張りがあって、油を塗ったように色が黒くて、むやみに精力的な風貌の持ち主だった。外

見からは年齢の判別が難しい。しかし、丸眼鏡の奥の目尻には細かい皺が畳まれており、案外に年配のようにも見えた。

「何故ですか？　どうしてそんなことが断言できるのです？」

初々しい頬を赤くして少年が噛みつく。

「どうしても何も、方角がまるきり違うではないか」

丸い眼鏡の男はいっそう笑みを深くした。

「奴国から東へ陸行百里、不弥国……ここまではまずよしとしよう。しかし、その先の投馬国は南に向かって水行二十日の旅程だし、邪馬台国はさらに南、水行十日と陸行一月の旅路の彼方なのだぞ。いくら大昔の船でも、瀬戸内海を南北に行き来するのに十日はかからんよ。少年よ、君の考えた通り、邪馬台国がこの徳島にあったなら、そうすると不弥国や投馬国や、その他、途中の道程の国々はいったいどこに消えてしまったのだね？」

「それは地図の東と南を取り違えて……」

「瀬戸内海を東へ進んできたといいたいのかね」

やれやれと丸い眼鏡の男は頭を横に振った。芝居がかった身振りだった。

「南は東の誤りだと決めつけ、あるいは〈陸行一月〉は〈陸行一日〉の書き違いであると勝手に修正する——それでは帝国大学の連中の手口と何ら違わんよ。自分たちが固執する目的地に魏の国の使節を連れていくため、史書の記述を改竄し、方角や道程を書き換え、不自然な解釈をこじつけておるだけだ。牽強付会の論だ。こんなことが許されるなら、邪馬台国はどこにあってもかまわないことになる。真っ当な考証とはとてもいえない」

「……ですが、『魏書』の記述に間違いがないなら、沖縄か台湾か、いずれにしても使節一行は海の上へ出ていってしまいますよ」

少年が食い下がる。すると、丸い眼鏡の男は我が意を得たりと大きく頷いて、

「まさにその通りだ。ここに重大な錯覚がある。出発点からして間違っておるのだよ」

いっそう声を張り上げ、両腕を開いた。

「ほう、錯覚とは？」

興味を惹かれてコートが訊ねる。

「九州の福岡へ行かれたことは？」

逆に丸い眼鏡の男が訊いた。コートが頷くのを見ると、

「あの福岡は、昔から福岡といったわけではない。徳川時代の国替えで移ってきた黒田氏が、一族の故地、備前の国の福岡を偲んで、新しく築いた城と町を福岡と名づけたのが地名の始まりだ。史書の上ではそうなっておる」

「…………」

「これは福岡だけの話ではない。似たようなことは他の大名たちもやっておる。海の向こうでも事情は同じで、大西洋を越えてアメリカ大陸に渡った入植者たちは、故国の地名をしばしば採用した

のではなかったか。地名は移り変わるものなのだ。支配者、あるいは民族の移動に伴い、地名もまた一ヶ所に留まらないで移動する。『魏書』に対馬国とあり、一大国とあるからといって、これがそのまま現在の対馬、壱岐と同じ場所を指しておるとは限らないだろう。この当たり前の理屈が、愚か者どもにはどうやら難しいのだよ。連中ときたら、『魏書』の地名を近頃の日本の地図に探し求め、それらしいものがあるといって、千年以上を隔てた地理地名に合わせて史書の記述を改変してしまう。おや、何やら疑わしいといった顔だが、これにはれっきとした証拠があるのだぞ。『魏書』には海を渡った使節は末盧国に上陸し、東南に陸行五百里、伊都国にいたるとある。この末盧国、伊都国は、いまの九州の松浦半島と糸島半島だと簡単に片づけられておるが、そんなはずがあるものか。松浦半島から糸島半島はどう見ても東北の方角ではないか。こんなものを考証だとうそぶくのだから、いやはや、我が国の史学界の頑迷さはここに極まれり――」

「なるほど……では、『魏書』の国々はいったいどこに?」

明快な論理に引き込まれてコートが訊いた。少年たちもいまは神妙な顔つきで耳を傾けている。

「よろしい。魏の国の使節に倣って、そもそもの出発点から始めるとしよう」

丸い眼鏡の男は深呼吸を一つした。

「『魏書』に〈倭人は帯方の東南の大海の中に在り〉とあるが、この帯方郡がいまの朝鮮半島にあり、倭人国がいまの日本列島にあるものと早合点してはならない。わたしの合理的かつ精密無比で一分の隙もない考察は長くなるからやめにして、いまは結論だけを簡潔に述べるが、帯方とはすなわちケルト――いまのドイツやフランスの方面だったのだ！」

法外な答えを聞いて、コートと少年たちはきょとんと目を瞬いた。

「……え？」

「魏、呉、蜀の三国は、東アジアなどではなく、古代ヨーロッパの覇権をかけて戦ったのだよ。そして、このうちの魏の国と古代倭人国の間に通行があった。古代ケルトの帯方郡――いまのヴェネツィア付近を出発した後、韓国すなわちガリア地方を経て、使節一行は海を渡って倭人国を目指したのだ」

丸い眼鏡の男に、聞き手の反応を気にかける素振りは見られない。諄々と説いた。

「ここからは何ら困難はない、『魏書』の記述に従い、素直に道中を進んでいったらいいだけさ。地中海一円の地図を思い描きたまえ。対馬国すなわちコルフ島から瀚海すなわちギリシア西岸のアンブラキア湾を南下し、一大国すなわちリューキ島を経て、末盧国すなわちペロポネソス半島に上陸する。ここから東南に進んだ伊都国とはすなわち、イッ信仰が盛んなマンティネイア地方。以降、奴国すなわちアルゴス、不弥国すなわちハーミオネ、南へ水行二十日の投馬国すなわちクレタ島だ。さらにクレタ島から南へ水行十日、陸行一月と進んでいくのだから、女王の都は、おお、ちょうどナイル川河畔の地にアレキサンドリアがあるではないか！　どうだね？　南を東に、一月を一日に書き替えるといったたぐいの、小賢しい細工は何ら必要ない。『魏書』の方角や道程を歪曲しないでも、ちゃんと女王の都に到達がかなったろう」

「すると……邪馬台国は……」

「さよう、古代エジプトにあったのだ」

　揺るぎない確信を持って彼は結論づけた。

「いくつか付言しておこう。古代エジプトの女王卑弥呼は、本朝の史書では神功皇后の尊称で伝わっており、朝鮮半島遠征の故事には地中海を北上してエトルリア人の都市国家を征服した史実が反映されておる。なお、陵墓の所在地はギリシア北西岸のエピルスのカシオペアだ。土地の者しか知らないような、どこぞの奥山の石壇何ぞでは断じてないぞ。それから後継者の壱与は、古代エジプトの女王イオ、これがやがて神格化されてイシス女神となったわけだな。その他、『魏書』に見られる邪馬台国の信仰や風俗のいちいちが、古代エジプトのそれにぴたりと合致する……いかがかな?」

　そんな馬鹿な、という言葉をコートはかろうじて喉の奥にのみ込んだ。

　何故だろうか。この時のコートの胸中には、西洋の歴史においても言語の上の知識においても目の前の奇妙な日本人に自分はとうていかなわないのではないかという強烈な予感があった。それは確信といってよかった。

　ちらりと目の端でうかがうと、少年たちはすっかり黙り込んでいる。山窩の少女は理解が追いつかないようで宙に目を泳がせるばかりだが、片や少年は張り裂けんばかりに両目を見開き、顔面いっぱいの筋肉を強張らせていた。両の頬がだんだん紅潮してきたようだった。

「それでは邪馬台国は……いいえ、古代の日本はエジプトにあったのだと……」

「エジプトばかりではないぞ。もともと日本民族は地中海に住んでおったのだよ」

「え？」

「日本民族の祖先は、長い、長い年月をかけてユーラシア大陸を東に移動し、アラビア、ペルシャ、インド、チベット、支那を経て、極東の列島に遂に到達したのだ。ギリシャもローマもバビロニアも、等しく古代の日本に他ならない。そう、日本民族はヤペテ人であり、アーリア人であり、フェニキア人であり、キンメリ人であり、イオニア人であり、エジプト人なのだ。これには一点の疑問もない」

丸い眼鏡の男は拳を振りまわして力説した。

「日本の歴史を、東アジアの一島国の、狭小な地域の出来事だと勘違いするな。これは民族の移動に伴い、ヨーロッパから東アジアにまたがるユーラシア大陸の歴史が、いずれかの時、おそらくは意外に新しい年代に現在の日本列島に移写せられたものなのだからな。いまの歴史は誤謬ばかり、嘘ばかりだ。真実からはほど遠い。全世界の思想、哲学、宗教の源泉は日本民族である。旧来の年表なんぞはさっさと捨てて、日本民族の大移動の跡を追い、箱庭歴史、箱庭地理を、全世界の規模に放大還元しないでは真に日本民族に相応しい歴史を獲得することはかなわない――」

いよいよ意気高く、口角泡を飛ばして訴える。同じテーブルを囲んだ三人は唖然となって声もなかった。

「そうそう……ついさっき、面白いことをいっておったな。能楽の発祥がどうこうと」

丸い眼鏡の男がふと話題を変えた。

「『風姿花伝』に世阿弥はいろいろの説を挙げておるが、能楽というやつは、直接には古代ギリシャの仮面演劇から出たものだろう」

「能が、ギリシャ起源……？」

「あるいは古代ローマかもしれんな。世阿弥は能楽の祖として秦河勝の名前を挙げた。秦一族の出自はローマにあるのだ。その証拠に——漢代の史書にローマ帝国は〈大秦国〉の漢字表記を当てられておるだろう？　これはもちろん始皇帝のかつての秦朝が、他でもない古代ローマに存在したことに由来するものだ。大秦すなわち太秦の謂であることは説明するまでもあるまい。ついでに述べれば佐伯《さえき》何某なる学者は秦一族を論じて、景教徒すなわち異端ネストリウス派のキリスト教徒ではなかったかと説いておる。まさにその通り。秦一族は正しく異端ネストリウス派の教徒であり、参考までに我が国で東方伝道のあらましはいささか変容して『伊勢物語』という物語の形で伝えられておる」

丸い眼鏡の男は四角い顎を撫でて、ショッキングな見解をさらりと口にする。

「もう一つ、傍証を挙げておこうか。大江匡房《おおえまさふさ》という学者が書いたものに『傀儡子記《くぐつき》』があるが、これに傀儡子族、中世日本の下層芸能民の風俗は北狄に似ると書いてある」

「ああ……」

少年の喉が驚嘆に震えた。

傀儡子族といったら、その発祥は定かでないが、もっぱら散楽と雑戯を生業にして、定住をせず、丸天井の天幕を張り、水草を追って移り歩いたとされる遊芸の徒だ。男たちは弓馬に巧みで、狩猟を行う一方、剣を投げ、木偶を操り、さまざまの幻術によって人々を驚かせた。女たちは唄を歌い、媚びを売り、行きずりの旅人を誘っては一夜の佳会を嫌わない。総じて耕作、養蚕を行わず、従って役人の支配を受けることがなかった。音楽と舞踊を好んで、夜は夜で百神を祀って騒ぎ、自由気ままな生活を楽しんだと伝えられる。

この傀儡子族の風俗を、平安王朝期の学者大江匡房は〈頗ル北狄ノ俗ニ類ス〉――北方異民族の亜類と見做したのである。

「ひと口に北狄といっても、突厥、契丹、鮮卑、匈奴とさまざまあるが、このうちの匈奴族は、古代ギリシャ人がキンメリオイすなわちキンメリ人と呼んだ民族と同一であること疑いない。一考するに傀儡子族は匈奴キンメリ人の末裔であり、ユーラシア大陸を西から東へ、仮面演劇をはじめとする古代ギリシャの芸能を伝えたのは彼らではなかったか」

紀元前七、八世紀頃、南ロシア草原において勢威を振るったキンメリ人は、イラン系の遊牧騎馬民族で、乗馬と騎射の技術に優れ、たびたび古代オリエントに進攻した。またキンメリ人が往来する辺境地域はキンメリアと呼ばれて、古代ギリシャ人は暗黒と霧に覆われた神秘の国だと伝承したのである。

「ところで、現在の日本列島においてキンメリアの遺風が最も濃厚に残存する地域はこの四国、とりわけ宇和島地方を措いてない。宇和島人は現代のキンメリ人である。四国各地の祭礼や伝承、古謡、方言を仔細に検討してわたしはこのことを確信した」

丸い眼鏡の男は嬉しげに両手を揉み合わせると、さらに突拍子もない事柄を口にした。

「やはり四国の阿波徳島の画家――能役者の本業を持つ東洲斎写楽が何でヨーロッパの画壇から熱烈に歓迎されたか、最大の理由はここにあるのだよ」

「え？」

「まったく明白ではないか。古代ギリシャの仮面演劇が北狄匈奴族すなわちキンメリ人によって伝えられ、ここから本朝の能楽が出た。本質において両者は同一であると見做してよい。一方で、中世ヨーロッパのルネサンス運動は古代ギリシャや古代ローマの文明に理想を求めた。つまり、能楽とも根底で通じておる。だからこそ、四国キンメリアの仮面演劇者写楽が古代ギリシャの流儀で描いた肖像画は他の画家の作にまして西洋人種の感性に馴染みやすく、かの地で崇拝を得ることがかなったのだ。なお……写楽が描いた絵画は版画のたぐいを別にして早くから海外への流出が進み、かの地においてはレンブラント、あるいはベラスケスとも呼びならわされて、たいそう珍重されておることを付言しておこう」

丸い眼鏡の男は力強く断じてみせた。

コートは目が眩む思いがした。実際に両目を閉じて額を指先で押さえたくらいだ。

古代ギリシャが日本の起源であり、古代ギリシャの仮面演劇が能楽の起源であり――そうした古代の関係が地下水脈さながらに二十世紀ヨーロッパの画壇における東洲斎写楽の高い評価にまで流れ込んでいるとは。

いったい何が明白なのか、と彼はいいたかった。それは実に途方もない、コートの発想と理解を超えた物語だった。

がたん、と大きな音がした。少年が身体を起こした勢いで、後ろへ椅子が倒れたのだ。

「そ、そ、そ、そうでしたか。あ、あ、あなたは、も、も、もしや……」

棒立ちのまま、喘ぐように喉を震わして呼びかける。興奮の色を少年は瞳にたたえて、

「あなたはもしやキムタカ先生ではございませんか？」

「おお、わたしを知っていたか。これは感心」

丸い眼鏡の男は腹を揺すって笑い返した。

「いかにも、わたしは木村鷹太郎《きむらたかたろう》だ」

木村鷹太郎、略してキムタカ。愛媛県宇和島出身。昭和五年一月のこの時、五十九歳。思想家、哲学者としては井上哲次郎《いのうえてつじろう》や高山樗牛《たかやまちょぎゅう》らと共に日本主義を主導。翻訳者としては日本に初めてバイロン文学を紹介し、英語版からの重訳ではあるものの、プラトン全集個人完訳を達成したことで名声を得た。文学者の間では顔が広く、与謝野鉄幹《よさのてつかん》、晶子《あきこ》夫妻の媒酌人を務めたのはこの人である。一方で論争を大いに好み、自らの主張に異なる論には容赦なく攻撃を加えて、論破す

るまでやめなかったから、論壇においては狂犬のように恐れられたという。奇矯な言動は多かったにせよ、明治大正期の日本における一等の大知識人、知の巨人とでもいっていい人物だ。

木村は語学の才に恵まれ、哲学者や詩人の著作の翻訳を多数手がけたが、そのうちに奇妙な事実に気づいた。日本神話とギリシャ神話の間には符合が多い。さらに研究を進めると、聖書や仏典の説話、北欧神話、古代オリエントや古代エジプトの伝承等々、ユーラシア大陸各地に残る神話、歴史、地理、風俗、言語に、これまた日本のものとの類似が多々見られる。ここに木村は、日本民族こそが古代文明の共通の創造者であったとの確信を持ち、以降、自らが「新史学」と名づけた真実の歴史の解明に没入していくのだった。

明治四十三年、読売新聞紙上に木村は次々に論考を発表。ギリシャ語、ラテン語と日本語が同一起源であることを説き、日本の太古史が世界の太古史と一致することを説き、人類史における日本民族の貢献と偉大さを説いた。

奇しくも同じ年、京都帝大内藤湖南と東京帝大白鳥庫吉の間で大和説対九州説の邪馬台国論争が勃発すると、敢然、木村は両者をいずれも虚妄の説だと斥け、邪馬台国古代エジプト説をかかげた。先に作者は〈在野の歴史家たちは、両派の主張を共に批判し、第三の立場から邪馬台国の新しい候補地を提唱する〉と書いたが、実に古代エジプト説のキムタカこそが先駆者であり、第一号であり、嚆矢であり、ありていにいえば邪馬台国論争の基本パターンの確立者に他ならないのである。

それから後も、木村は学識と精魂の全てを「新史学」に傾け、矢継ぎ早に自らの研究成果を発表する。著作の一部を以下に挙げると、『仁徳《にんとく》帝の埃及《エジプト》難波』『神武《じんむ》帝の来目歌は緬甸《ビルマ》歌』『トマスモア「ユウトピア国」は我が日本津軽』『南洋の覇者鎮西八郎為朝《ちんぜいはちろうためとも》』『世界の驚異宇和島の古代毬歌及び童謡俚謡』エトセトラエトセトラ。

木村鷹太郎一代の大事業「新史学」は、正統史学の立場からは世迷い言扱いで黙殺されたが、しかし、意外に多くの支持者を集めて、木村が主宰する日本民族協会は一時期満州に支部を持つほどの勢いがあった。支持者の大半は決して狂信的な民族主義者やオカルティストのたぐいではなく、世間一般の、普通の人々だったという。

人間は時として、現実の歴史ではなく、理想の歴史を歓迎してしまう。「新史学」の興隆もまたそんな一事例といえようか。

五

東京からやってきた有名な歴史家——木村鷹太郎の講演が盛況のうちに終わってから数日が経ち、いよいよ一月も終わりという某日。

八切少年とツルがとうとう名古屋へ帰るというので、コートは時間を割いて、見送りのため中洲港までついていった。

船便の到着を待つ間、船着場近くの食堂でコートと少年たちは小休止した。

「異人のおじさんとも、これでお別れなんだ」

山窩の少女が瞳を潤ませて、コートを見つめた。

「いろいろとよくしていただいて。本当に感謝しています」

ぺこりと少年も頭を下げる。コートは顔の前で片手を振って、

「かまわないさ。君たちといっしょに過ごした時間は楽しかったよ。それより、何とかという作家に会うのはやめにしたのかい？」

「今回はやめておきましょう。東京を目指したら、また手違いで、どこか遠いところへ行ってしまう気がします」

「それは賢明な選択だね」

「四国は初めてでしたが、満足しています。剣山も金峰山も歩いたし、鳴門の大渦潮もこの目で見た。たいへん実りある毎日でした。キムタカ先生の講演を聞くこともできましたし」

「ああ、あれか」

コートはわずかばかり眉根を寄せた。

少年たちの付き添いでコートも講演会場に赴いた。当日の木村鷹太郎の講演は、彼らとの一席にまして壮大、奔放、冗長で、もっぱら四国の歴史と習俗を語り、太古の世界文明に照らし合わせて、ギリシャにローマにエジプトに、いかに多くの文明の痕跡を留めているかについて熱弁を振るった。

何しろ地元に関わる話題だから、古代ギリシャの仮面演劇に能楽の起源があり、これの表現様式が

東洲斎写楽描くところの役者似顔絵に濃厚に反映されているという怪しい解釈もやっぱり持ち出された。正直な話、西洋人のコートには誇大妄想のたぐいとしか思えなかったが、高等小学校の講堂に詰めかけた聴衆は意外に大真面目に聞き入って、講演が終わるや、万雷の拍手が起こったのだった。

「セツ兄。邪馬台国は残念だったね」

団子をかじりながら少女が話しかける。

「仕方がないさ。ここが邪馬台国だと決め込んで、結論を急いでしまったからね。自分たちの歴史を語るというのはなかなか難しい。まだまだ調べ足らないことが分かったよ。それだけでも充分意味はあったと思う」

少年は前向きにいった。

「期待するよ。この国の歴史研究で、いつか君の発見が認められる日があることを」

コートは励ましの言葉を送った。

「失礼」

不意に横合いから声がかかった。そちらを見ると、彼らのテーブルのすぐ横に一人の男が立っていた。

「人違いでしたら、申し訳ない。もしかすると木村鷹太郎氏の講演にいらした方では？」

「ええ。すると、あなたも？」

「すぐ後ろの列にいた者です」

人懐っこい笑顔で男は応じた。

「どこかで見かけた覚えがしたのです。いや、どこかといったら嘘になるな。あの会場であなた方はとても目立つ三人連れでしたから。しかし、奇遇もあるものです。こんなところでごいっしょするなんて」

コートたちに断って、その男は空いている椅子に腰を下ろした。

背広にタイの姿恰好、旅行カバンを提げていて、どうやら旅行者のようである。

目鼻立ちはきりりと整い、体形はよく引き締まって、一見、若々しい風貌だった。何より目に力がある。しかし、再見すると頭髪には灰白のものがちらほら交じって、意外に年配らしいことがうかがえた。

「どちらからおいでで？」

「東京です。この徳島には剣山の調査のために」

コートの問いに、気安い調子で男は答えた。

「剣山なら僕たちも山歩きしましたよ」少年が首を突き出した。「いったい、何を調べていらしたんです？」

「ソロモン王の財宝さ」

洒脱に片目をつむって男はいった。

「ソロモン王――?」

思いがけない名前が出てきて、コートと少年たちは面食らった。

ダビデ王の子、ソロモン。古代イスラエル王国三代の王であり、王国に富と栄華をもたらし、エルサレムに壮麗な神殿を建設した。

ソロモン王の歿後、たちまち王国は衰退に向かい、北朝イスラエルと南朝ユダに分裂して、北朝は紀元前七二二年に、南朝は紀元前五八六年に、それぞれ滅亡の運命を迎えたことは『旧約聖書』に詳述される通りだ。

「四国の剣山にソロモン王の財宝が秘蔵されているという噂があるのです。東京ではちょっとした評判でして。何でも陸海軍の将校方も関心を寄せているらしい」

「しかし……どうして四国にソロモン王の財宝が?」

コートは首を捻った。まったく意味が分からない。

「興味深い記述が『古事記』にありましてね。四国について〈この島は身一つにして面四つあり〉とある。四国の四つの面とは何なのか、結論を要約すると、これはどうやら『ヨハネ黙示録』に描かれた神の栄光を讃える四匹の生き物、獅子、雄牛、人間、鷲に、それぞれ対応するのではないかと。聖書研究家の間からそんな解釈が出てきたのです」

「それで四匹の生き物に囲まれた四国の真ん中に、古代イスラエルの宝があるのだと?」

コートはさらに頭を傾ける。ますます意味が分からなかった。

「キムタカ先生の講演はいかがでしたか？」

少年が訊いた。すると、男の唇に苦笑いが浮いて、

「発想は興味深かったが……実証という点ではいかがなものかな。もともと木村氏は、ギリシャ古典の翻訳を手がけた人でしたからね。思い入れがあるから、どうしてもギリシャやローマの文明に引きずられてしまう。それはアレクサンダー大王の東方遠征のような史実はあるにせよ、日本民族全体が地中海から移動してきたという話はいただけない。空想が過ぎるよ」

「空想、ですか」

「日本へやってきたのはユダヤ人でしょう」

まるで自明の物事のように彼は指摘した。

それがあまりに自然な物言いだったから、コートといい少年たちといい、ああ、そうでしたかと危うく納得してしまうところだった。

「するとあなたは、日本人とユダヤ人は同一民族なのだと……？」

探るようにコートが訊いた。この頃の日本の知識人層――政治家、官僚、軍人、学者たちの間に、日本ユダヤ同祖論が案外に広まっていることは彼も多少聞き知っていた。

前述のように紀元前七二二年、北朝イスラエルがアッシリアの進攻によって滅んだことで、北朝の十部族は国土を追われ、離散し、それきり正史からは消息を絶ってしまうのだが、この失われた十部族の一部がユーラシア大陸を横断して古代日本へ上陸した、すなわち古代ユダヤ人の末裔が日

本民族だというのである。

「かのソロモン王は、古代の航海民族フェニキア人の船団のオーナーで、アフリカ、インド、東アジアとも交易したといわれています。航海を続け、さらに東の日本を目指したということは充分考えられるでしょう？ それから……佐伯好郎《よしろう》博士は、応神《おうじん》帝の御世に来朝した秦一族はユダヤ人景教徒ではなかったかと論じ、これは先日の木村氏の講演でも少々言及がありましたが、僕はむしろ、秦一族はキリスト教以前の、古代ユダヤ教徒、古代ユダヤ人ではなかったかと考えているのです。げんに秦河勝は、大荒大明神の神号で祀られていますが、オオサケは大辟あるいは大闢とも表記し、支那の景教文献でこれはダビデ王を指しているといいますからね。ダビデ王の子のソロモンと秦一族の伝承はきれいに結びつく」

　宙に指先を走らせ、漢字を描きながら、男は熱っぽく語った。

「日本民族の起源になったのは失われた十部族のうちの、主にガド族でしょう。ミカドの尊称は始祖ガドの名に由来するもの。もっとも、他の部族がまったくやってこなかったとはいえませんがね。朝鮮半島の任那はそのままマナセ族の土地だと解釈できますし、それにこの四国についていえばエフライム族の入植地だった可能性が高い。何故といって『列代記』にエフライムの子孫たちが住んだ土地の一つとしてアワの地名が挙げられているのですよ。この徳島——阿波の国という呼称は、エフライム族の末裔が遠い祖先の故地を偲んで、同じ地名を採用したものではないでしょうか。そう考えると、平仄が合う」

「不思議な話をいろいろとお考えだ」

　コートは溜め息を洩らした。

「そうだ。阿波という地名の由来が古代イスラエルにあるなら、もう一つ、少々興味深い話があるのです」

　ぽん、と男が両手を打ち鳴らした。

「これも木村氏の講演で少々触れられていましたが……その昔、阿波徳島藩に東洲斎写楽という画家がいたでしょう？　能役者の手遊びだったともいわれていますが」

「ヨーロッパの画壇では極めて人気が高いと聞いていますよ」

　コートが口にすると、満足げに男は頷いた。

「この写楽という画家は日本国内では評価が低くて、ほとんど忘却された存在だったようですね。ところが、西洋人たちからは歓迎された。何故か？　このことについて面白い解釈を持ち出した好事家がいるんです。東洲斎写楽は阿波藩の能役者ではなく、ひょっとすると鎖国日本を訪れたヨーロッパ人画家の仮の姿だったかもしれない――」

「そんな説まで？」

　コートは呆気に取られた。

「なかなか愉快な説でしょう？　写楽の画号なんかも、イタリア人のシャイロックだか、イギリス人のシャーロックだかが、日本語風に訛ったものだというんです。もっとも、そんな無理な曲解をしないでも、写楽はシャラク、他の何者でもないだろうと僕などは思うのですが……」

そして、彼は静かにいった。

「写楽はユダヤ人か、そうでないなら、古代イスラエルからユダヤ人といっしょにやってきたフェニキア人の末裔ではないでしょうか」

「え？」

「シャラクはいまもアラブで見られる姓なのですよ。アルファベットで表記すると、S、H、A、L、A、Q――SHALAQ。写楽はそのままシャラクだと解釈するのが、シャイロックやシャーロックにこじつけるより、ずっと無理がないでしょう？」

「……」

「きっと写楽は、自らの出自を、長い放浪の果てに極東の島国にやってきた西域人種の血が流れていることを強く意識していたのでしょうね。だから、手遊びに絵を描く時、祖先の姓から敢えて画号を採ったのです。東洲斎写楽――東の島のシャラク、と」

男は口をつぐみ、しばしの間、瞑想に入るように両目をつむった。古代イスラエルを追われた人々が極東に安住の地を得るまでの長い放浪と航海、それからの二千年という年月の経過に思いを馳せているようだった。

「ああ、いけない。そろそろ船が出る時刻だ」

壁の時計を見て、慌てて男は腰を上げた。

「長話に付き合わせてしまい、申し訳ない。関心事になると年甲斐もなく、ついつい夢中になってしまうのです。まったく悪い癖でしょう。つまらない話でしたか？」

「そんなことはありませんよ！　とても面白いお話で、感動しました！」

満面に興奮と深い讃嘆の色をたたえて八切少年が叫んだ。

「そういってもらえると嬉しいね」

少年の反応に男は破顔した。まるで子供のような笑顔だった。

コートと少女は何だか置いてけぼりにされたような風情で、二人のやり取りをただ眺めるばかりだ。

「あの、よろしければ教えていただけないでしょうか。あなたのお名前を。もしも歴史の本をお書きでしたら、きっと探して、読ませていただきますから」

「いや、いや、自慢げに教えるような立派な名前は持っていないさ」

照れ臭そうにいったんは片手を振ったが、そのすぐ後で男は少年の目を覗き込み、上機嫌に語りかけた。

「けれども、覚えていてくれるというなら名乗ろうか。僕は小谷部全一郎《おやべぜんいちろう》という者だ」

慶応三（一八六七）年出羽の国秋田に生まれ、根っからの冒険家気質で、十六歳にして家を飛び出して日本はおろか世界を放浪、やがてアメリカ合衆国へ渡って学問を修め、滞米十年、三十一歳で帰国してからはアイヌ民族の救済にその身をなげうち、超人的な奮闘によって「アイヌ民族の救世主」と賞賛されながら、後半生は蒙古満州の調査を志して軍属に転身した一代の快男児小谷部全一郎――この時、六十二歳。

しかし、後の世に小谷部の名前は、もっぱら異端の歴史家として記憶されている。

大正十三年十一月、五十六歳の小谷部は、出版社冨山房から一冊の著作を上梓した。これが刊行されるや、当時の読者から熱狂的に歓迎されて、たちどころに再版十回、三十年来未曾有といわれる爆発的な売れ行きを示したのである。

すなわち、『成吉思汗《ジンギスカン》ハ 源 義経《みなもとのよしつね》也』。

モンゴル帝国の建国者ジンギスカンが日本の源義経と同一人物であり、それどころかその子孫から清朝の始祖ヌルハチを出したとする、東アジア史を日本中心にすっかり塗り替えてしまう「真相」を主張するこの書は、一世を風靡した。小谷部自身の本意とは別にトンデモ歴史商法の草分けに位置づけられる一冊といえようか。同書がもたらした衝撃の大きさたるや、出版の翌年二月に『中央史壇』誌は「成吉思汗は源義経にあらず」と題する臨時増刊号を発行し、微に入り細に入って誤謬を論じ尽くして、小谷部説への批判でまるまる一冊を作ってしまったくらいだった。

ところで、これとは別に後半生の小谷部がその追究に精魂を傾けたテーマがある。

日本ユダヤ同祖論である。

かつてアイヌ民族救済の同志として小谷部と苦楽を共にしたものの、奇妙な因縁で『成吉思汗ハ源義経也』をめぐって対立の立場にまわった国文学者金田一京助《きんだいちきょうすけ》は、日ユ同祖論を小谷部が確信した経緯について次の証言を残している。

ある時、まだ若かった金田一は小谷部から彼の娘のイサに引き合わされて、こんなことを戯れにいった。

「面白いですね。ヘブライ語ではイサという言葉に娘という意味があるんですよ」

「何だって？　すると、金田一くん、我々が話したり、読み書きしたり、日常的に何とも思わないで使っている日本語の中にはヘブライ語由来の言葉があるのだね！」

「……え？　いいえ、それはただの偶然ではないかと」

「こんな偶然があるものかい！」

当の金田一センセイは「この人は何とものを信じやすいのかと驚いた」と他人事のように往時を振り返っている。

そして、昭和四年――ちょうどこの物語の前年――小谷部全一郎は、厚生閣から『日本及日本国民之起源』を上梓する。

小谷部はここで、日本民族の起源がユダヤ人にあることを説き、言語の類似、風習の類似、その他の類似現象を列挙することで自説の正しさを論証した。はっきりいえば語呂合わせと牽強付会の産物であり、『成吉思汗ハ源義経也』の頃から方法論は何ら変わっていない。しかし、『日本及日本国民之起源』は前書ほどに支持を得られなかった。

おそらくは源義経とジンギスカンの同一人物説の場合とは違い、大多数の日本人読者にとって、愛国心や自尊心、優越感情に訴える話題ではなかったためではあるまいか。

六

小谷部全一郎と少年の八切止夫、山窩少女のツルを海上に見送った後、コートは光慶図書館に戻らず、その足で眉山の麓の潮音寺へ向かった。

坂道を上りながら、この半月ばかりの間に出会った日本人たちのことを考える。

彼らと交わした会話の始終が、ぐるぐる、ぐるぐると頭の中をめまぐるしくまわった。彼らはいずれも自らが開陳した歴史解釈を信じ切っているようであり、確信の強さということでは何ら変わらないようだった。それぞれが望み、真実を謳い、まことしやかに語ってみせた理想の歴史。いまコートはひとまとめにそれらの説を振り返り、知的な興味や感銘にまして、ひどい空しさを覚えた。

東洲斎写楽の絵がどんなものだったか、思い描こうとする。コート自身が神戸で買い、裏側に詩文を残した絵。ヨネに贈り、彼女からモラエスの手に渡って、光慶図書館でおよそ三十年ぶりに再び目にすることになった絵。しかし、いくら記憶を探っても、それは曖昧で、どうしても像を結んでくれなかった。

モラエスに会いたい。痛切にそう思った。

とにかくモラエスに会って、胸中の思いを吐き出したかった。

潮音寺に着いた。赤土塀で囲われた墓地の一隅に、ヨネとコハル、かつて愛した女たちと並んでモラエスが眠っている。

亡き友モラエスの墓の前に、コートは頭を垂れて立ち尽くした。

長い、長い時間、彼はそうして立っていた。

「ねえ、モラエス」

やがて、喉にからんで、ひどくしゃがれた声で語りかけた。

「教えてくれないかい。君が愛したこの国は……ううん、違うな……」

二度三度と首を横に振ってから問い直す。

「この国の歴史は、いったい、どこへ行くのだろうか?」

にわかに風が吹きつけた。墓石の合間を風が走り、びゅうびゅうと音を立てる。何かしら泣きじゃくっているかのようだった。

昭和五年一月末の、昼下がりの一場景。


昭和六年七月十八日、木村鷹太郎歿。享年六十。

昭和十六年三月十二日、小谷部全一郎歿。享年七十三。

同じ年十二月八日、日米開戦。

太平洋戦争と帝国主義日本の終焉を挟み、作家活動の再開から数年後。八切止夫はさるアンソロジーに寄せて、次の一文を残している。

私やあ「シャラク」をね、とても理想にしてるんですよ。いいじゃありませんか何世紀かたって「作品」と「ペンネーム」だけが残って、ご当人は誰だか分からないなんて、ちょっと乙でげしょう。そいつが版元の主人だったにしても、また全然知られていないおひとだって、その作品さえ残りゃ、ちいっとも構やしないじゃありませんか。

稀代の奇説メーカー八切止夫が、日本史上のミステリー、東洲斎写楽の「真相」に手をつけた形跡は見られない。

理由を、誰も知らない。

『信長は謀略で殺されたのか』鈴木眞哉・藤本正行共著／洋泉社（二〇〇六）
『「本能寺の変」はなぜ起こったか』津本陽著／角川書店（二〇〇七）
『昭和四十三年度代表作時代小説』東京文芸社（一九六八）

――『ジパング・ナビ！』平成×△年夏期・原稿募集のお知らせ――

時代を超え、新しい世代へ向けて浪漫と最新情報を発信するエキサイティング歴史絵巻『ジパング・ナビ！』。編集部では、日本史上のミステリーを華麗に読み解く、従来にない視点を広く募集しています。あなたの新説が将来の真説となるかもしれません。ふるって御応募ください。応募要綱は左の通り。

・テーマ／消えた浮世絵師。寛政六（一七九四）年の夏、役者似顔絵の傑作群を引っ下げて登場した東洲斎写楽とは何者だったか？
・原稿枚数規定／四百字詰め原稿に換算して六十枚以上百枚以下とします。パソコン、ワープロ原稿の場合は、Ａ４サイズの用紙に一行四十字×四十行、日本語の縦組みでプリントアウトしてください。写真や図などは必要に応じ御同封いただいてかまいません。
・形式／本号より、投稿規定が変更となり、従来通りの論文・レポート形式の原稿に加えて、小説形式の原稿による投稿も可能となります。いずれかの形式をお選びください。
・別紙に題名、原稿枚数、応募者の氏名（本名並びにペンネーム）、住所、連絡先の電話番号（携帯電話可）、メールアドレス（所有者に限り）、生年月日、性別、職業を記載したものを添えてください。

・原稿、添付資料等は返却できませんので、あらかじめ御了承ください。
・賞／金賞［三十万円＋日向空海《ひなたうつみ》直筆署名入り『蓬莱島の写楽』単行本上下巻］
銀賞［十万円＋山河雨三郎《やまがうさぶろう》直筆署名入り『魔戦日本橋』新書単巻］
奨励賞［五万円＋飛雄閣《ひゆうかく》出版特製ポストカードセット］

（以下省略）

浮世絵師の遊戯《ゲーム》

ところが、史料によれば江戸時代から斎藤十郎兵衛が写楽であると書かれているわけです。本当のことをいいますと、この人物の実在が証明されてしまったら、すでに別人説は成立しないんです。言い換えれば、私たちは今や写楽が斎藤十郎兵衛以外の人間だったと疑う論拠をなくしたのではないかということです。

――高橋克彦《たかはしかつひこ》

ゲームはもう終ったんだよ。

――明石散人《あかしさんじん》

ところで話は別ですが――写楽別人説をよく聞きます。蔦屋説、北斎説等々――しかし私は別人説にかかわりたくありません。

理由は簡単です――何も好きこのんで他人の画流を、あそこまで追いかけ廻して真似たりする馬鹿がありましょうか？

本人なればこそ、画が駄目になればなる程画筆にしがみついて、精魂をつくしたのではないでしょうか？

そこにむしろ写楽のあわれが汲みとれて、劇的な場面も浮びます。

とまれ写楽は——体力もつき果て、廃人同様、闘いに破れたのです。

——内田吐夢《うちだとむ》

一

岡本綺堂《おかもときどう》が少年の頃を回想した随筆にこんな一挿話がある。

彼の父は徳川御家人で、幕府の瓦解後、英国公使館に書記として雇用されたのだが、そうした縁から少年綺堂も公使館に頻繁に出入りして館員たちと親しくなり、英語を教えてもらったり、当時はまだ珍しい西洋菓子を食べさせてもらったりしたものだった。後年にシャーロック・ホームズの探偵譚に感銘を受け、ベイカー街にあらず、三河町の半七《はんしち》を創造した素地は案外にこの頃に形成されたものかもしれない。

明治二十（一八八七）年頃の某日。当時の一等書記官アストンに連れられて、神田神保町を少年綺堂はめぐり歩いた。

その頃の神田の街は、雑多な店が軒を並べる狭い通りに人が溢れて、露店、辻売り、棒手振りの担ぎ売り、それらの客引きの口上が飛び交い、喧騒はいっときもやまず、路上には塵芥のたぐいが散らかって、汚らしい、猥雑とすらいいたいありさまだった。

少年綺堂はこの風景が恥ずかしくなり、

「ロンドンやパリにこんな汚いところはないでしょうね」

と傍らのアストンに囁きかけた。

ああ、と滞日二十年余のベテラン外交官は頷きを返す。

「シンガポールや香港でも見られないだろう。けれども、わたしは日本の街並みが好きだよ。たいへん幸せで愉快な気持ちになれる。しかし……」

数歩進んで、彼はさらに言葉を継いだ。

「東京の街はいまに美しくなる。近い将来、ヨーロッパの国々に比べても引けを取らない、見違えるような近代都市に発展することをわたしは信じて疑わない。しかし、それが街の人々にとって幸せなことなのかどうか、わたしは何もいえない」

それは何かしら悲劇的な予見をにじませた述懐だったと、岡本綺堂はこの時のやりとりを振り返っている。

ウィリアム・ジョージ・アストンは幕末の元治元（一八六四）年に初めて来日。朝鮮半島駐在の一年間を挟んで、明治二十二年に離日するまでの間、外交官としての公務の傍らに日本語及び日本文学の研究に打ち込み、日本研究家——ジャパノロジストの第一世代として大きな足跡を残した。

古今の典籍の蒐集にも努め、地球のほとんど裏側の大英帝国に彼が持ち帰った日本語文献は実に千二百点以上。それらは彼の歿後、ケンブリッジ大学が所蔵するところとなり、同大学図書館の和漢古書コレクションの基礎を形作った。
そんな中の一書——日本橋四日市の古書店で買い求めたとされる手書きの写本が、後になって意外な物議の種になるとは当のアストンにとって思いも寄らないなりゆきだったろう。

二

前に眼鏡を新調したのは中学校を卒業する間際だったから、それからおよそ二年半が経つ。正しくは二年と四ヶ月か。メタルフレームの細縁眼鏡は傷みが目立ちはするものの、活字を読む分には不自由さを感じないし、もう半年程度なら気にかけることはあるまいとも思えたのだが、新品に替えてみるとやはり視界が違った。新調したのは正解だったな、とこうした場ではなおのこと実感する。

四条通りも東の鴨川に近い、老舗百貨店七階のグランドホール。

ただいまの催しものは「浮世絵大歌川《うたがわ》展」。江戸浮世絵画壇の最大派閥として隠れもない歌川派の絵師たちがテーマの展示会である。

会場の入り口には〈歌川にあらずんば絵師にあらず〉と恐ろしく挑発的なキャッチコピーが躍っ

ていた。

この会場に扇《おうぎ》ヶ《が》谷《やつ》姫《ひめ》之《の》はいた。

癖のない黒髪が、まっすぐ背中に流れ落ちている。鋭角的な顔の作りにこれも鋭角的なフォルムの金縁眼鏡がきらりと光沢を帯びており、レンズの奥にはアーモンド形の切れ長の目、つんと鼻先は尖って、一見したところはいかにもといった感じがする優等生風。いくらか唇を緩めて微笑んでみせたら、深窓の文学少女といっても立派に通用するだろう。夏仕様の白いセーラー服は、彼女たちが通学する蓮台野高等学校の制服だった。

夏休み前の中間考査が終わったら浮世絵を見に行こう、ということは前々から約束していた。実際には数日の間が空いて、彼女と友人たちの、スケジュールがようやく合致したのがちょうどこの日。開催期間は今週いっぱいだから、ぎりぎり滑り込みの、数歩手前で間に合ったという恰好だ。

平日の午後のことで、来場者の姿はそれほど多くない。おかげで姫之は余裕をもって、新しいレンズを通して見える浮世絵を鑑賞することができた。

会場に入ると、すぐに目に飛び込んでくるのは壁画さながらに引き伸ばされた特大パネルだ。工房で忙しげに働くのは華やかで粋な女職人たち。小刀や鑿を研ぐ女がいる。版木に絵柄を彫りつける女がいる。下地の白紙にドウサを塗りたくる女がいる。さまざまの立場、職業の人々を女の子に置き換えて描くというのは現代のマンガやイラストの場合を考えても特別珍しい手法ではない。しかし、それと意識しないで目にしたなら、江戸の昔は版木を彫り、色を摺るのは女たちの仕事だったのかと、うっかり鵜呑みにする者も出るかもしれない。落款は豊国《とよくに》だが、これは三代豊国、襲名前は国貞《くにさだ》といった絵師が手がけたシリーズ中の一作である。同じ工房内で彫師と摺師がいっしょに作業するようなことはまずないはずだが、多色摺りの木版画——すなわち錦絵の制作工程を視覚的に把握しやすくするための配慮なのだろう。

パネルの左手側に目を転じると、同じ場面がそっくりそのまま実寸サイズのセットに組まれて再現されている。これなら絵で見るよりも実感しやすい。マネキン人形の顔のデザインがいまどきのアニメキャラクター風にアレンジされているのは御愛嬌だった。

案内に従い、パネルの右手側へ進んでいく。ここからが実物の錦絵の展示だ。

浮世絵歌川派の伝系は一竜斎豊春《いちりゅうさいとよはる》から始まる。俗称但馬屋庄次郎《たじまやしょうじろう》。但馬豊岡の産ともいい豊後臼杵の産ともいい、画技の師匠は鳥山石燕《とりやませきえん》ともいい西村重長《にしむらしげなが》ともいい、つまりは来歴が詳らかでない。歌川の画姓は江戸に出てきた当初の住居が芝の宇田川町にあったことに由来する。初めは鈴木《すずき》春信《はるのぶ》風の温雅な美人画を描いていたが、やがて西洋画の模写を手がけて注目を集めた。浮世絵の技術で西洋画を再現したものだが、当時は物珍しさでそんな商売が成り立ったのである。そうして西洋画の画法を身につけ、遂に模写を離れて日本の風景を描くようになった。江戸浮世絵に風景画の分野を開拓したのはひとえにこの豊春の功績といえる。従って、展示はもっぱら風景画だ。遠近法にこだわった構図の写実性。画上から溢れるばかりの人々の賑わい。次の世代の葛飾北斎《かつしかほくさい》、さらに後の広重《ひろしげ》らの洗練された画風を知る目には、かえって清新な風趣があった。

次いで一陽斎《いちようさい》豊国——始祖豊春直門の出世頭、否、歌川派繁栄の主役にして江戸浮世絵画壇の巨魁といっていい大物絵師だ。

寛政六（一七九四）年正月、芝神明の版元和泉屋《いずみや》市兵衛《いちべえ》から売り出された大判錦絵『役者舞台之姿絵』の連作で注目を集め、これが大出世作となったから、役者姿絵、舞台絵の旗手といった印象が強いが、その実、美人画、風景画、風俗画等々を幅広く手がけたオールラウンドな画才の持ち主で、とりわけ絵草紙や読本の挿絵に神がかり的な筆捌きを見せて〈錦画の如き、合巻読本の如き、豊国の画く所にあらざれば、人これを購わざるに至れり〉の評が残るほどの圧倒的人気を誇った。

また彼の名声を慕って入門する者は数多く、江戸浮世絵をまさに歌川一色に塗り潰さんばかりの勢いに、

歌川の流千すぢに雪解かな

と世の人は川柳を詠み、いっそう露骨に、

歌川にあらずんば絵師にあらず

と囃したものである。

さすがにこの人物の扱いは大きかった。師匠の豊春に比較しても展示点数はずっと多くて、役者絵をはじめ、ひと通りのジャンルが揃っている。大衆好みのする画風という点で豊国に肩を並べる

浮世絵師は少ない。ところが、まさに大衆迎合、通俗的との理由で現代では評価が落ちるのだから、絵画の価値は複雑だ。

さらに順路沿いに、豊久《とよひさ》、豊丸《とよまる》、豊広《とよひろ》ら、黎明期の歌川派絵師の作が続く。いずれも展示点数はそう多くない。豊国門下の世代に移った。役者似顔絵の天才、一寿斎国政《いちじゅさいくにまさ》。豊国が画才を見込んで二代を名乗らせた一瑛斎豊重《いちえいさいとよしげ》。歌川派の隆盛を中堅として支えた実力ある絵師たち、一鳳斎国安《いちほうさいくにやす》、写楽斎国直《しゃらくさいくになお》、一円斎国丸《いちえんさいくにまる》、一雲斎国長《いちうんさいくになが》、一翁斎国満《いちおうさいくにみつ》……とりわけ強烈な存在感を放つのは一竜斎《いちりゅうさい》国虎《くにとら》で、豊国から代作を任されるほどの実力を持ちながら、西洋画に魅せられ、その研究に生涯を捧げて終わったという変わり種だ。オランダ渡りの銅版画をお手本にしたらしい、古代ギリシアとも中世ヨーロッパともつかない風景描写に不思議な味わいがあった。

江南亭国広《こうなんていくにひろ》の役者絵を目にした時にはさすがに驚いた。豊国門下の大坂の絵師で、上方歌舞伎の役者絵や美人画、風俗画を描いたが、この人物には、伊勢亀山藩の殿さまではなかったかとの伝承が残るのだ。六万石の大名が好きな絵を描いたのかと思って見ると、シンプルな役者似顔絵にも、それらしい風格が備わっているような気がした。

そして、三代豊国——もとの画号を五渡亭《ごとてい》国貞。

初代豊国門下としては最も成功した人物で、元治元年十一月、七十九歳の高齢で歿するまでに半世紀を越えて人気を保ち、生涯の作画数は錦絵に限っても一万点以上。地下出版の春画や艶本、版本の挿絵も含めるなら七万点に達するといわれる。あまりの人気に後半生は粗製濫造に陥り、描写に精彩を欠くようになったが、江戸画壇の大御所として終生威風を損なわず、精力的に画業に取り組み続けた。

性向は温順謹慎、思慮深い人格者だったというけれども、師匠の豊国が年若い豊重を後継者に指名したことは大いに不服で、豊重改め二代豊国が早世すると、彼の存在を黙殺するように三代とは名乗らずに二代を名乗った。

そんな画歴を持つ人物だから、展示内容は質量共に初代豊国に劣らない。画風もバラエティに富んでいる。溌剌とした筆遣いの役者絵が陽性なら、婀娜で生々しい色香の美人画はまさに陰性。同じ筆から描き出された太陽と月を見るようだ。広重との合作もある。風景を広重が描き、手前の人物を国貞が描いたものである。作画の時期はデビュー当時から最晩年まで幅広く揃っており、酷評されがちな晩年の作にしても、素人の目を瞠らせるには充分なレベルだった。もっとも、多忙多作に対処するため、国貞は師匠以上に門下の代作に頼った。そのせいで駄作が増えたとの批判がある一方、たとえ傑作のレベルに達していても、それが本当に国貞本人の作画なのか判断がつかないという面倒な事態をも招いている。国貞の門下からは、貞秀《さだひで》、国周《くにちか》、娘婿の四代豊国らの、幕末明治を代表する一流絵師が輩出されている。たったいま姫之の目を瞠らせた役者大首絵も、ひょっとすると彼らのうちの誰かが代作したものかもしれない。

国貞の錦絵の前を離れて、通路の角を曲がると、前方から、みぃみぃ、みぃみぃ、にゃあにゃあ、にゃあにゃあ、にゃあしか、にゃあしか、といくつもの歓声が姫之の耳に飛び込んできた。

軽やかで楽しげな声、声、声、声、声。子供たちが盛り上がっているようだった。

レンズ越しの視線をそちらに投げると、案の定、展示の前に小学生くらいの女の子たちが群がって騒ぎ立てていた。その中に交じって、見覚えのある、セーラー服の後ろ姿があった。ふわりとした金髪が肩の上で波打っている。

「……ナスチャじゃないの。こんなところで」

クラスメートの姿を認め、姫之は目を瞬いた。いっしょに入り口をくぐった友人たちの片割れだが、彼女が気づかないうちにどんどん先へ進んでしまっていたらしい。

気を取り直して後ろに近づき、友人の肩をとんと叩く。

「あっ、ヒメ。追いついたんだ」

明るい、人懐っこい笑顔が姫之を振り向いた。

きらきら輝く、エメラルドグリーンのつぶらな瞳。雪白の肌。顔の造作が整っていて、愛らしくて、一見するとセーラー服を着たフランス人形のよう。アナスタシア・ベズグラヤ、愛称をナスチャという。アニメでマンガでＪ‐ＰＯＰで、メイド・イン・ジャパンのサブカルチャーに親しみ、この国への憧れを募らせてやってきた交換留学生だ。

「何、見てたの？」

姫之は首を伸ばして、ナスチャの肩越しに展示を眺める。途端に口から、ああ、という声が洩れた。

「猫だよ、猫。どう？　可愛いでしょう」

そういってナスチャは展示に顔を戻し、にゃあしか、にゃあしか、と繰り返す。

なるほど、猫だ。錦絵には猫の群れが描かれている。どこをどう見ても猫である。猫以外の何ものでもない。ただ着物をまとって、人間と同じように振舞っているだけだ。

まわりを見ると、この一画には雀やら蛸やら金魚やら、擬人化された生き物の絵が集まっている。

だが、数が多いのはやはり猫を描いたものだ。絵師の落款は一勇斎国芳《いちゆうさいくによし》。初代豊国門下にあって、役者絵は国貞、武者絵は国芳と並び立ち、江戸市中の人気を二分した逸材である。武者絵や歴史絵をはじめ、風景画、美人画、役者絵、王道の画題にも意欲的に取り組んだが、現代ではもっぱら、奇抜な発想と型破りの表現でへんてこな絵ばかりを描いた「奇想の絵師」のイメージが強い。

「ところで、アサさんは？」

「あっちだよ」

ナスチャが指差した先を見ると、薄手のウインドブレーカに紺のスカートの、これも見覚えある後ろ姿があった。

「アサさん」

後ろから声をかけるが、反応がない。

近づいていって肩越しに展示を覗くと、これは大判三枚続きの、武者絵の国芳の評に違わない、迫力たっぷりに描かれた豪傑と怪物の戦いの一場だった。あまりに予想した通りの画題で吐息をふっと洩らし、それから姫之は、友人の耳の横に唇を寄せた。

「み、じゅ、く」

「ぎゃっ」

ひと声叫び、彼女は後ろを振り向いた。

「ヒ、ヒメか。あーっ、びっくりした」

「驚き過ぎでしょう」

「忍者みたいに忍び寄ってくるんだから」

薄い胸に片手を当て、深呼吸を一つする。スポーティなショートカットに少年のような顔立ち、ウインドブレーカをセーラー服の上に重ね着して、見るからに活発な印象の彼女の名前は朝比奈亜《あさひなあ》沙日《さひ》。剣道部所属。戦国武将や剣豪の話題にむやみに詳しい、いまどきの歴史ファンの女の子——いわゆる〝歴女《レキジョ》〟の端くれだ。

他のクラスメートの誰よりもナスチャと趣味が合致していて、いっしょにいることが多い。

「出口までに追いつかれるとは思わなかったな。ヒメ、じいっと浮世絵の前に張りついたまま、ぜんぜん動こうとしないんだし」

「アサさんたちが、ちらっと見るだけで、ほとんど素通りで進んでいったのでしょう」

「素通りはないけどさ」亜沙日は鼻の頭を引っ掻き、「大昔の、お江戸の絵じゃない。面白さがぴんとこなくて」

「もったいない話」

「ここら辺まで時代が下がってくると、古びた感じもあんまりない。いまの目で見ても楽しめる、かな」

ぐるりと首をめぐらす。写実性の極致のような風景画がある一方で、技巧を駆使したシュールな騙し絵や、戯画、風刺画のたぐいも多い。福禄寿の長い頭をさまざまなものに見立てて、子供たちに、七福神仲間の大黒天までいっしょになって囃しているというシリーズもある。罰当たりな企画だ。

「これなんかバカバカしくて目が点になっちゃった。いちおう値段をちゃんとつけて、お店で売りに出したんだよね？　お客さんたちから怒られなかったのかな」

そういって亜沙日が指差した錦絵は、子供の悪戯描きにしか見えなかった。いや、正しくは子供の悪戯描き風に描いた役者たちの似顔絵だ。念入りなことに自らの画号や版元印まで悪戯描きに似せてある。悪戯描き風の版元印の近くにわざわざ〈はんもと〉と書き添えてあるのがおかしい。

「天保の改革の真っ只中に描いた風刺画ね。贅沢禁止の極端な倹約政治で、歌舞伎の舞台も浮世絵の出版も規制ばかりを押しつけられてとてもお仕事にならない。似顔もダメ、役者さんの名前や紋所や役柄を書くのもダメ、かちんときた国芳はこの錦絵を売り出したの。役者の似顔を描いたのではございません、子供の悪戯描きを写しましたという建前で。浮世絵の本で初めてこれを見た時、この人、とんでもない天才か、底なしのバカなのかのどちらかだと思った」

「浮世絵師稼業もたいへんだね。でもさ、これ、芸術としてホントに評価がつくの？」

「江戸の人たちに楽しんでもらえたなら、それでかまわないでしょう。芸術かどうか、そんなことは後世の御高尚な批評家さまが勝手に決める話」

姫之と亜沙日は連れ立って次へ進む。友人たちの後ろを追いながら、ナスチャが、ぱかあ、ぱかあと繰り返して、年下の女の子たちに両手を振った。

立斎《りゅうさい》広重の展示に入った。風景画の第一人者として世界的に高名な人物で、『名所江戸百景』『近江八景』『東海道五十三次』等々がその代表作。花鳥画も好んで描き、いまにも紙上を離れて飛び出してくるような鳥や魚の躍動感と、その向こうに見下ろした江戸の街の詩情をたたえたたたずまいが、ちょうど好一対の描写といってよかった。

「お魚だ、お魚。お魚さんが、空を飛んでるよ！」

「ナスチャ、それは鯉のぼりだ」

爛熟の時代を行き過ぎて、幕末、明治期に活躍した浮世絵師の展示に移る。浮世絵が民衆の愛玩品として存在できた最後の世代の絵師たちだ。どぎついくらいにきらびやかな色彩が目立つのは時代相というものだろうか。外国人居留地の風俗を描いた横浜絵、文明開化の東京を描いた開化絵、残酷趣味の血みどろ絵が多い。横浜に移り住み、外国人相手に絵を描いて生計を立てたという二代広重。開化絵で人気を得た三代広重。同じく初代広重門下のうち、江戸の名所風景を滑稽に活写して評判を得た広景《ひろかげ》。国貞の跡を継いだ四代豊国。幕末ナンバーワンの実力派、五雲亭《ごうんてい》貞秀。明治の役者絵師の中では抜群の人気を誇る豊原《とよはら》国周。だが、何といっても目立つのは国芳の門人たちだ。門下随一の人気と才能に恵まれながら、晩年の国芳によって破門された問題児一猛斎芳虎《いちもうさいよしとら》。西洋の文明に憧れ、空想混じりに絵筆を振るった一川斎芳員《いっせんさいよしかず》。おもちゃ絵の名手、一鵬斎芳藤《いちほうさいよしふじ》。ガラスブロマイド風の写真絵や役者をシルエットで描く影絵、新聞記事に題材を採った新聞錦絵等々、さまざまな新しい試みを発案したアイデアマン落合芳幾《おちあいよしいく》。

そして、大蘇《たいそ》芳年《よしとし》。彼は国芳の画風をよく受け継いで、あらゆる画題を手がけたオールラウンドな絵師だが、血みどろ絵のイメージが強いからか、順路の終わりはあろうことか、残酷描写、流血描写の大盤振舞いといった様相を呈していた。ナスチャもこれには恐れをなして、てのひらで両目を覆って先を急ぐありさまだったが、対照的に姫之と亜沙日の目は嬉々と輝き、従来の武者絵や役者絵の枠に収まらない、臨場感溢れる描写に見入っていた。

「ああ、やっと出口だ」

「ああ、もう出口か」

外へ出ると、そこにはミュージアムショップが設けられていた。

サイズもさまざまな復刻版画をはじめ、扇子やうちわ、手ぬぐい、湯呑み、傘、トートバッグ、ポスター等々、浮世絵グッズが所狭しと並べられている。変わり種では広重や国虎の風景画を立体化したジオラマに、豊国の役者絵、国芳の武者絵がモデルのフィギュアなども販売されていた。

「お土産！　ねえ、どれを買ったらいい？」

「まいったな。夏休みを前に金欠になっちゃうよ」

「無駄遣いをほんのちょっと切り詰めたらいいでしょう」

何かにつけ騒々しい友人たちからは離れて、姫之はショップの一隅、浮世絵関連の書籍を取り揃えたコーナーに歩いていった。

分厚い、立派な装丁の展示会図録が最もスペースを占めている。ぱらぱらと見本を捲ると、全ての図版がカラーで掲載されていて、詳細な解説が一点ずつに付されていた。絵師たちの略伝もひと通りついている。だが、夏休み前の高校生には価格が厳しい。

面白い試みだなと思えたのは、代表的な風景画や役者絵に添えて、他の流派の有名絵師の、同じ対象を描いた作品が掲載されているという点である。初代豊国の役者絵を例に挙げるなら、『恋女房染分手綱』三代大谷鬼次《おおたにおにじ》扮する江戸兵衛《えどべえ》を描いたものには東洲斎写楽《とうしゅうさいしゃらく》の同作が参考図版として並べられており、『菅原伝授手習鑑』二代中村仲蔵《なかむらなかぞう》扮する松王丸《まつおうまる》には歌舞伎堂艶鏡《かぶきどうえんきょう》の同作、『桂川月思出』三代市川八百蔵《いちかわやおぞう》扮する帯屋長右衛門《おびやちょうえもん》と岩井粂三郎《いわいくめさぶろう》扮するお半《はん》には喜多川歌麿《きたがわうたまろ》の同作といった按配である。それぞれの絵師の画風の違いが、これならひと目で見比べられる。

図録の見本を置くと、姫之は他の書籍に目を移した。

豪華な画集や重厚な研究書から、ビジュアル重視のムック、新書、文庫本まで、さまざまに取り揃えられている。歌川派に限らないで、他の流派の、有名どころの浮世絵師たちを扱った書籍も多い。浮世絵を題材としたものならマンガや小説のたぐいまで押さえてあった。

端の方にはさまざまな雑誌。美術雑誌はもとより、学術誌、歴史雑誌、そんな中に思いがけないタイトルを認め、金縁眼鏡の奥で姫之は小刻みに瞬いた。

ほぼA４判の表紙に躍る、スタイリッシュなタイトルロゴは『ジパング・ナビ！』。

左上の位置に〈浪漫と最新情報を発信するエキサイティング歴史絵巻〉などという恥ずかしいキャッチコピーが添えられている。

表紙には絢爛な赤い打掛をまとい、扇をかざして、肩越しに振り返って微笑みかける金髪童顔の少女の全身像。黒雲母摺りをイメージしたらしい暗い背景に無数のうちわが浮かび上がって、あるいは歌麿の美人大首絵、あるいは北斎の風景画、あるいは写楽の役者絵と、浮世絵史上の傑作の数々が一つずつに描かれている。打掛の背中を飾る武者絵は国芳の作。いまどきの美少女イラスト風にアレンジされてはいるが、これは印象派の巨匠モネが妻をモデルにして描いたラ・ジャポネーズ〝着物をまとうカミーユ・モネ〟のパロディだ。

なるべくイラストにかぶらないような配置で特集記事のタイトルが並ぶ中、ひときわ大きな扱いなのは〈総力特集浮世絵の時代――元祖クール・ジャパンのクリエイターたち。江戸の浮世絵師を徹底検証〉というものだった。

姫之の口から、ぽつんと呟きがこぼれた。

「……そうか、それで浮世絵を見に行こうなんて」

亜沙日とナスチャがばたばたとやってきた。ナスチャは広重デザインの鯉のぼりの抱き枕をぎゅっと抱いて上機嫌だ。

「面白い本でも見つけた？」

横から首を伸ばしたナスチャが、あれ、と頓狂な声を上げた。

「ヒメ、まだ読んでなかったの？　『ジパング・ナビ！』の最新号」

「テストのお勉強で忙しかったから。前に学校にナスチャが持ってきた時にちらっと表紙を見て、それっきり」

「浮世絵の特集は？」

とこれは亜沙日の問い。知らない、と姫之は首を横に振った。

「だったら、原稿募集の結果発表も？」

「読んでない」

「選評くらいは読みなよ。いちおうヒメも投稿したんだから」

「思い返したら不愉快になるでしょう。だから、読まない」

「おやおや」

亜沙日の両肩が大げさに持ち上がる。

「まだ読んでなかった――」

ブロンドがさらりと流れた。交換留学生は横倒し近くまで頭を傾けると、束の間、そのまま思案の態だったが、

「あのさ、ヒメ」

上目遣いになって姫之の目を見つめる。好奇心と期待の色がエメラルドグリーンの瞳に半分ずつ、ほんの少し悪戯っぽかった。

「何？」

とわずかに眉をひそめた姫之に向かい、

「ちょっと訊いていい？」

天使の笑顔でナスチャは語りかけた。

三

「東洲斎写楽か……」

いったん金縁眼鏡を外すと、扇ヶ谷姫之は両目の間を軽くつまんだ。

浮世絵大歌川展の開催会場を離れてからおよそ五分後。

同じ百貨店内、涼しげなインテリアの甘味処の一隅で、セーラー服の女子高生たちがテーブルを囲んでいる。それぞれの前にはカラフルな団子と抹茶のセットがあった。

「浮世絵がらみの話題で読者の興味を惹くもの。原稿募集のテーマに持ち出すなら、ま、これしかないか」

「それでヒメの考えはどうなの？　謎の絵師、写楽はいったい誰だったか」

テーブルの反対側から、興味津々、ナスチャが首を突き出してくる。

読者参加の企画として『ジパング・ナビ！』誌では各号ごとの特集テーマに沿った読者の投稿を募っているのだ。コンテスト形式の募集で、入賞者には賞与も設けられている。

裸眼のまま雑誌の表紙にちらりと視線を投げた後、もちろん、と姫之は口を開く。

「斎藤十郎兵衛《さいとうじゅうろべえ》ね。史実の通りに」

「……ここにも書いてあるな。いまでは定説、歴史的事実の扱いなんだって」

つまらなそうに頭を振って、同じテーブルにつくもう一人、朝比奈亜沙日は空きスペースへ『ジパング・ナビ！』最新号を投げ出した。大歌川展の図録といっしょに姫之が購入したものだ。

開け放しのページには特集記事中の写楽の解説。割り当ては二ページきり、市川蝦蔵《いちかわえびぞう》の竹村定之進《たけむらさだのしん》、四代松本幸四郎《まつもとこうしろう》の山谷の肴屋五郎兵衛《さかなやごろべえ》、〈天王子屋里虹《てんのうじやりこう》〉と屋号俳号が書き入れられた――正しくは〈天王寺屋《てんのうじや》〉だが――二代山下金作《やましたきんさく》の仲居ゑび蔵おかね、出羽の怪童と騒がれた少年力士大童山文五郎《だいどうざんぶんごろう》の土俵入り、それから、巻紙をかかげて口上を述べる老人の全身像を描いたいわゆる都座口上図……代表作の図版に写楽自身の簡略な画歴が記述されている。短い文章だが、東洲斎写楽という異色の浮世絵師の情報が要領よくまとめられていた。

寛政六年五月興行を描いた役者大首絵の傑作群から画歴が始まり、そのデビューは、大判、黒雲母摺り、一挙二十八点の刊行という前例のない扱いだったこと。ところが、翌年正月を最後にふっつり出版が途絶え、その後の消息が伝わっていないこと。

画歴の浅い新進絵師にしては出版点数が異例の多さで、わずか十ヶ月の作画期間に現存するだけで百四十点余の錦絵が売り出されたこと。版元はただ一軒、初代蔦屋《つたや》重三郎《じゅうざぶろう》時代の耕書堂に限られること。

日本国内においては長らく忘れられた絵師だったが、開国によって海外への浮世絵の流出が進んでからは、一転、欧米のコレクターたちの間で高い人気を集めたこと。海外における賞賛が逆輸入される形で、その後は日本人の間にも写楽の名前が急速に浸透していったこと。

確かな伝記を欠くことから一般に謎の浮世絵師と見做され、いったい写楽とは何者なのか、その正体を探ろうという議論が活発に展開されたこと。平成に入ってからは『浮世絵類考』の写本のいくつかに言及がある、阿波侯お抱えの能役者、斎藤十郎兵衛が写楽だとする説がおおむね史実として認められているということ——

ハイ、といってナスチャが挙手した。

「その、ジューベエさんが写楽なのは動かないの？」

「ジューベエさんは柳生《やぎゅう》の剣豪でしょう」姫之が訂正する。「阿波の能役者はジューロベエさん」

「江戸時代の文献にちゃんと書いてあるんだってね。写楽が誰だったかは」

亜沙日が『ジパング・ナビ！』に目を戻し、写楽のプロフィール中の一文を指差した。

これは『増補浮世絵類考』ケンブリッジ本——英国人外交官アストンが日本から持ち帰った蔵書

中の一巻からの引用だ。こう書いてある。

写楽。天明寛政年中の人。

俗称斎藤十郎兵衛。居、江戸八丁堀に住す。阿波侯の能役者なり。号、東洲斎。

歌舞伎役者の似顔を写せしが、あまりに真を画かんとてあらぬさまに書きなせしかば長く世に行われず、一両年にして止む。類考三馬云ふ、わずかに半年余り行わるるのみ。

五代目白猿、幸四郎（後京十郎と改む）、半四郎、菊之丞、富十郎、廣治、助五郎、鬼治、仲蔵の顔を半身に画き、廻りに雲母を摺りたるもの多し。

「いわゆる別人説が話題になるのは写楽一人に限らない。芸術家にはありがちなスキャンダルね。世間の評価、名声の高さに比較して、出自や経歴なんかの実像があまりに小物臭くて平凡で、似つかわしくないと判断されると、それは何かの間違いだ、他の誰かが手がけたはずだという風説が決まってどこからか出てくるの。この手の話題で一番の大物といったら、やっぱりウィリアム・シェイクスピアになるかな。エリザベス女王陛下やフランシス・ベーコンまで候補者に挙がっているみたい。『ロビンソン・クルーソー』を書いたダニエル・デフォーも別人説があったようだし、それから、面白かったのはオランダの画家のフェルメール！　この人、センスや技術が時代を進み過ぎていて、その正体は未来人だったり宇宙人だったり、超能力者だったりするらしいわよ」

「ただの人間には興味ないんだ」

エメラルドグリーンの瞳を白黒させてナスチャが感想をいった。

「そういや、さっき見た国芳、あの人も確か、タイムトラベラーだか未来予知の超能力者だったかで、けっこう騒がれたっけ。謎の絵師だとは持て囃されても、せいぜい他の有名人の別名義だったり、外国人だったりする程度だから、写楽の扱いはまだまだおとなしいんだ」

亜沙日もぽんと手を打ち、自分でいって、うんうん何度も頷いている。

「写楽の評価が高くなるのは、七、八十年も経って、日本が鎖国をやめて、浮世絵が海外に流出するようになってからでしょう。考えなくちゃいけないのはここのところ。もしも海の向こうでも認めてもらえないままだったら、その場合でもやっぱり写楽は浮世絵のジャンルの中でも特に注目される大物扱いで、別人説が話題になったと思う？　別人説は人気の裏返し。無責任な風説がついてまわるのは有名人のお約束なの」

「そんな風にヒメはいうけれどさ。注目が集まらないうちは、おかしなところがあってもきちんと調べようとする人が出てこないよ」

亜沙日はボーイッシュな顔をしかめると、よもぎの団子を噛みちぎった。

「歴史の謎扱いが優勢なんだから、やっぱりおかしなところがあるんじゃないの？」

「どんなものかしらね。素人が考えつくような疑問や解釈なんか、歴史家、研究家の間ではとっくに解決済みで、もう相手にされていない場合が多いのよ」

「……辛辣な御意見をどうも」

「世の中には史実通りに歴史を楽しめない、初めから見向きもしない、困った人たちが大勢いる。だから、歴史の謎やらミステリーやらといって、まことしやかな、覗き見趣味を満足させてくれる怪しい真相が歓迎されてしまうの。TV局や出版社もそこのところは商売だから、需要があると見ているうちは平気で調子を合わせて、謎解きだ、隠された真相だとさんざん煽って、視聴者や読者の御期待通りの、派手で突飛で安易なこじつけの解釈をせっせと生産することをやめない。初めからセンセーショナルな真相が前提の企画なのよ。明智光秀が謀反を起こした本能寺の変や坂本龍馬が京都見廻組に斬り殺された近江屋事件の場合と同じで、話題になる事件を見つけてきて、よってたかって歴史の謎に仕立て上げているというだけ。あたしの目にはそんな風にしか見えない」

「視力ゼロコンマゼロ端数の近眼で、おまけに乱視気味なのにそんなことをいわれても」

「この眼鏡、いつ新調したのかアサさんは気づいた？」

再び眼鏡をかけて、姫之は冷たい視線を友人に浴びせた。

「そう……謎解きや真相といった話題に跳びつく人たちは、史実を軽く見て、史実の裏を探ることばかりに熱心だから、実説がどうして実説として扱われるか、空説がどうして空説としてしか扱われないのか、そんなことがまるで目に入らない。歴史の真実だといいながら、自分の思い込みに夢中になっているの。写楽だって同じよ。思い込みや結論が先にあるから、何でもかんでもおかしなことのように見えてくるだけの話」

「へーえ。どんな風に？」

「能役者が浮世絵を描くのはおかしい、本業の絵師でもないアマチュアのアルバイトであれだけの絵は描けない、みたいなことがよくいわれているでしょう？」

「定番のツッコミだね。それが？」

「こういう批判は根っこのところに勘違いがあると思う。当時、浮世絵だけで生計が成り立ったのはほんのひと握り。ほとんどの浮世絵師は仕事の掛け持ち、それこそ一流扱いの大物だって、他に本業を持っていることは珍しくなかった」

「あれ？　そうなんだ」

「葛飾北斎にはまだ絵の仕事に恵まれなかった当時、七味唐辛子や柱暦を流し売りして歩いたというエピソードがある。結果的に画業で成功したから、売れない頃に流し売りのアルバイトをしていましたという苦労話の扱いなだけで、ずっと二流のままなら、唐辛子売りが生計の足しに浮世絵を描いたといわれたかもね。それから……葛飾派に魚屋《ととや》北渓《ほくけい》という絵師がいて、この人、画号そのまに本業はお魚屋さん。他にも北雲《ほくうん》には大工の本業があったし、辰斎《しんさい》は家主、北斎の画号を譲ってもらった二代目は、吉原仲の町の引手茶屋の亭主だっけ。いまでいえば風俗業？　北斎の娘の応為《おうい》が、芥子人形作りの内職にせっせと励んで、絵を描くよりも儲けになったという話もあったな」

「ヒメ、何でそんなことに詳しいの？」

「前に読んだ小説の受け売り」

「ああ、やっぱり」

訊くんじゃなかった、と亜沙日は自分の額をぱちんと叩く。

「浮世絵を描いても戯作を書いても一流の名人だった山東京伝《さんとうきょうでん》は、そのくせ、こんなことは煙草屋の手遊びなんだとうそぶいている。こんな事例はいくらでもあるから、能役者が浮世絵を描くようなことがあってもおかしいとはいえないでしょう？　それどころか、当番非番のシーズンがきっちりしていた能役者でもないなら、十ヶ月の間に百四十点以上を描くことは難しかったという見方もできる」

「そうはいっても、ええと、斎藤十郎兵衛に絵を描いた証拠が見つからないうちはやっぱり史料が正しいことにはならないんじゃないの？」

「そんなことをいっていたら、浮世絵師の素姓はほとんどが信用できなくなる。他の有名絵師たち、例えばお花屋さんの近江屋万五郎《おうみやまんごろう》や本屋さんの白木屋新助《しらきやしんすけ》に絵を描いた証拠なんてものがあるわけ？　それから、大伝馬町の絵草紙問屋の小松屋三右衛門《こまつやさんえもん》はどうなの？　小伝馬町の旅人宿の糠屋《ぬかや》七兵衛《しちべえ》は？　それから、本所五つ目の渡し場の庄蔵《しょうぞう》は？」

「……知らないよ。いったい、誰のこと？」

亜沙日は鼻白んで首を竦めると、横目にナスチャをうかがった。

交換留学生は理解が追いつかないのか、桜色の団子を口にくわえたまま固まっている。まるで人間サイズの精巧な美少女フィギュアを見るようだった。

「だいたいさ」

とさっさと話を進める姫之。

「謎の絵師、謎の絵師とまるで写楽ばかりが謎だらけのように騒がれるけれども、浮世絵師の大半は実像がさっぱり分からないでしょう。あたしが前に読んだ本には、江戸の浮世絵師で正体に疑問がないのは直参旗本の鳥文斎栄之《ちょうぶんさいえいし》と定火消同心の歌川広重の二人きりだと書いてあった。これはさすがに極端過ぎるとしても、俗称、出自、地位、住所、出身地、生歿年、生い立ちや人となりを伝えるエピソード、空白ばかりの絵師ならいくらでもいる。いつ頃にどんな画号でどんな絵を描いたか、確かなのはそういう画歴くらいで、何かの覚え書にでも実名が見つかったら儲けもの、他には偶然に残った情報の断片と曖昧な伝聞がある程度。そうしたものでも、明らかな間違いでもない限りはいちおう採用して、継ぎ接ぎすることで、浮世絵師の伝記はどうにか形になっているの」

「おやおや」

「当時、浮世絵師の地位はとても低かった。何十人と門人を抱えて流派を形成するか、狂歌や川柳の集まりで顔を売って文人仲間との交流に励みでもしないなら、これといって話題が残らない、詳しい経歴なんてものは伝わらないのが当たり前。『浮世絵類考』に採り上げてもらえない絵師からして、かなりの人数だもの。殊更に写楽一人が謎の絵師だったとはいえないな。例えば北斎のお師匠の、勝川春章《かつかわしゅんしょう》という人は四十手前までどこで何をしていたかがまるで分からない。当の北斎も出自は疑惑だらけで、公儀隠密説まであるくらい。歌川派を始めた豊春にしたって、江戸に出てくる前の経歴はお師匠も出身地もてんでばらばらなありさまだったでしょう？」

「ああ、そうでした」

「それでも斎藤十郎兵衛がホントに写楽なら、もっと多くの文献や史料にそのことが書いてないのはおかしい、同じ時代の人たちが証言しないはずがない、なんてことをいう人たちはたくさんいる。けれども、画号をかかげて絵を描く浮世絵師が、どうして実名をわざわざ吹聴しないといけないわけ？　発想が本末転倒よ。それこそ山東京伝のような商売関係の本業持ちなら宣伝になることはあっても、斎藤十郎兵衛は武士の身分、阿波藩士なんだから、下手をしたら障りが出るのに。いまだって実名やプロフィールを公開しない覆面作家のセンセイは珍しくないし、時々、公務員のアルバイトがバレてニュースになったりするでしょう」

「そっか。東洲斎写楽は、公務員のアルバイトなのか」

亜沙日は団子を噛みちぎると、目の高さで串をゆらゆら揺らした。

「そういや……赤穂浪士の村松喜兵衛《むらまつきへえ》だったかな、従弟が江戸で絵師をやってなかった？　何かの本で前に読んだ」

「赤穂のローニン！　忠臣蔵だ！」

ナスチャが歓声を上げる。きらきら輝く瞳が、亜沙日から姫之へ動いた。

「杉村治兵衛《すぎむらじへえ》ね。菱川師宣《ひしかわもろのぶ》と同じ時期に活躍した浮世絵初期の大物」

姫之はちゃんと知っていた。

「この人は経歴も生歿年もいっさい不明で、浮世絵関係の文献を調べてもプロフィールらしいプロフィールが出てこない、それこそ名前と絵しか伝わっていない謎の浮世絵師だった。ところが、直接浮世絵には関係ない、思いがけない史料に名前が出てきて、そこから身元が判明した。その史料というのが、吉良上野介《きらこうずけのすけ》を討った後に幕府が赤穂浪士に提出させた親類書。当時は連座刑があって、本人だけでなし、近親者も処罰の対象だったでしょう？　だから、親類縁者の所在を調べることになって、村松喜兵衛が正直に治兵衛の名前と職業を書いたの。養父の甥、つまり、義理の従弟が江戸の通油町で町絵師をやっているんだって。想像するなら、きっと治兵衛は武士の身分なのに浮世絵に生計を頼っていることを恥じて、外には厳重に素姓を伏せて、まわりの人たちもそんな事情を汲んで口をつぐんだのでしょうね」

「ああ！　すると、討ち入りのせいでみんなの気遣いが台なしになっちゃったんだ」

大きく目を見開いてナスチャがいった。

「配慮が足らないよね。でも、おかげで研究が進んだのだから、ある意味、浮世絵の研究家さんたちは浅野内匠頭《あさのたくみのかみ》がヘマをして吉良を殺し損なってくれたことを感謝しないといけないかも」

交換留学生の率直なコメントを面白がって、姫之はくすくす笑った。

「写楽といおうか、斎藤十郎兵衛の場合も同じなのかな。能役者の本業もあって外聞が悪いから、本人もまわりも非公開にしておいただけ」

納得半分、納得したくない思いが半分という表情で亜沙日は頭を振った。

「そうだ。ちょっと思い出したことがある」

笑いを止めると、姫之が身体を乗り出した。

「蓮高の図書室に置いてある『日本全史』を読んだことは？　歴史の棚に収まっている」

「あの分厚い、頭にぶつけたら危なそうなやつ？」

「この前、少し気がかりがあって『日本全史』を流し読みしていたの。幕末の手前の、文政、天保の頃の記事を。それで偶然、狂歌師の宿屋飯盛《やどやめしもり》の記事が目に止まって。そのまま何となく目を通してみて、びっくりした。宿屋飯盛の出自について、小伝馬町の旅籠の小倅なんて書いてあったから」

「間違いなの？」

「間違ってはいない。本業という意味ならね。普通、宿屋飯盛の父親が誰かといったら、旅人宿の主人の糠屋七兵衛じゃなくて、浮世絵師の石川豊信《いしかわとよのぶ》の名前の方がずっと通りがいいはずなの。錦絵が登場する前、漆絵、紅摺絵時代に活躍したかなりの大物。鈴木春信にも強い影響を与えたくらいの、現役当時一流の人気絵師よ。それが頭にあったから、浮世絵師の肩書きにまったくノータッチの『日本全史』の記事を読んで、とても驚いたというわけ」

「そうなんだ。浮世絵師の倅だと思って読み進めたところに宿屋の倅なんて書いてあったら、それは確かに面食らうかも。いちおう納得」

「よくよく考えてみると当たり前の扱いではあるの。直接浮世絵に関わる話題とは違ったから、旅人宿の本業に言及はあっても、浮世絵師としての活動がぜんぜん出てこないのは仕方がない。差し当たっては必要のない情報だもの」

「ヒメのいいたいことはだいたい分かった。現代の歴史の出版物ですら浮世絵師の仕事はそんな扱いなんだから、江戸時代の文献や史料でも同じだって、つまりはそういうこと？」

「石川豊信の場合と違って写楽は一年足らずで浮世絵から手を引いたんだから、現代はともかく、同じ時代の評価はずっと落ちたはず。詳しい話が残らないのも、センセーショナルな裏事情のせいじゃなくて、当時の人たちにとってはどうということもない、単純に話題にするほどの事柄とは思われていなかっただけなのでしょうね。現代人にとって写楽の名前は大きくても、当の本人やまわりの人たちにとっては非番の時期の副業くらいの認識だったでしょうし。謎があって欲しい、ううん、初めから謎があるはずだと決めてかかるから謎があるように見えるだけで、そんなことを期待しないなら、少なくても写楽の素姓に関してはどこが謎ということもないのよ」

いったん言葉を切ると、姫之は湯呑みを両手で包むように持ち上げた。

「現代人がやってしまいがちな錯覚、勘違いなら、他にもあったな」

時間をかけて抹茶を味わった後、姫之がいった。

「どんなこと？」

団子の串をつまんだままの手を振って、亜沙日が先を促す。

「斎藤十郎兵衛が写楽だったという証言は、写楽がいなくなって、四、五十年も経ってから出てきたものだから信用できない、みたいな御指摘」

「もっともな御指摘じゃない。ヒメ、それのどこが錯覚なのさ」

「ここは考え方が逆さまなの」

「四、五十年も経ってからの証言だから信用できる、とでも？」

「違う。四、五十年も経たないとわざわざ文章に書いて残そうという発想自体が出てこなかったといいたいの」

「うん……？」

亜沙日がぱちぱち両目を瞬く。ナスチャも団子をくわえながら、不審の表情だ。

「斎藤十郎兵衛が東洲斎写楽だったという話の出どころ。ここにも引用が出てくる『浮世絵類考』は……」

開いたままの雑誌のページを指して姫之は言葉を継いだ。

「浮世絵師のガイドブックといったらいいかな。出版物とは違って、もともとは浮世絵鑑賞の手引きに絵師たちの話題を心覚えに書きつけたものが、写本の形で広まったものなの」

「それが、何だって？」

「画号を何といったか。いったい誰から絵を教わったか。どんな絵を描いたか。上手か下手か。世間の評判はどんなものだったか。書き残しておいて役立つのはそのくらいで、浮世絵師の実名を何といって、住所がどこで、実生活の身分や職業が何かなんて、鑑賞者や消費者の立場で考えてみたら、そんなことはどうだってかまわないでしょう」

「へ？」

「実際、『浮世絵類考』は古い写本になるほど記事が短くて、浮世絵師自身の個人情報は大したことが書いてない。実名や本業、住所まで言及があるのはひと握りの大物クラスだけ。それもすでに過去の存在といっていい人たちね。写楽は一年と続かないで絵筆を折ったんだから、素姓に関心を持つ人がどれだけいたか。たとえ知っていても、ううん、知っているならなおさら、わざわざ文章に書いて残そうとする人がいたとは思えない」

「ああ、それもそうか。誰でも知っていることや、誰の関心も引かないことは記録する必要もないんだ」

「文化、文政の頃まではそれでかまわなかった。寛政年間当時の浮世絵事情を直接知る人たちがあちらこちらにまだまだ残っていたでしょうから。ところが、四、五十年が経つと状況が変わってくる。当時を知る人たちもすっかり少なくなった。六、七十年も経てばまったくいなくなる。いまのうちに多少なりとも書き残しておかないと、後世には何もかも忘却されてしまうという事態になりかねない。そういう時期になって、斎藤月岑《げっしん》や達磨屋伍一《だるまやごいち》のような考証家さんが出てきて、浮世絵師たちの素姓をきちんと書き残しておこうと考えたの」

　両のてのひらを上向け、姫之はいっそう強い調子でいいたてた。

「考え方が逆さまといった意味はこういうこと。四、五十年も経ってからの証言だから信用できないなんて、ひどいいいがかり。四、五十年も経ってからでないと、記録するだけの値打ちを認めてもらえなかったの」

「なるほどねえ。それで現代人の勘違いだって。関心を持つのは現代人だけか。考えてみると、マンガでもイラストでもそれを見て楽しむ分には絵描きさんの実生活なんて知らなくてもいいことだ。年齢や性別を知って、かえって幻滅するファンもいるくらいだし」

考えを整理するように亜沙日の頭が軽く傾く。納得、とナスチャも首を上下させた。


「ところで……ええと、いい？」

ナスチャが口を開いた。臆病な亀のように首を竦め、上目遣いに姫之をうかがい、

「長い間、写楽は能役者さんなんだと書いてあるのは何かの間違いだって、ずっと見向きもされなかったんだよね」

「まあね」と頷く姫之。「二十世紀のほとんど後ろ半分の間、ずっと」

「間違いだとしたら、いったいどこからそんな話が出てきたの？　何でぜんぜん関係ない能役者さんが写楽になっちゃったのか」

「もっともな御質問」

抹茶をひと口含み、記憶を探るように姫之はすうーっと目を細めた。

「反対派の人たちは、ホント、いろんな説明を持ち出してくる。一番人気なのは『傾城阿波鳴門』かな。当時人気があった人形浄瑠璃」

「おお！」亜沙日が反応した。「名刀來國次《らいくにつぐ》の争奪戦だ」

「アサさんも妙な知識はあるわね」

「ヒメ、あんたがいうな。それはそうと、お芝居からどうやったら写楽の素姓が出来上がるのさ？」

「劇中にこんなやりとりが出てくるの。国はどこ？　阿波徳島！　名は何という？　十郎兵衛！

このくだりが写楽のことを指していると思い込んだ誰かさんが、前々から写楽の住居があるらしいと評判の八丁堀を探してみたら、偶然、阿波藩士の斎藤十郎兵衛という人が見つかって、だから、この人が写楽だという噂が広まったそうなの——バカみたいなこじつけでしょう」

「容赦ないな。面白いアイデアじゃない」

「参考までにこのアイデアを最初に思いついたのは日本画家の中村正義《なかむらまさよし》さんだといわれている。前に読んだ本にそう書いてあった。この人、初めのうちは阿波藩お抱えの蒔絵師の飯塚観松斎《いいづかかんしょうさい》の一門から写楽が出てきたといっていて、それを後で取り下げると、次は根岸優婆塞《ねぎしうばそく》が写楽なんだと主張した。黄表紙に一度挿絵を描いたきりの、写楽以上に何も分からない人を持ち出してきて、写楽の正体にしてしまったの。真面目な検証というよりも奇抜なアイデア自体を楽しんでいる、一種の新説マニアだったのでしょうね。それはいいとして……だいたい『傾城阿波鳴門』と写楽がぜんぜん繋がってない。勝手に名前をこじつけるにしても、『花菖蒲文禄曽我』でも『恋女房染分手綱』でも、写楽が描いたお芝居の中から採用するならまだ理解できるのに」

「ああ。それもそうだ」

もっともな指摘に今度は亜沙日の首も縦に動いた。

「こんなやつもある。斎藤十郎兵衛イコール写楽の証言を書き残した斎藤月岑は『浮世絵類考』の写本を鎌倉屋《かまくらや》重兵衛《じゅうべえ》という人から借りて、これをもとに『増補浮世絵類考』を編集したの。二人の姓名を繋げると、斎藤、重兵衛。やっぱり写楽が住んでいたらしい八丁堀を探してみたら、偶然、二人の名前を合体させたみたいな斎藤十郎兵衛という人が実在したことが分かって、これ幸いと、写楽に仕立ててしまおうと考えた――」

「意味分かんない。そんなことをどうして？」

ナスチャがきょとんとして目を瞬く。

「きっと売名行為だといいたいのよ。鎌倉屋と自分の名前をそれとなく浮世絵の文献にまぎれ込ませて、百年先、二百年先まで事実扱いで通用することを期待したんだって。こんな語呂合わせ、言葉遊びをすんなり受け入れられる人たちは現実とフィクションの区別がついてないのでしょうね。お芝居や小説のキャラクターの名前をどうやって決めるかの話とは違うんだから」

「そうだよね。勝手に写楽にされた斎藤さんも迷惑だし」

「だいいち、斎藤十郎兵衛本人は故人でも、斎藤家を継いだ彼の子の与右衛門《よえもん》は幕末まで八丁堀に住んでいたの。歌舞伎役者の似顔を能役者が描いたとなると外聞が悪い。おおっぴらに吹聴していいこととは違う。まったくのデマ、作り話だとしたら、そんな風説はさっさと打ち消されて、それこそ記録にも残らなかったと思う」

「あらら」

「それから、こんなやつ。〈能役者画号東洲斎〉みたいな漢文の書き込みがどこかにあって、ホントなら、役者画をよくす、東洲斎と号す、とでも読み下さないといけないところを、漢文に疎い誰かさんが、能役者の画号東洲斎、と読み違えちゃったという解釈。そこからやっぱり八丁堀の能役者を探して、斎藤十郎兵衛が写楽だということになったんだって。現代人よりもずっと漢文の素養があった江戸の文人たちが、こんな単純な誤読をして、そのまま訂正もされないで世間に通用してしまうことがあるなんて本気で考えているのかしら」

「だったら、写楽の家が八丁堀にあることも間違い？」

ナスチャがちょこんと首を傾ける。

「こちらは式亭三馬《しきていさんば》のでっち上げらしいわよ。八丁堀は八丁堀でも、ホントは神田の八丁堀だという話。写楽を能楽者扱いして、能楽者が住んでいるなら神田の八丁堀だろうと、悪ふざけで書いたんだってさ」

「ノーラクモノ？」

「遊び人とか、怠け者くらいの意味。ところが、能楽者をそのまま能役者のことだと勘違いしたうっかり者の誰かさんが、何故だか神田ではない方の八丁堀の能役者を探しまわって、いろいろあって斎藤十郎兵衛に行き着いたんだって」

「何だかその説明の方が悪ふざけみたい」

ナスチャは狐につままれた表情だ。

「東洲斎写楽の画号も、江戸城の東の八丁堀に住んでいる能役者、という意味に読み解けて、どう考えたって一番無理のない解釈だし、いまではほとんど定説の扱いになっている。ところが、反対派の人たちにいわせると、これもやっぱり偶然か、江戸城の東の能役者というこじつけが先にできていて、たまたまそのこじつけにぴったり合致する斎藤十郎兵衛の存在を探し当てたことになってしまう。何でもかんでも気に入らないものは偶然やこじつけ、でっち上げで片づけておいて、それで自分の説はどうかといったら、そちらこそ偶然やこじつけを並べ立てるだけなんだから、お話にならない。そういう手口ならどんな解釈だって作れるでしょうに」

姫之はテーブルに肘をつき、疲れたように組んだ両手の上に顎を置いた。

「こんな調子で、いろんな人が、いろんなアイデアを得々と披露してくれているけれども、結局、こんな風に解釈したい、という願望でしかないの。斎藤十郎兵衛は写楽でない、という前提が成立するようにそれらしい思いつきを並べただけ。有り合わせの知識を継ぎ接ぎして、御期待通りの証言者の意図を強引に読み取っているの」

「『万葉集』を朝鮮語で読んでみる、みたいな？」

亜沙日が茶々を入れた。

「そう、ちょうどそんな感じ」

にこりともしないで姫之は認めた。

「この手の謎解き本を読むとね、斎藤月岑や式亭三馬はしょっちゅうペテン師扱いで、売名行為だとか、根拠のない妄想だとか、推理マニアだとか、漢文を読めなかったとか、能楽のド素人だったとか、ホント、さんざんないわれよう。どれもこれもそんなことをどや顔でいっている御当人のこととしか思えないでしょう？　語るに落ちたというやつかしら。歴史の裏側をむやみに勘繰って、好き勝手に曲解したり、隠蔽したり、捏造したり、史料を改変したり、自分たちがそんな姿勢で臨んでいるから、昔の人もきっと同じだったろうという発想になるのよ。結局、人間は自分の尺度でしか、他人の行為を計れないのかも」

「こらこら。この場合は仕方がないじゃない。嘘でもいいがかりでも、文献の記述は間違いだってことにしておかないとお話が進まないんだからさ。びっくり仰天の新解釈を持ち出せなくなる」

形ばかりなだめる亜沙日に、かえって姫之は両の目尻をきっと吊り上げた。

「写楽の謎に関心を持つ人たちは、きっと写楽にしか関心が向かないのよ。だから、他の人たち、それこそ昔の江戸の人たちだってやっぱりそうだと決め込んで、平気でおかしな主張をしてしまう。けれども……斎藤月岑にしろ、式亭三馬にしろ、達磨屋伍一や他の人たちにしたって、『浮世絵類考』の写本をわざわざ手に入れた後、基本的に自分の心覚えと後学のために浮世絵師の情報を補っていったわけでしょう？　面白がってインチキを書き加えるかしら。それに誰か他人に見せることになったら、その相手も同じ江戸の人間で、やっぱり浮世絵に関心を持っている人たち揃いなんだから、明らかにおかしなことを書いていたらすぐにおかしいと指摘されるはず。現代人とは違って、江戸の浮世絵や、歌舞伎や、能楽の実情を、直接知っている人たちばかりなんだからさ」

「それは……ま、そうだろうな」

「だいいち、もっと大事な点が見落とされている。斎藤月岑は何も写楽一人の顕彰のために『増補浮世絵類考』を書いたわけではないの。八十人以上の浮世絵師を同じ本の中で採り上げている。八十人以上よ。現代人にとって写楽は特別に大きな存在でも、未来の評判を知らない、江戸の人の月岑にとっては八十人以上のうちの一人でしかない。どうして特別扱いしないとダメなのかな。さっき並べたようないいがかりも同じ批判は、写楽以外の絵師たちの記事についても、お芝居をもとに素姓をでっち上げたり、まわりの知り合いに引っかけて勝手に実名を創作したり、悪ふざけで住所を決めたり、漢文を読み違えたり、そんなインチキをやったという実例をきちんと挙げてもらわないことには、裏づけも傍証もない、ただの誹謗中傷にしかならない。それともたまたま写楽だけを選んで、面白おかしくプロフィールを捏造したとでも？　当時は二流三流どころの絵師扱いだったのに？　いつかそのうち、歌麿や北斎以上に話題になると予測してピンポイントで嘘っぱちの素姓を用意したというなら、そんな仮定が通るなら、斎藤月岑は考証家でもないならペテン師でもない、占い師、そうでないなら予知能力者よ！」

ほとんどひと息にいったところで、姫之はぜいぜい荒い息を吐き、左右の肩を波打つように上下させた。

「それはないよね」

苦笑いして、亜沙日は団子をつまんだ。

「ええと、考証家の方の斎藤さん、占いで本を書いたの？」

真面目な顔でナスチャが訊く。このコメントには姫之も亜沙日もぽかんとなった。

「いや、そうじゃなくて……いまのはホントに考証家の斎藤さんが想像でものを書いたのだとしたら、占い師か超能力者になっちゃうというヒメからのツッコミだ、ツッコミ。本気にしないの。いまどきの物書きさんたちと違って月岑はリアルな江戸の人だったんだから、占いや超能力に頼らないでも、江戸のお話は知っている通りに書き残したらいい」

「何だ。がっくん」

あっさり友人から否定されてしまい、擬音を口にすることでナスチャは内心の落胆を表現する。

「日本語は難しいね」

亜沙日がそういって、新しい団子を目の前にかざしてみせる。

ナスチャはそれをぱくりとくわえた。味わううちに目に見えて表情が緩んでいった。

「いろいろヒメはいったけれどさ。でも、阿波藩の能役者は何かの間違い、写楽の正体は歴史の謎だって、そんな主張をする人たちはまだまだ多いじゃない」

亜沙日は姫之へ目を動かした。

「それは初めから謎解きや意外な真相が目的になっているからよ。写楽を歴史の謎にしてしまいたいという人が多いだけ」

「はあ……手厳しいコメントで」

「あの人たちの主張といったら、だいたい決まり文句も変わらなくて。能役者説は先人の説を金科玉条のように守ってよしとする権威主義。文献の記述を無批判、そう書いてあるというだけで信じて疑わない文献至上主義。どこかの宗教の信者が経典をありがたがるようなものだってね。いろいろ理屈を並べても、基本はたったこれだけ。そんなはずはないでしょう。昭和の間、斎藤十郎兵衛が写楽だという証言がまともな検証もないまま信用できないと決めつけられて、代わりに興味本位の別人説、大衆好みに粉飾された謎の浮世絵師のイメージが無責任に持て囃されてきたことをいったい何だと思っているのかしら？　斎藤十郎兵衛説が定説の座に返り咲いたのはそれまで手つかずだった周辺史料の掘り起こしが進んで、『増補浮世絵類考』は間違ったことを書いてない、疑ってかかる理由がないと、研究家の大半が信憑性を認めるところまで、半世紀の間の常識をひっくり返してみせたからなのよ。こんな扱いの、どこをどう見たら金科玉条なんて言葉が出てくるのかな」

「キンカギョクジョーって？」

耳慣れない四字熟語にナスチャは白玉の団子をくわえたまま首を傾けると、ちょんちょん、とすぐ横の亜沙日の腕をつついた。

「うーん……聖書とかコーランとか、百年前の日本だったら『古事記』だとか、そういう立派な本に書いてあることに間違いはないから疑っちゃダメ、くらいの意味かな。とうてい無理な相談だって。写楽の場合は、江戸の考証家さんが文献に阿波藩の能役者だって書き残してくれたこと」

ふうーん、とナスチャはいったん頷いたものの、

「けれどさ、昔の本に書いてあっても能役者のジューロベエさんが写楽だってことはずうーっと信じてもらえなかったんだよね」

「ま、批判する方の御意見は昔から変わってない、ということじゃないの」

亜沙日は苦笑いを返した。

「金科玉条といい、権威主義といい、こんなものが認められているのは業界の旧弊のせいだと短絡的なレッテルを貼りつけて、それですっかり批判した気分でいるだけ。学問の上の話題も政治や社会情勢と同じで、面白くないものは何でもかんでも古い考えが改まらないからだと否定しておいたら、進歩的な知識人を気取って、他の人たちよりも物事の深いところまで理解できているような優越感を持てるの。よくある思考パターンね。ところが、おあいにくさま、東洲斎写楽の斎藤十郎兵衛説に限っていえば、そうした批判はぜんぜん当たらなくて」

「どうして?」

クラスメートたちの視線が姫之に集まる。

「簡単な話。昭和の間、ずっと疑わしいと決めつけられて排斥されてきた斎藤十郎兵衛説を復活させたのはいったい誰なの?」

長い髪を指先で梳きながら、記憶と知識を整理するように姫之は少しの間を置いた。

「まず……内田千鶴子《うちだちづこ》さんは、写楽の研究成果で研究家として認められたのだから、もとからアカ

デミズムの立場にいた人とは違う。義理のお父さんが映画監督の内田吐夢という人で、内田監督が生前に構想して、実現することのなかった企画を引き継ぐ形で斎藤十郎兵衛の実像を追いかけ始めたの。それから、ドイツの研究家ユリウス・クルトの『SHARAKU』の日本語訳を初めて手がけた定村忠士《さだむらただし》さんは劇作家で編集者。信じられる？　昭和の写楽研究の何がおかしいといったら、『SHARAKU』でクルトが写楽を高く評価したことをそれこそ金科玉条のように振りかざしておいて、平成に入ってから定村さんが手をつけるまで日本語訳はなかったのよ」

「え？　そうだったんだ」

「ヘンな話」

　亜沙日もナスチャも呆れ顔だ。

「明石散人《あかしさんじん》さんはどこの誰かも分からない覆面作家。出版社なら名前も連絡先も知っているじゃない、みたいな揚げ足取りはやめてよ。世間に対して素姓を伏せているから覆面作家なの。後藤捷《ごとうしょう》一《いち》さんや瀬尾《せお》長《ひさし》さんはいわゆる郷土史家で、郷土史研究とは別に本業を持っていた。斎藤家の菩提寺を突き止めて、過去帳から十郎兵衛の命日を明らかにした〝写楽の会〟は地元徳島の愛好家さんたちのグループでしょう。それは中野三敏《なかのみつとし》さんのような、正真正銘の学者センセイも中には見当たらなくもないけれども、この人の場合は近世文学史が御専門で、絵画そのものについては外野。世間で流行りの別人説が、文献の扱いがぞんざいで、成り立ちや信頼性に対する考慮を欠いたまま、自説の都合に合わせてインチキ文献と決めつけてよしとする論調があんまり目に余るから、文献学者の立場から批判の声を上げたわけ。これは百パーセント正論だから、しっかりやってもらわないと困る」

「あれ？　そうすると……」

「さっきいったみたいなステレオタイプの旧弊批判、権威批判が、写楽の場合はおよそ的外れなのはこの人たちの顔ぶれだけで分かるでしょう？　どう見てもあべこべ。斎藤十郎兵衛の復活はそれこそ権威の外にいた人たちが、文献はデタラメに決まっている、世界の大芸術家が無名の能役者のはずはないと、多数派が疑いもせず決めてかかった大前提を打ち負かせてみせた快挙なの。斎藤十郎兵衛説への批判に旧弊や権威といった語彙を相変わらず持ち出してくる人たちは、だから、批判することが目的の批判になっているようにしか見えない」

「………」

「歴史の真実を明らかにするのはね、いつだって派手さと目新しさに走ったアイデア競争に踊らされない、地道で、真摯な検証の積み重ねなのよ。ところが、興味本位のおかしな説を振りかざす人たちときたら、こういう経緯をまるきり無視して、頑迷な権威主義だとか、硬直した文献至上主義だとか、ステレオタイプの批判で片づけてしまう。それどころか、いまになってつまらないことを持ち出してくるなって、真面目な研究を妨害するようなことばかりをやっているの。ホント、こんな人たちが考える、正しい歴史って何なのかしらね」

　辛辣に決めつけると、姫之は再び抹茶に口をつけ、喉の渇きを癒すようにゆっくり時間をかけて味わった。

「やっぱり、動かせないのかなあ。写楽イコール斎藤十郎兵衛」

左手で頬杖をつき､亜沙日は空いた右手で『ジパング・ナビ!』をつかんだ。写楽を紹介したページが開いたままだ。

「昔の話だからね」と姫之はいう。「疑おうと思ったら、いくらでも疑える。けれども、同じ時代の証言を信用できないといったら、歴史上のあらゆる出来事が歴史の謎になってしまう」

「ヒメはホントにそれで楽しめるの? 史実通りの能役者でしたといわれてさ。想像力を働かせようよ。写楽にはとんでもない秘密があって、秘密の真相を推理の力で突き止める——そんなことができたら楽しいとは思わない?」

「そんなことができたら、の条件つきでしょう。ごめんなさいね。『東洲斎写楽はもういない』で明石散人さんが、『写楽・考』で内田千鶴子さんがやってみせた針の穴に糸を通すみたいに精緻な文献考証……あれを読んでしまうと、正直、世間で人気の別人説は十に九までお気軽な探偵ごっこにしか見えなくなるの」

「もういっぺん、眼鏡を変えてみたら?」

「……このままでいい」

ことり、と音を立てて姫之はテーブルに湯呑みを置いた。

「せっかくの機会だから、あたしがどうして写楽の謎解きを信用できないか、一番大きな理由を教えてあげる」

そういって、姫之は細い身体を乗り出した。

亜沙日の手元を覗き込み、片手を伸ばして、『ジパング・ナビ!』誌面の文章を人差し指で押さえてみせる。

「ほら、ここを見て。写楽の評価について、こんなことが書いてある。一九一〇年にドイツ人のユリウス・クルトという美術研究家が『SHARAKU』を発表して、この本の中でクルトセンセイ、レンブラントとベラスケスに写楽を並べて、世界三大肖像画家だといって絶賛した。これがきっかけで世界的に大芸術家だと写楽が認められたんだって」

「ええと、ああ、書いてある、書いてある。世界三大肖像画家。世界に冠たる風刺画家、なんてのもあるな。写楽の話題になるといつも出てくる、定番のキャッチフレーズだ」

両側から首を伸ばし、ほとんど額をくっつけるようにして亜沙日とナスチャは誌面を眺めた。

「で、この文章がどうかした?」

「そんなことをクルトが書いたという事実はどこを探してもないの」

「へーえ。そうなんだ……」

簡単に頷きを返した後、亜沙日とナスチャは顔を見合わせ、その同じ顔を同時に姫之へ向けて振り上げた。異口同音に同じ問いを発する。

「マジですか？」

「マジですの。さっきもいったように『SHARAKU』は日本語訳が出版されていて、前にあたしも読んだけれども、世界の三大肖像画家なんて、序文でも本文でも出てこなかった。レンブラントとベラスケスの名前すらね。あれは確か、第二版の訳だったはず」

「何でそんなものまで読んでんの？」

「蓮高の図書室に置いてあったからよ」

「……ヒメ、もしかして図書室の歴史の本を全部読んじゃってない？」

日本語訳版『SHARAKU』は写楽の登場からちょうど二百年になる平成六（一九九四）年、アダチ版画研究所から初めて出版されて、定村忠士、蒲生《がもう》潤二郎《じゅんじろう》の両氏が翻訳に当たった。同書において「世界三大肖像画家」への言及はただ一ヶ所しかない。他でもない翻訳者定村自身による解説中の左の一文である。


「なに、クルトは大間違いをしている。あれほどの間違いをしたクルトの本の意義は、とにかく写楽を世界的に紹介し、写楽こそレンブラント、ウェラスケスと並ぶ世界の三代肖像画家の一人であると評価した点にあるのみだ」というのが、以来今日までのクルト評価だった。（原文ママ）

もちろん、実際に『SHARAKU』の翻訳に当たった当人が、クルトの本にそんな記述はない、という一読すれば明らかな事実に気づかなかったはずがない。読者の写楽熱に水を浴びせないように直截にあげつらうことは自重したが、引用の一文はクルトの論を自らは検討もせず、明らかな間違いにもとづく評価を開陳して恥じない写楽研究家の姿勢に対する露骨な当てこすりと捉えるのが正しいのではないか。

「すると……三大肖像画家のお馴染みのキャッチフレーズは、外国の学者センセイのお墨つきどころか、出どころの怪しい誇大広告だってことになっちゃうわけ？」

信じられない、と亜沙日は首を横に振った。

「翻訳にミスがあったとか、それとも、ドイツ人センセイの考え方が変わって、最初はあった文章が削られちゃったとか？」

ナスチャが思いつきを口にする。

「その可能性はすでに考えた。だから、ドイツ語の原書にも当たってみることにした」

「原書って……ヒメ、どこでそんなの見つけたの？」

「難しくなかったわよ。インターネットで検索かけたら、『SHARAKU』は電子情報化されていたの。好都合なことに、一九一〇年の初版、一九二二年の改訂第二版の、どちらの版も見つけることができた。だから、レンブラントとベラスケスのつづりを調べて、ドイツ語原書の全文を対象に単語の検索をかけてみたの。初版でも第二版でも結果は同じ。レンブラントもベラスケスもまったくヒットしなかった。同じ西洋の画家さんの名前でも、引き合いに出されていたヴィルヘルム・ブッシュやシュトゥックはどちらの版でもちゃんとヒットしたし、付け加えるとレオナルド・ダ・ヴィンチやロートレックは初版でヒットしなくて、第二版ではヒットした。改訂の際に追加されたのね。そんな結果が出たのだから、あたしの調べ方が悪かったんじゃなくて、『SHARAKU』の原書の時点でレンブラントやベラスケスの名前は一度も出てきていないと判断するしかないでしょう」

「信じたくないな。世界の三大画家といったらさ、TV番組でも本でも、写楽をアピールするのにお約束みたいに持ち出されてくるじゃないの。あれ、全部間違い？　ヒメさ、どこかに見落としはない？」

「あたしもそれが気にかかったから、面白半分の謎解き本はやめにして、真面目な研究の本を当たってみた。そうしたら、何のことはない、同じことに気づいた人たちはちゃんといて、三大画家の宣伝文句がどこから出てきたのか、そんなこともとっくに調査済みだった」

「あら？」

「だって、こいつはちっともニュースではないんだもの。こんなことは昔から、みんな知っていたんです」

両目をつむって姫之は諳んじる。これは『時の娘』からの引用だ。

「つまり、世界三大肖像画家の賞賛がクルトの著書を探しても見つからないことはとっくに判明していたの。ただ、このことをきちんと採り上げてくれるメディアがなかなかないから、世間一般の、普通の歴史好きくらいの視聴者や読者の目に入る機会自体がほとんどなかったというだけ。報道しない自由かしらね。困った話でしょう。最初にレンブラントとベラスケスに写楽を並べることを始めたのは、日本の、仲田勝之助《なかだかつのすけ》さんという研究家らしいわよ」

「日本発の人選だったんだ……」

世界三大肖像画家の問題に関しては中嶋修《なかしまおさむ》の報告が簡潔明瞭なので、左に引用する。


筆者が調べることができた中で、「レンブラント、ベラスケス」という言葉の入った一番古い論文は、『美術画報』大正九年六月号の仲田勝之助「東洲斎写楽」であるが、そこには「欧洲の浮世絵愛好家に見出され、一躍レムブランドやベラスケスにさえ比肩すべき世界的肖像画家として認識さるるに至った」とあるだけで、クルトの『写楽』に書いてあるとも、「世界三大肖像画家」とも書いてはいなかった。（原文ママ）

「三大肖像画家が定着する前には四大画家というのもあったみたい。レンブラント、ゴヤ、ロートレックに写楽を加えて四人。こっちのメンバーで定着していたら、『SHARAKU』の中でクルトセンセイが世界の四大肖像画家を認定したというお話になっていたかも。誰も『SHARAKU』を読んで確かめたわけではないのに」

意地悪げにくすくす笑い、姫之はそんなことを付け加えた。

「たとえ出どころは怪しくても、一般論の扱いでレンブラントとベラスケスと写楽を並べているうちはまだ可愛げがあった。世界三大美人にクレオパトラと楊貴妃《ようきひ》を引っ張り出してきて小野小町に並べてみせるのと同じ、背伸びしたお国自慢だから。ところが、写楽の場合、勝手に出典を創作してしまったせいでおかしなことになった。国内産の宣伝コピーのままよりも、外国の研究家が認めたことにしておく方が、客観性があるように見えて、世間の人たちの関心を惹くのにも好都合という発想かしらね。図書室に置いてあるような写楽本はひと通り調べたけれども、三大肖像画家の一人に写楽が選ばれたと大威張りで紹介する本は多くても、ドイツ語の原書や日本語訳から該当の文章を直接引用したり、何版の何ページの何行目で触れてあるかというところまで注釈をつけてくれていたり、そんなものは見つからなかった。誰もそんな記述の実在を自分の手と目で探し当ててはいない。他愛ないお国自慢が、こうして歴史の捏造――偽史になったのよ」

「…………」

「これは推理や仮定の話でないならこじつけの解釈でもない。斎藤月岑が書き残した文章を信用できるかという話とはまるで違う。『SHARAKU』にそんな記述がホントにあるのかという事実の確認だから、答えはイエスかノーかの二つきり。議論の余地はないの。嘘だと思うんだったら、『SHARAKU』を本屋さんで買ってきて自分の目で確かめてみなさい」

「まーた、ヒメは極論に走るんだから……」

　拗ねた顔つきで亜沙日は姫之を見返した。

「三大画家のキャッチフレーズが一人歩きして、実在の学者センセイの実在の著書の、実際には存在しない記述をでっち上げちゃったのは褒められた手口とはいえないけれどさ、それで写楽の話題はまるで信用できない、ひどい嘘っぱちだなんて、いくらなんでも乱暴過ぎやしない？」

「三大画家のフレーズに限らないのよ。ずっと日本語訳がなかったのをいいことにおかしな紹介が横行して、それがいまもそのままになっているの」

姫之は再び誌面に目を落とした。

「例えば、ここ、クルトセンセイの肩書きが美術研究家になっているでしょう？」

「まさか、ヒメ、それも間違いだって？」

亜沙日はぱっちり大きな目を丸くした。

「間違いではないにしても、正確ともいえない。まず第一に、クルトという人はプロテスタントの牧師さんだったの」

「え？　本業、牧師さん？」

「大学で教えていたとか、ヨーロッパの画壇の実力者だったとか、そんなイメージではなくて、熱心なコレクターが研究本を出版したくらいに考えておく方が実態に近いと思う。そうはいっても……批評家や研究家はどこまでがアマチュアでどこからがプロなのかの明白な区分けもないし、遺伝の法則を見つけたメンデルだって本業は牧師だったんだから、本来、肩書きの違いくらいでクルトの価値が下がることはないはず。それよりも大事なのはこの人の関心の対象が、エジプト以東のアジア文化だった、ということなの」

「アジア……？」

亜沙日とナスチャは思わず顔を見合わせた。

「何か、イメージが違う……」

「仕方がないでしょう。ホントの話なんだから」

レンズ越しに姫之はじろりと亜沙日を睨んだ。

「クルトセンセイ、中央アジアの古遺物や古文書をコレクションしていたという話だし、中国の版画の歴史についてまとめた著書もあるみたい。そんな中でも力をそそいだのが、当時のヨーロッパでブームになっていたジャポニスム——日本文化の研究だった。実際、能楽や歌舞伎を相当に詳しく調べていたのは『SHARAKU』を読んでも分かるし、同じ年には和歌の研究書も出版している。『SHARAKU』自体、初めて浮世絵の本を手がけたわけではなくて、『UTAMARO』『HARUNOBU』に続く、三冊目の浮世絵師の評伝だったの」

「そうするとそのセンセイ、『SHARAKU』の前にも浮世絵師の研究書を書いていたんだ」

「ジャポニスム大流行の御時世でしょう。一番需要があるジャンルということで、浮世絵にも関心を持ったんじゃないかな。そして、当時のヨーロッパで人気が高かった順番に、歌麿、春信、写楽の本を手がけた。素直に考えるとそうなる。『SHARAKU』を読んでみるとホントにいろんな浮世絵師の名前がぽんぽん飛び出してきて、勝川派、歌川派、中でも鳥居派の扱いが大きくて驚いたくらい。特別に歌麿や写楽に関心が深かったというより、浮世絵人気の代表としてこの三人を採り上げたと見るのが正解かな。げんに『SHARAKU』の出版の翌年、クルトは、浮世絵の、日本の木版画というジャンル自体の研究書を出版しているもの。ところが……日本の写楽本、特に別人説の謎解き本みたいなやつだと、あたしがいまいったような解説はばっさりカットの場合が多い」

「ええと……すると、どうなるの？」

恐る恐るとナスチャが訊いた。

「分かり切った話。クルトセンセイの肩書きは牧師でもジャパノロジストでもアジア文化の愛好家でもなくて、ただ美術研究家とあるだけ。『SHARAKU』の前に歌麿と春信の評伝を出版したことすら言及しないで、その代わり、実際には『SHARAKU』のどこにも出てこない、世界三大肖像画家の一人に写楽を選んだという話をアピールしてみせる。予備知識のない読者がこれを読んだら、どう思う？　十人中の八、九人まで、特別に日本の文化や絵画に関心があるわけでもないヨーロッパの画壇の真ん中にいる権威ある研究家が、浮世絵師の、ううん、日本の画家全体の中から写楽一人を選んで、西洋美術を代表するレンブラントやベラスケスと同等の地位に位置づけた――そんなイメージを植えつけられるでしょう。日本の絵画の中でも別格の、世界レベルの偉人に引き立ててもらえたんだって。写楽に箔をつけるにしても、上品な手口とはとてもいえないな。嘘、大げさ、まぎらわしい……ホント、ＪＡＲＯにでも怒られちゃえばせいせいするのに」

「ヒメ、いっていることがムチャクチャ」

半ば悲鳴のような声をナスチャは喉から絞り出した。

「……あれ？　待ちなよ。いまヒメがいった通りだとしたら、クルトの本が出版される前から、とっくに写楽は海外で人気を集めていたことにならない？」

ふと思い当たって亜沙日が問いを投げた。

「ええ、そうよ。『SHARAKU』でもところどころで先行研究が紹介されているし、だいいち、クルトから十年以上も前にフェノロサが、ヨーロッパでは写楽が大人気だってことを日本人向けに解説しているもの。だから、クルトの本の出版で、世界に写楽が紹介されたみたいな説明は誤解。海外では早い時期から人気が高くて、恥ずかしいことに写楽の研究はあっちがずっと先を進んでいたくらい。もっとも、これは写楽に限った話ではなくて、歌麿や豊国だって、日本よりも早くヨーロッパで研究書が出版されているの」

明治三十一年、東京上野の伊香保楼で開催された浮世絵展覧会の目録解説に寄せてアメリカ人美術研究家アーネスト・フェノロサは次の写楽評を書いた。

写楽は寛政間に出たる荒怪なる天才なり。其人物は醜陋なること甚しければ、必ずやただ少数の感動を惹きしなるべく、米国の蒐集家は之を嫌忌すと雖も、仏国の某某蒐集家は写楽を頌して浮世絵最大家の一人と為すに躊躇せず。写楽の作は醜陋を神として祭れるにて、従ってまた衰頽中最も衰頽せるものなり。

――写楽は極端に人の顔を醜く描いたから、天才ではあっても支持者は少なく、アメリカ人のコレクターからは嫌われているものの、フランス人たちは浮世絵史上の大天才だといって賞賛を惜しまない。これが『SHARAKU』出版の十二年前の、日本の国内外における写楽の認識と評価というものだった。

「何だか間違いだらけだな」

亜沙日は溜め息を吐き出した。まったくね、と姫之も表情を曇らせて、

「きっと日本の美術業界人たちは、何で日本では二流扱いのマイナー絵師だった写楽が海の向こうで抜群の人気を集めることができたのか、どうしても理解できなかったのよ。だから、単純明快で、分かりやすい説明に飛びついた。外国のお偉い美術研究のセンセイが写楽の価値を発見して、写楽の本を書いたから、その出版を境に写楽の評価がすっかりひっくり返ってしまったんだって。けれども、これは順序が逆さまでしょう。クルトが本を書いたから、写楽が人気を集めたみたいな説明は間違い。すでに写楽が人気を集めていたから、クルトが本を書いたの。ありがちな写楽本ではこのところが取り違えられている」

言葉を切ると、頭痛をこらえるようにこめかみを指先で揉んだ。

「三大画家が間違いなら、そうだ、こっちの、世界に冠たる風刺画家というやつは？」

誌面を指差して亜沙日が訊いた。

「自分ではけっこう注意して読んだつもりでいるけれども、世界に冠たる、という表現を見た覚え

はないな。ただ、写楽の特色として風刺が重視されていたのはホントの話」

「ああ、その話題はちゃんと出てきたんだ。よかった」

「クルトは写楽の風刺について、写楽が能役者だったから、と書いているの。能楽は中世の神秘劇で、歌舞伎は通俗芝居。能楽と歌舞伎のステータスの違いが写楽版画の背景にあった。歌舞伎役者を写楽は低俗な連中だと見下していて、だから、実際以上にグロテスクに描いたという解釈ね。浮世絵の世界から追放されたのも、調子に乗って悪趣味に走り過ぎたから」

「へーえ、外国のセンセイ、よく調べているじゃない。けっこう感心」

「当時、歌舞伎役者は河原乞食呼ばわりだった。歌舞伎役者の似顔や姿を描くという行為は、春画よりも低く見られたくらい。現代人にはここのところの感覚が分かりづらくて」

河原乞食はおよそ真っ当な画人が描くような対象ではない。これが当時の認識である。春信や歌麿は役者絵を嫌い、人気が出てからは描かなくなった。歌川広重も風景画で成功してからは役者絵をやめてしまい、〈また戯場をこのみたれども似がお画をかかず。一見識あるがごとし〉とかえって賞賛されているくらいだ。

「クルトは手放しに浮世絵を礼賛しているわけでもなくて、日本における正統の絵画が狩野派や土佐派で、浮世絵が通俗画でしかなかったこともきちんと押さえている。だから、写楽を風刺画扱いしたという理解自体は別に問題ない。そんなことよりももっと大きな問題――『SHARAKU』の写楽評で、一番とんでもないことは他にあるから」

姫之は短い息を吐き、レンズの奥から怜悧な視線をめぐらせる。反射的に彼女のクラスメートたちは身構えていた。

「『SHARAKU』をよく読んでみると、世界的芸術だといって最大級の賛辞をクルトが送った写楽がどの時点の写楽なのかといったら、それは風刺をやめて反省した後のきれいな写楽――といおうか、歌舞伎堂艶鏡なのよ。嘘だと思うんだったら、図書室でも図書館でもかまわないから『SHARAKU』を借りてきて自分の目で確かめてみなさい」

「歌舞伎堂って……?」

突然出てきた名前に亜沙日は困惑の色を隠せない。ナスチャもぽかんとなっている。

「歌舞伎堂艶鏡は寛政七年中――ちょうど写楽が消えた同じ年に役者大首絵十点足らずを発表したきりで、素姓も経歴も分からない、写楽以上に謎が多い浮世絵師なの。写楽によく似た役者似顔絵を描いていて、だから、版元の蔦屋と何らかの事情で決別した写楽が、画号を改めて、私家版、つまりは版元を通さないで版画を作らせたんじゃないかともいわれている」

「ふうん……つまり、クルトセンセイいわく、その人と写楽が同一人物だって?」

「そういうこと。といっても、同一人物説は何もクルトのアイデアじゃなくて、当時の日本とヨーロッパの研究家の間ではけっこう支持があった説だったみたい」

歌舞伎堂艶鏡の役者大首絵についてクルトはこう論じている。

〈これらの絵をちょっとでも見れば、それは日本の浮世絵がそもそも創り出した最も美しい役者の

ポートレイトであり、本当の「魅力の鏡」、本当の「演劇の殿堂」であることがわかる〉
〈何か円熟の境地に達したもの、この世のものとは思えないものがある〉
〈写楽は艶鏡作品つまり彼の最後の、しかも最も美しい作品の直後に死んだ〉
〈四つの顔についての解釈はヨーロッパの美の理想像に近く、明らかに日本固有のものを越えている〉

「なるほど」

ひと通りの説明を聞いて、亜沙日はぽんと手を打った。

「写楽は艶鏡である。艶鏡の絵は日本のレベルを超えて、ヨーロッパの美術の最高レベルに迫っている。艶鏡と同一人物である写楽は、だから、世界レベルの芸術家だという図式が成り立つ。見事な三段論法だ」

うんうんと頷いたものの、しかし、彼女の首はすぐに横倒しに傾いた。

「ちょい待ち。写楽が艶鏡になったんだって解釈は、ヒメ、いまも有力なわけ?」

この問いを、いいえ、と首を横に振って姫之は否定した。

「定説という意味では二人は別人扱いよ」

「だったら、ダメじゃない。写楽と艶鏡が別人だってことになったら、その時点で、世界の芸術家も艶鏡に返却しないと」

「理屈の上ではそうなるな。けれども、現実はそうなってない。写楽のプロフィールから艶鏡が追放されても、世界の芸術家という賞賛だけはありがたくちょうだいしたまま、写楽の上にかぶせてしまったの。それは写楽が海外でも巨匠扱いなのは間違いないし、現在では艶鏡の評価が写楽よりも落ちるといっても、ちょっとフェアとはいいづらいわね」

「ええと、写楽のタイトルなのに本の中では歌舞伎堂さんが高く評価されちゃったの？」

ナスチャが挙手すると、素朴な疑問を口にした。

「クルトの認識では写楽イコール艶鏡だったんだから、おかしくはないでしょう？　浮世絵師が途中で画号を改めた場合は、普通、江戸での人気が高かったり、作画期間が長かったり、作品の点数が多かったりで、一番ポピュラーな画号で統一して紹介されるの。作品の評価が高い時期と一致するとは限らない。葛飾北斎だって、代表作の『富嶽三十六景』を描いた頃は北斎ではなくて為一《いいつ》を名乗っていた。けれども、世間一般に北斎は、為一ではなくて北斎の画号で通っている。それと同じで写楽が艶鏡に改号するという内容の本を書いても、その本のタイトルには艶鏡ではなくて、普通は写楽の方が採用されるはずよ。作品の点数がぜんぜん違うもの」

「ふうーん、納得」

ナスチャは曖昧に頷いた。

「あたしが、写楽の謎解き本を素直に楽しめない、感心できないのはここのところ」

姫之は薄い胸に手を置き、深呼吸を一つした。

「考えてみてよ。江戸の人たちが残してくれた文献にもとづく地道な検証を、文献至上主義だとか、権威主義だとか、歴史をうわべしか見ていないとか、本に書いてあるからといって信用はできないとか、知識人気取りの訳知り顔で批判をぶつけてくる人たちが、同じ本の中で写楽は凄い、偉いとアピールするため、実在する外国の研究家とこれも実在の著書を看板代わりに押し立てて、世界の三大肖像画家に選ばれたんだって、実際には存在しない、権威主義丸出しの嘘っぱちの賞賛を振りかざしているの。こんなシュールで、ナンセンスな話がある？　自分たちの好みにかなうならたとえペテンでも採用して、あべこべに好みにかなわないものは嘘だと決めつけて排除してしまえばいいというのなら、それは悪い意味での歴史修正主義でしかないわ。歴史の真実を主張するなら、いい加減な探偵ごっこの前にこういう疑いの余地のない間違いを排除してもらわないことにはまるで筋が通らない。結局のところ、謎解きや真相をかかげていても、当の作っている側がそんなものを本気にはしていないのでしょうね。いまでは世界中が写楽の偉大さを認めているんだから事実を曲げて粉飾してもかまわないという発想なのか、たとえデタラメでも景気のいい話は視聴者や読者に歓迎されるという考えでいるのか、宣伝文句として使い勝手がいいからやめられないのか……ま、文献なんか信用できない、という意味合いなら一貫した姿勢だといえなくもないか。真面目な研究家や歴史ファンは、それはいい顔をしないし、与太話はもうやめてくれということになるわよ」

「容赦ないなあ。きっとさ、御本人さんたちはブラックユーモアのつもりだったんだよ」

「ブラック過ぎて、ユーモアになってない」

亜沙日の軽口に片頬を膨らして姫之は反駁した。

「きっと校正がムチャクチャ雑だったんだね」

ナスチャがぽつんといった。

「いや、そいつはどうかな」亜沙日は首を捻ると、「『ジパング・ナビ』の編集さんと前に話したよね？　たぶん、あの人たち、そういうことはちゃんと分かっていてやっているんだよ」

「何で？」

「何でって、それは——」

ぱくぱく口だけを上下させて、束の間、亜沙日は言葉を濁した。

「……えーっと、そうだ、ほら、水戸の黄門さまや遠山の金さんは、史実の水戸光圀や遠山金四郎をモデルにしているだけで、まったく同じキャラクターだというわけでもないじゃない。写楽の場合もそれと同じで、ドイツの学者センセイの本の中で世界の三大画家に選んでもらったという設定がある架空のキャラクターなんだ。架空のキャラだから、史実の写楽と正体が違っていてもいいし、どれだけ設定を盛ろうが自由だ」

「ものはいいよう、とはよくいったものね。そんな解釈は思いつかなかった」

金縁眼鏡のフレームに指先を添え、姫之はまじまじとクラスメートの顔を見つめた。

「何なの、その視線。感心されると照れるな」

「感心されてない、感心されてない。あたしは呆れ返っているの」

「アア、ソウデシタカ」

冷ややかなコメントに、亜沙日は左右の肩をわざとらしく持ち上げることで応じた。

「だいたい……絵画を楽しむのに画家の素姓なんてことは、ホントなら、どうでもいいはず。例えば広重の正体は定火消同心の安藤重右衛門《あんどうじゅうえもん》で、二、三十代の間は非番にせっせと描いていたけれども、だからといって広重の絵の値打ちが下がることはないでしょう？　大切なのは画家としての評価。ところが、写楽の話題は、一番大切なその評価でズルがある。きっと、歴史の真相といいながら、世界に誇る大芸術家の写楽を顕彰すること自体が目的になってしまっているのでしょうね。だから、世界の写楽の御威光に目が眩んで、景気のいい大嘘をどや顔で並べ立ててしまう。他の浮世絵師とは格が違って、海の向こうの肖像画の巨匠に並び称される存在で、そんな評価は外国の学者が保証してくれたものにしておくのが箔がつく。別人説みたいな話題が出てくるのもそうした考え方の延長でしょう。まるで裸の王様よ。ただ、初めから検証まがいのお手軽な新説がお目当ての人たちは、当たり前の史実の説明には関心がないし、空想と検証の区別がつかないから、何がおかしいとも疑いを持たないで、御期待通りの謎解きや真相にすっかり満足してしまうみたい。ホント、そんなものに手を出す前に、研究書でも通史でもいいから、史実をきちんと押さえておこうとは考えないのかしら。その方が理解もずっと深まって、前向きに歴史と付き合っていけるのに」

「そいつはきっと、ほら、史実どうのこうのの話をすると難しいからついていけないんだ」

「やめてほしいな。バナナの皮で足を滑らせて、階段から転がり落ちてくたばってくれたらせいせいするのに」

真顔で彼女はそんなことをいっている。

「……『SHARAKU』の日本語訳自体がまだなかった時代は仕方がない。センセーショナル抜きの、真面目な検証の本でも採用されているくらいだから、よっぽど信用されていたのでしょうね。間違いを確かめるにもドイツ語の原書を調べるしか方法がなかったし。けれども、それこそあたしたちが生まれる前には日本語訳が出版されて、およそ写楽に関心を持つ研究家やファンなら読んでいないはずがないの。まったく、いつになったらクルトのお墨つきを引っ込めてくれるのかしら」

「ヒメさ、ちょっと頭が固過ぎやしない？」

「アサさんの方が、お気軽過ぎるの。歴史や浮世絵の話題に馴染みがない人たちが、こんな真相に気づいたらどう思う？　外国の研究家や外国の文献を騙って、こんな風なコメントをもらいましたというお墨つきを捏造しないことには日本人は自分の国の物事もまともに評価できないのかって、誰だってバカバカしくなるんじゃないかしら。そんな話は当の写楽にとってはたいへんな不名誉だし、アジアと日本の文化の紹介者だったクルトも喜んでくれないでしょう。これはとても恥ずかしい話よ。ああ、日本の大恥」

最後の辺りは溜め息にまぎらせて、姫之は話題を締めくくった。

沈黙が、その場に落ちた。

左手首に視線を落とす。腕時計の表示を見ると、いつの間にか、甘味処に場所を移してからでも三十分以上が経っていた。家に帰りつく頃には外はすでに真っ暗だろう。姫之は抹茶の残りに口をつけた。

「何かないかな。あっと驚く真相が、割って入れるような余地」

亜沙日は『ジパング・ナビ！』のページを捲って、未練のように目を走らせている。

「いままで誰も気づかなかったやつ？」

横からナスチャが細い身体を傾け、

「あーん」

といって、最後の一本、餡まみれの団子を突き出した。彼女は小豆が苦手なのだ。

「ちょっと探したくらいで、都合よく見つかるわけないよね」

亜沙日は頭を上げると、すぱしーば、とまるきり日本語の発音でいって団子をくわえた。

やがて〈総力特集浮世絵の時代〉は締めくくりの総括のページにいたり、さらに次のページへ進むと、

〈――『ジパング・ナビ！』平成×△年夏期・原稿募集のお知らせ――〉

原稿募集の告知があった。

「これだね。ええと、今回のお題は〈消えた浮世絵師。寛政六（一七九四）年の夏、役者似顔絵の傑作群を引っ下げて登場した東洲斎写楽とは何者だったか？〉。史実通りの斎藤十郎兵衛で書いて送っても、きっと不採用だろうな」

「初めから新説の募集だしね」

「おや、今回からレポートだけじゃなくて、小説の投稿も受けつけてくれるようになったんだ。テコ入れってやつかな。賞品、今回の賞品は……金賞三十万円プラス日向空海《ひなたうつみ》直筆サイン入りの新刊『蓬莱島の写楽』。道教ネタがホントに好きだね、このセンセイは。それから銀賞が――」

亜沙日の目はさらに先へ進んだ。

「いつもの賞金十万円に、おお、山河雨三郎《やまがうさぶろう》直筆サイン入りの『魔戦日本橋』新書サイズだ」

弾んだ声で読み上げる。

げほっ。

姫之が激しく噎せた。細い喉から平たい胸の辺りを押さえて、くの字に身体を折る。

心配顔で友人たちが見守る前で、彼女は両肩を大きく上下させて呼吸を整えると、ゆっくりと頭を起こした。

「それ、ちょっと貸して。じゃなくて、もともとあたしの本だから、返して」

「うん？」

「いいから、返しなさい」

半ば引っ手繰るように姫之は雑誌を手にすると、鋭い視線を誌面にそそぐ。

「ヒメ。もしかして投稿するの？」

ナスチャが訊いた。レンズの奥から姫之はちらりと目だけを上げ、

「三度目の正直、という日本語を知っている？」

と訊き返した。

「二度あることは三度ある、という言葉もあるよ」

混ぜっ返した亜沙日の指摘に、しかし、姫之はうるさそうに耳元で片手を振った程度で取り合わない。金縁眼鏡をおもむろに外し、

「ヤマウサのサイン本か……銀賞、銀賞、上から二つ目の銀賞……」

喉の奥で唸るように繰り返し、白い額に縦皺を刻んで思案の表情だ。

「あのさ。ヒメ、ホントに写楽の謎解きできるの？　史実通りの能役者さんでおかしなところはないんだよね」

横からナスチャが覗き込んで、姫之に声をかけた。

「歴史の謎を解くことと、歴史の謎解きを作るということは違うの。前に教えてもらったでしょう？」

姫之は静かに言葉を継いだ。

「そう……あたしは、東洲斎写楽の正体が歴史の謎だとは、まったく、ぜんぜん、これっぽっちも思わない。けれども、この場合は歴史雑誌が、いままでにない写楽の謎解き、新解釈をこしらえなさいとオーダーを出してきたわけでしょう。これはそういう企画なの。写楽の実像がどうであれ、こちらはただオーダーに従って、捏造でもでっち上げでも、センセーショナルでもっともらしい新解釈を考えなくちゃいけないの。そこのところ、勘違いしないで」

「さっきまでとぜんぜんいっていることが違うような気がする」

「ナスチャ。日本語は難しいわね」

「そ、そうかな」

ナスチャはぎこちない笑顔を作った。

「口でいうだけなら難しくないけれどさ。ヒメ、そんな都合のいい真相に心当たりがあるの？　他の投稿者を抑えて受賞できそうな、センセーショナルなやつ」

団子の串をくるりとまわし、亜沙日は姫之へ先端を突きつける。

「それをいまから考えるの」

そっけなく言葉を返すと、外した眼鏡のつるを軽くくわえて姫之はうう一んと唸った。

四

日曜日の午後から降り始めた雨は、次の日になってもやまず、いっそう激しい水飛沫で地上を覆った。窓の外は灰一色だ。

蓮台野高等学校、放課後の学生食堂に扇ヶ谷姫之はいた。

テーブルの上には図書室から持ち出した書籍が山積みだ。『ジパング・ナビ！』最新号や浮世絵大歌川展の展示会図録もある。調べものに便利なのは図書室だが、飲食が禁止されている。営業時間が終わった食堂に人の姿は少ない。静かで涼しくて、それに照明も明るいから、自習にはうってつけの環境といえた。

「いた、いた。やっぱりここか」

後ろでそんな声が聞こえたかと思うと、

「ひぃーめっ、差し入れを買ってきたよおーっ」

明るい声と華奢な身体が背中に覆いかぶさってきて、左右の肩越しに透けるように白い腕がまわされた。

ナスチャだ。左手にはたこ焼きを詰め込んだ竹皮の器。開山七百年の由緒正しい禅寺や、さらに歴史の古い御霊信仰系の神社が近くにあるから、煎餅、饅頭、飴菓子、たこ焼き、かき氷にクレープ、観光客相手に食べ物を売る店には事欠かない。

「はい、あーん」

たこ焼きの一つに爪楊枝を突き立て、姫之の口に運んだ。

従順に姫之はくわえる。咀嚼すると、たちまち口の中にぴりりと辛味が広がって彼女は額に縦皺を刻んだ。カレーの味がした。それも激辛に近い。

「……ナスチャ。これ、たこ焼きとは違う」

片手で口を覆って咀嚼を続けながら、姫之は訴える。

「え？　そんなはずはないよ。たこ焼き屋さんで、ちゃんとたこ焼きを頼んだもの」

「でも、蛸が入ってない」

「ランダムの詰め合わせにしてもらったから、食べてみるまでは中身が何なのか分からないんだ」

「それ、やっぱりたこ焼きとはいわない」

「たこ焼きだってばー。ね、ね、アサさん、ちゃんとたこ焼きを頼んだよね？」

「そうだよ」

ビニール袋から新しいたこ焼きの器を取り出し、テーブルの上に並べながら、もう一人のクラスメートが苦笑交じりに応じる。

「お店ではたこ焼きだといって売っていたんだから、やっぱりたこ焼きだということになるんじゃないの。たとえ蛸の代わりにカレーとか、チーズとか、焼きそばとか、ピザのトッピングが入っていたとしても」

「いろいろ新しい工夫を考えるのね。けれども、それはホントにたこ焼きだといえるの？」

「かまわないじゃない。たい焼きだって、別に鯛の切り身は入っちゃいないんだし」

「どういう理屈なの」

カレーの辛さに思いきり顔をしかめ、姫之は、その自称たこ焼きなるものを嚥下した。途端に胸の中にかっかと火がつく気がした。

「アサさん、練習は？」

「体育館はただいまバスケ部が占拠中。この雨でグラウンドは使いものにならないし、自主トレだ、自主トレ」

　他のテーブルから引き寄せてきた椅子にまたがるように腰を下ろし、朝比奈亜沙日は背凭れから上半身を乗り出した。剣道部の稽古着に竹刀袋を携え、薄手のウインドブレーカを上に羽織っているのはいつもの通り。彼女の部活動もこの夏が最後だ。

　姫之の向かいにナスチャが座り、亜沙日にもたこ焼きを突きつける。

「すぱしーば……何なの、これ。具はナポリタン？」

　噛みちぎって味わいながら、亜沙日は姫之の顔を覗く。

「それで、ヒメ、やっつけ勉強は順調？　写楽の真相、飛びきり刺激的なやつは見つかってくれそうなの？」

「頭を悩ませているところ」

　姫之は額を押さえた。

「まがりなりにも歴史の真相をかかげて、史実にない新解釈を持ち出そうというのよ。いざ自分で探すとなると意外に難しくてさ。調べれば調べるほど、写楽のいったいどこが謎なのか、安易な空説ばかりじゃないか、そんな確信ばかりがどんどん強くなっていって。検証の真似事に手をつけている自分が何だかバカらしくなってきた」

「ソウデスカ、ソウデスカ」

　亜沙日は山積みの本に目を移した。本来、図書室から一人の生徒の学生証で借り出せる上限は五冊。超過分は、亜沙日とナスチャが代わりに借りたものである。

「難しく考えるのはやめ、やめ、やめ。どうせヒメのことだから、あっちの文献にはこんな風に書いてある、こっちの史料にはあんな風に書いてあるとずらずら並べて、事実の断片を繋いでいったらこうなりました——とやるつもりじゃないの？」

「それが歴史を読み解くということよ」

「ヒメはそれでよくても、つき合わされるこっちが困る。がっつり検証されると疲れるからさ。地味だし、煩雑だし、知らない名前ばかりが出てきて理解が追いつかないし」

両手を広げて、亜沙日は訴えた。

「ウチらのレベルに引き下げてくれない？　まず、あちらこちらから話を引っ張ってくるのがよろしくない。手を広げるときりがないから、参考にするのは定番の『浮世絵類考』メインで何とかしなさい。写楽の記事が一番詳しい、考証家の方の斎藤さんが書いたやつでいいから。他には……そう、写真の浮世絵そのもの、何を描いたとか、書き込みがあるだとか、目で見て分かりやすい材料でよろしく」

「……そんな方針でまともな結論が出てくるとは思えないな。ゲームにもならない」

「ヒメは頭が固いんだから。空想は空想、俗説は俗説として楽しめたらいいの。本気にするかはその人たちの自己責任だ」

顔の前で空いた方の手をひらひらさせると、新しいたこ焼きに亜沙日は手を伸ばす。

「ヒメが調べても、何のアイデアも出てこないの？」

こちらもたこ焼き――具材はいちごのジャム――を幸せそうに味わいながら、ナスチャが訊いた。

「目新しい解釈に繋がるかは別にして……斎藤月岑が書いたやつといったら、一点、引っかかったことがある」

「どんな話？」

「何から話したらいいかな。斎藤月岑が、どんな仕事をしていたかは？」

「考証家さんでしょう？」

「ううん、そうじゃなくて……この人のホントのお仕事は町名主だったの」

姫之は、手短に斎藤月岑のプロフィールを伝えた。

九代斎藤市左衛門《いちざえもん》、諱を幸成《ゆきなり》という。月岑とは文人として用いた号である。東京がまだ江戸と呼ばれた旧幕時代、神田雉子町の町名主職を世襲して神田六ヶ町の町政を手がけた人物だ。町名主の公務の傍ら、『江戸名所図会』全二十巻をはじめ、『東都歳事記』『武江年表』『声曲類纂』『扶桑探勝図』『百戯述略』『江戸絵馬鑑』『東都扁額略目』『江戸開帳披索記』等々……数多くの著述を手がけて、江戸の風土や故事来歴、古典芸能の考証に大きく貢献した。

彼は維新を挟んで、明治十一年まで生きていた。

一方、英国人外交官ウィリアム・ジョージ・アストンの離日は明治二十二年。彼が祖国に持ち帰った『増補浮世絵類考』は、月岑直筆の写本で、この間に日本橋四日市の古書店で購入したものだといわれている。おそらくは月岑の歿後間もない時期に他の蔵書ともども、斎藤家から売りに出されたのだろう。

あるいは――最晩年、文明開化の風潮に旧弊として退けられ、いまや顧みられることのない昔日の江戸の記録を惜しんで、このまま誰からも必要とされないで朽ちさせるよりはよかろうと、異国の研究家に自らの蔵書を譲渡したといったこともあったかもしれない。学究肌の人物にはいかにも似合いの振舞いではないか。

「町名主の公務で月岑は、勧進能の興行の世話役を務めることもあったの」

姫之は話題をもとに戻した。

「カンジンノー？」

「武士ではなくて、庶民、町の人たちを対象に能楽を公演するの。中でも、特に大きなイベントだったといわれているのが十五代宝生《ほうしょう》太夫《だゆう》主催の弘化勧進能。弘化五（一八四八）年の春からの興行だから、『増補浮世絵類考』編纂の……四年後か。月岑は考証家らしく、世話役として出仕しながら、この時の興行の進行や観劇風景を絵巻物にまとめて残してくれた。ところで、この時の勧進能には当時五十七歳の斎藤与右衛門も舞台に立ったのよ。能番付にもちゃんと名前が出ている」

「ええと、その人……誰だっけ？」

「史実の上の写楽――斎藤十郎兵衛の跡継ぎでしょう。この頃も八丁堀に住んでいた」

あっ、と亜沙日とナスチャが声を揃えた。

「だったら、写楽の素姓を書き残した月岑と、史実通りなら写楽のはずの十郎兵衛のお子さんの間には面識があったかも……？」

「可能性は高いと思う」

亜沙日の指摘を受けて、金縁眼鏡の奥で姫之の瞳が輝きを増した。

「世話役としてイベントに関わって、出演者の中には写楽らしいという噂の能役者の跡継ぎがいた。お父上はまことに歌舞伎役者の絵を描いたのですか、くらいの質問はぶつけていてもおかしくないでしょう？　噂が間違いなら、ここで与右衛門が否定したと思う」

「歌舞伎役者の似顔を能役者が描いたなんて、ホントの話でも外聞が悪いからね」

「『増補浮世絵類考』の成立について月岑自身は、鎌倉屋重兵衛から借りた写本をもとに校合、内容を補って、天保十五（一八四四）年の春に編纂を終えたと序文で書いている」

解説は熱を帯びてきて、前のめりに姫之の細い身体が傾いた。

「けれども……それから明治維新までは二十四年あったの。ちょうど同じ年、慶応四（一八六八）年には龍田舎秋錦《りゅうでんしゃしゅうきん》という人が、大幅に記事を追加して『新増補浮世絵類考』をまとめた。それまでの間、月岑がまったく手を加えなかったとは思えないでしょう？　浮世絵師の事跡について新しく判明した事実があったら空白に書き入れて、間違いがあったら朱線でも引いて消したはず。他の誰かに貸したり、譲ったりするたびに、訂正箇所を本文に反映させて清書することもあったかもしれない。あたしたちが目にできる、現存する写本の記事が、天保十五年にいったん編纂にひとくぎりつけた時点の原本とどこまで同じなのかは何ともいえない」

「え？　それって、もしかして……文献の成立を引き下げるつもり？」

亜沙日が眉根を寄せて考え込んだ。

「理屈は分からなくもないけれどさ。でも、そんなことをやっちゃっていいのかな。御都合主義の解釈だといわれない？」

「大丈夫。似たようなケースならいくつかあるから。後になって所有者が書き込みを加えたり、新しい写本を作成する際に最新の情報に差し替えたり。そういう実例がある以上はズルということにはならないと思う」

「なら、かまわないか」

あっさり亜沙日は引き下がった。

「ちょうど写楽関連の文献にもそんなケースがあったから、それで説明しようか」

姫之は書籍の山から一冊取り上げ、ぱらぱらとページを捲った。

「『諸家人名江戸方角分』という本がある。著者は歌舞伎役者の三代瀬川富三郎《せがわとみさぶろう》で、成立は文化十四（一八一七）年からその翌年にかけて、江戸の芸能関係者千人以上……ああ、ここには千七十七人と書いてあるな、とにかくそんな大人数を住所方角に従って分類した覚え書ね。原本は伝わってなくて、現存するのは蜀山人《しょくさんじん》——大田南畝所蔵の写本だって。この人、どこにでも名前が出てくるな。『浮世絵類考』の成立にも関わっているし。そんなことはともかく、『江戸方角分』

の八丁堀の部を見ると、実名の欄は空白で、地蔵橋に住んでいる写楽斎という名前が出てくるの」

「シャラクサイ？　トウシュウサイでもシャラクでもなくて？」

ソーセージ入りのたこ焼きをくわえたまま亜沙日が首を捻る。

「そう、写楽斎。だから、信憑性を認めない反対派の人たちは、浮世絵師の東洲斎写楽と八丁堀の写楽斎は別人だと主張しているみたい。現代の出版物と違って、当時の個人の書き物なら雑な表記はよくあるのにね。『浮世絵類考』でも写本によっては写楽斎の名前で紹介されているし、だいいち、写楽とは別人の八丁堀の写楽斎という絵師の実在自体が不確かなのに」

「ああ、そういうことか。宮本武蔵《みやもとむさし》が武蔵守だったり、武蔵助だったり、尾張柳生の連也《れんや》が時々連也斎になっていたりするようなものかな。柳生十兵衛《じゅうべえ》だって、そんな主張をする人たちにかかったら、柳生重兵衛とは別人扱いされるかも」

有名な剣豪を例に挙げつつ亜沙日は何度も頷いた。

「反対派の批判が集まった記述はもう一つあって、それは写楽斎の項目についていた記号の解釈」

姫之は顔の前に指を二本立てた。

「記号はふた通りあって、一つは浮世絵師の印、もう一つは故人の印――つまり、お亡くなりになっているという目印だったの」

「写楽、もう死んじゃってたんだ」

ナスチャが、神妙に胸の前で十字を切った。

「ところが、写楽の正体の斎藤十郎兵衛には菩提寺の過去帳が残っていて、文政三（一八二〇）年に死んだことが分かっているの。『江戸方角分』の成立から、二、三年後よ」

「え？　だったら、今度は写楽とジューロベエさんが別人だってことにならない？」

「反対派もそういって批判している。けれども、この問題は解決済み。筆跡をもとに記号を分類したところ、四段階にわたって書き入れが加えられたことが判明したの。写楽斎の故人印は後で書き加えられたグループに入るそうよ」

「だいたい、初めから写本なんだから、オリジナルの成立よりもいくらか後になって作られたものでもおかしくはないか。それにもらった時点のまま飾っておくんじゃなくて、最新情報を書き加えるくらいは当たり前にあっただろうし。さっきヒメがいった通りだ」

途中から説明を引き継ぐ形で、亜沙日が考えを述べる。感心した顔でナスチャは繰り返し頷いた。

「もう一つ……ううん、もう二つある」

姫之はさらに事例を挙げた。

「江戸の芝居作者に三升屋二三治《みますやにそうじ》という人がいてね。どちらかといえば歌舞伎の考証家として評価が高いみたい。この人が書いた『紙屑籠』と『賀久屋寿々免』という本に歌舞伎役者の似顔絵描きとして写楽の名前が挙がっているの」

「有名な文献？」

亜沙日の問いに、ぜんぜん、といって姫之は首を横に振った。

「簡単な画歴だけの、短い紹介だから、写楽の謎解き本でも採り上げてもらえることは滅多にないみたい。目新しい内容も書いてないから」

「何だ。期待してがっかり」

「『紙屑籠』『賀久屋寿々免』はどちらも弘化年間の成立だから、斎藤月岑の『増補浮世絵類考』の原本とだいたい同じ時期ということになる。ところが、こちらの場合も、同じ本の中にずっと後になって手が入ったとしか思えない記述が見つかって、幕末、ひょっとすると明治になってからの写本だということになっているの」

「ふうーん。それはどんなの？」

「分かりやすく浮世絵師の例を挙げると、歌川派の五渡亭国貞が、どちらの本でも三代目の豊国として扱われていたり」

「三代目？」

鸚鵡返しに口にして、亜沙日とナスチャは仲良く首を傾けた。

「ええと、ウチの記憶が正しかったなら、歌川国貞の豊国は三代目でよくなかった？」

「間違いだとはいわないけれども、国貞は格下に見ていた豊重の二代豊国をまるで認めていなくて、自分では三代とは名乗らず、二代を名乗ったのよ」

「おやおや。何だか大人げないなあ」

「何しろ国貞は当時の浮世絵画壇の大御所だったから、生前はまわりからも三代ではなくて二代豊国として扱われていた。事実、同じ三升屋が書いたものでも他の本だと二代豊国になっている。二人の二代豊国を区別するため、豊重を二代、国貞を三代として扱うようになるのは国貞が亡くなった後の話なの」

「だから、文献自体も国貞の死後に修正の手が入っているわけか――」

新しいたこ焼きに亜沙日は爪楊枝を突き立てた。

「OK、そういう実例がいくつもあるんだったら、『増補浮世絵類考』の場合も、ずっと後になって書き写されて、その時点の知識に合わせて手直しされたことは考えられる。といおうか、ちゃんと直しておかないと参考資料として役立たない。〈俗称斎藤十郎兵衛〉の記述は最後まで残った。実のお子さんが先代を写楽だって認めた、少なくても否定はしなかったと考えるのが自然か」

納得顔で呟くと、彼女はたこ焼きを口に運んで噛みちぎった。裂け目からは餃子が覗いた。

「もっと踏み込んだ解釈だってできる」

傍らのクリアファイルから、姫之はコピー用紙の束を引っ張り出した。

「『増補浮世絵類考』の決定版はケンブリッジ本――海を越えてイギリスへ渡った月岑自身の直筆写本ね。よく知られた写楽の記事もここから引っ張ってきている。ところで、日本国内にもいくつかの別本、バージョン違いがあって、記述に食い違いがあるの。これはそのうちの、明治二十四年刊行『温知叢書』収録分のコピー」

「そんなものまで探してくるか、ヒメ」

「活字になった『増補浮世絵類考』が欲しくて、図書室で探してみたら偶然見つかって。どうやら天保十五年編纂のオリジナルに近い、かなり初期のものみたい」

コピーの束は冒頭三ページからなる解題から始まっており、以下、八十一人の浮世絵師の画歴が紹介されている。付箋を頼りに姫之は写楽の記事を探し当てると、友人たちに向けてテーブルに置いた。

写楽（住居江戸八町堀）俗称□□　号東洲斎
歌舞伎役者の似顔を写せしに、あまりに真を画んとて、あらぬさまに書なせしかば、長く世に行はれず、一両年にして止む（類考）
三馬云、僅に半年余行はるゝのみ　五代目白猿　幸四郎（後宗十郎と改）　半四郎　菊之丞（富十郎）廣治　助五郎　鬼治　仲蔵の類を半身に画きたるを出せり

「あ……あれ？」

亜沙日は爪楊枝をくわえたまま、ぱっちり大きな目を瞬かせた。

「書いてないじゃない。斎藤十郎兵衛のこと」

正確には欄外に〈新類考に俗称斎藤十郎兵衛とあり〉との注釈があるが、これは『温知叢書』の編纂者によるものだ。〈新類考〉とは龍田舎秋錦の編を指している。

「『温知叢書』収録の別本にはまだ記述がなかった。つまり、〈俗称斎藤十郎兵衛〉が初めて書き入れられたのは天保十五年よりもいくらか時期が下がるとも考えられるわけ」

「ちょい待ち。それが、もしも勧進能よりも後だったとしたら……」

「〈俗称斎藤十郎兵衛〉の信憑性はかなり高まる——ううん、そもそも月岑に情報を提供したのが、斎藤十郎兵衛の子の与右衛門だってことも」

「やったじゃない、ヒメ！　決まりだ、これで決まり！　写楽の正体を突き止めた！」

ナスチャの口から歓声が上がる。いまにも抱きつかんばかりに身体を乗り出して、

「はらしょお！　サイン本をもらえたらさ、サワークリームたっぷりのペルメニを御馳走してあげるから！」

「そこで喜ばない」

盛り上がる交換留学生の額の真ん中に人差し指をまっすぐ突き立て、姫之はつんと押し戻した。

「史実の能役者説を補強しちゃったじゃない。自分の首を絞めてどうするの？　真っ当な研究家さんたちが聞いたらかんかんに怒っちゃうような、バカバカしくて、それこそ全国の写楽ファンを敵にまわしてしまいそうな突飛な解釈を持ち出さないことには賞金もサイン本ももらえないよ」

こちらは冷やかし交じりに亜沙日がいった。

ううっ、と大げさに額を押さえながらナスチャは涙ぐんだ瞳を日本人の友人たちにめぐらす。

「能役者のジューロベエさんが写楽のまま、意外な真相は作れないの？」

「意外な真相といったら、史実通りの能役者でした、くらい意外な真相はないか。けれども、誰も喜びやしないから」

　亜沙日の答えにも、しかし、ナスチャは納得できないという表情だ。

「初歩的な質問、いい？　写楽はどうして謎の絵師になっちゃったの？　昔の本にちゃんとジューロベエさんだって書いてあるのに」

「そいつはもちろん」と亜沙日はいいかけ、「ヒメ。後の解説はよろしく頼んだ」

「要するに日本を代表する芸術家の東洲斎写楽が、記録にもほとんど出てこないレベルで無名の能役者の、いっときのアルバイトのはずがない、ということでしょうね。それでは写楽の値打ちが下がるとでも考えているのよ。世界の評価に見合うスケールの大物なり、御立派な裏事情を持ち出さないでは格好がつかない、くらいの根拠を欠いた発想」

「容赦ないな。別人説はやっぱりＮＧなんだ」

　ええ、と姫之は澄まして頷く。たこ焼きに爪楊枝を突き立てながら、

「土台から矛盾があるもの。理屈に合わない。はっきり史料に写楽だと書いてある斎藤十郎兵衛を、他に史料がない、伝記が明らかでない程度の理由で否定しておきながら、その十郎兵衛よりも史料に恵まれていて伝記も比較的明らかな人たちの中から候補を立てて、そんなことはどの史料にもまったく見当たらないのに写楽と同一人物に仕立て上げようとしているのよ。本末転倒な発想でしょう？　初めから破綻が出てくるのは目に見えている」

ぴしゃりと決めつけると、新しいたこ焼きを口に運んでかじった。たっぷりチョコレートが詰まっていた。

ちょんちょん、とナスチャが亜沙日の腕をつつく。

「ええと……分かりやすく、お願い」

「難しいことはいってないよ。例えば歌麿、例えば北斎、山東京伝や十返舎一九《じっぺんしゃいっく》の場合も同じで、この人たちは同じ時代から江戸中の注目が集まる有名人だったから、ろくに記録もないレベルで無名能役者の斎藤十郎兵衛とは違って、たくさん史料がある。ホントに彼らの中の誰かが写楽なら、そのことが史料にまったく出てこないのは素人が考えてもおかしい、という当たり前で面白くない御指摘」

「ふうーん、納得」

ナスチャは従順に頷く。本当に分かってもらえたのかな、と疑いと心細さに亜沙日は眉をひそめた。

「現代人の選り好みはどうでもいいとして、もう一つ、もっと基本的なところで写楽別人説には疑問があるの」

そういって、姫之は新しい話題を持ち出した。『ジパング・ナビ!』を取り上げる。ぱらぱらとページを捲って、写楽の記事を開くとテーブルに置いた。

「ここを見て」

図版の一点を指し示す。市川蝦蔵の竹村定之進。

「〈東洲斎写楽画〉の落款のすぐ下に、丸に極めの極印と、富士山に蔦の葉のデザインの版元印があるでしょう?」

「こいつが蔦屋の商標ね」と初めて知ったらしい顔で頷く亜沙日。「おかげでいったい版元がどこなのか、ひと目で見分けがつくわけだ」

「版元印のない錦絵は店頭で販売できない。出版の責任を明らかにするために義務づけられていた。写楽の場合、本物と認められた錦絵にはどれも蔦屋の版元印があるから、全ての版画を蔦屋がプロデュースして、蔦屋の店から売り出されたものだと判断できる」

「版元が蔦屋ばかりだったら、ええと、どうなるわけ?」

「版元印じゃなくて、重要なのはもう一つの極印の方」

「キワメ……って?」

二種類の印判を見比べながらナスチャが訊く。

「検閲を通りましたという証拠のハンコ。いまと違って、出版の自由は江戸にない。寛政の改革からは出版統制が強まって、ちょうど写楽の少し前から、版下絵の時点で当番行事のところに持っていって、出版の認可をもらわないことには売買ができなくなった。斎藤月岑も世襲の町役人で、父親の代には出版物の検閲を担当していたという話よ」

「それで？」

「写楽の錦絵にはどれも極印がある。ということは検閲を通って、堂々と店頭で売り出されたということでしょう？」

「だから？」

「どこの誰が描いたともホントに分からない絵が、すんなり検閲を通してもらえると思うの？　後になって問題が発覚した時、いったい誰を呼びつけたらいいのよ。ましてや絵師の正体が露見するとたちまち蔦屋の店が潰れるような、いわくつきの危ない絵なんて」

「――――」

亜沙日もナスチャも、いまの説明を吟味するように黙り込んだ。

「別人説をマジメに考える気が起こらないのは、これが一番の理由。一、二点ならまだいいとして、短い期間に百四十点以上よ？　まだ規制が緩くて、例えば司馬《しば》江漢《こうかん》が春信の贋作を描いて、堂々と市場で売られていた頃とは違う。検閲を通って出版が認められたのは裏も表もなくて、写楽のまわりに何も不審が見当たらなかったからでしょう」

「検閲を通さないで、出版することはできなかったの？」

とこれはナスチャの質問。

「ううん、そうでもない。版元を通さない私家版なら、事前の検閲はいらなかった。市販目的の出版物でない、売り物ではないから、というのがその理由」

「ああ、艶鏡が作らせたやつ？　昔は写楽の別名義扱いだった」

ぱちん、と指を鳴らして亜沙日がいった。『SHARAKU』の著者ユリウス・クルトは、版元の蔦屋と決別した後の東洲斎写楽が歌舞伎堂艶鏡と画号を改め、短い間だが、役者似顔絵を描いたと考えていた。

「そうそう。艶鏡の場合、現存する錦絵は私家版ばかりだといわれている。検閲済みの極印も版元印もないから、これは非売品らしいと判断がつくの」

「いったい、何のために作ったの？」

ナスチャは人差し指を立てると片頰に添えた。

「出版を引き受けてくれる版元が見つからなかったか、制約なしに自由に描きたかったからか……それとも営業用だったかというところでしょうね。浮世絵師が自力で出版するケースは、そのくらいいかな」

「昔もいまも変わらないんだね」

「他には摺物絵がある。イベントで配ったりするやつ。検閲が必要ない分、市販の錦絵よりもかえって豪華だったりするの」

「売り物よりも立派なんだ」

「それから、何といっても江戸で盛んだったのは地下出版。これは初めから御禁制――おおっぴらに売り買いできない非合法の存在なんだから、ある意味、細々した規制にはまったく縛られない。

ふんだんにお金をかけて、浮世絵師はもちろん、彫師、摺師たちも、百パーセントの技術とアイデアをそそぎ込むことができたんだって」

「それはどんな絵?」

「ほとんどが春画ね。秘画ともいう。十八歳未満はお断り」

姫之が教えると、きゃっと叫んでナスチャは両頬を押さえた。

「けれども、私家版も地下出版も写楽には関係ないでしょう? こうして極印と版元印が揃っているんだし」

「勝手に印をつけて出版できないの?」

「ナスチャもヘンなことを思いつくな」

眼鏡のフレームを指先で押さえ、姫之はつらつらとクラスメートを眺めた。

「それは版下絵の段階で押印をもらって、そのまま版木に彫りつけるわけだから、やってできなくはないでしょうね。けれども、そんな偽造を何のために? 店先で売りに出したらすぐにお縄が両手にかかるわよ」

「あんまり意味ないか」

交換留学生は唇を緩め、ちろりと赤い舌を覗かせた。

「まいったね。こいつは。匿名希望どころじゃない、業界の中ですらどこの誰かも分からないホントの謎の絵師だったら、堂々と売りに出せたか、出版自体が危なくなるわけだ」

亜沙日が困ったように頬を掻いた。

「いちおう、身替わりを立てたという可能性は考えられるかな」

姫之が思いつきを口にする。

「ホントに描いた人ではなくて、他の誰かさんの名前を拝借させてもらい、この人がこんな絵を描きましたといって、出版の許可を申請するの。初代豊国や国貞がしょっちゅう門人の代作に頼ったことは有名だし、北斎にも娘の応為に代作させたという話が残っている。だから、表向きの浮世絵師の名義と実際に描いた絵師が違っていることは絶対に有り得ない話だとはいえない」

「おお、そんな手があったか。いまでもTVドラマの脚本家や作曲家さんがゴースト使ったことがたまに発覚して騒がれたりするのと同じやり方だ」

勢い込んで亜沙日が身体を乗り出した。期待に目を輝かせて、

「その方法なら新解釈を持ち出せるんじゃない？　阿波の能役者の十郎兵衛は出版の便宜のために担ぎ出されてきた身替わりで、ホントに絵を描いたのは別人だった——」

「理屈の上ではそんな解釈もできるでしょうね。けれども、そこまで疑ってかかったら、全ての浮世絵師が実際に絵を描いた本人だったかは疑わしい、ということになってしまわない？　たとえ検閲対策の身替わりだとしても、版元の蔦屋やまわりが斎藤十郎兵衛を写楽として扱い、十郎兵衛自身も写楽として振舞ったなら、他の誰かが描いたという結論はどうやっても成り立たせようがないと思うな」

姫之の右手がすっと伸びる。クラスメートの鼻先に人差し指を突き立てると、メトロノームよろしく、左へ右へ振ってみせた。

「何だ。期待を持たせないでくれる」

亜沙日の両肩が、がくりと落ちた。

「結局、能役者のジューロベエさん以外は難しいんだ」

残念、といってナスチャはたこ焼きをかじった。


「ひと口に別人説といってもピンからキリまで幅広いけれども……その手の謎解き本を読むと、どうも写楽の値打ちを引き上げたい、持ち上げたい、偉大な写楽をアピールしたい、そんな意図が働いているとしか思えないのが目につくわけ。読者のニーズなのかな。何でもかんでも写楽は偉い、凄い、規格外だという方向へ話を持っていくんだから」

ひとくさり話題が片づいたところで、打ち明け口調になって姫之は不満を語った。

「ふうん……どんな？」

ハンバーグのたこ焼きをかじりながら、亜沙日が促す。

「例えば、そう、これなんか」

今度は『増補浮世絵類考』のコピーの束と大歌川展の図録を取り上げる。

「ここ、喜多川歌麿の記事を見て」

コピーの束から目当ての記事を探し当てると、姫之はそれをテーブルに広げ、さらさらと赤のボールペンを紙面に走らせて傍線を引いた。

役者絵に、市川八百蔵一世一代、おはん長右衛門の狂言をせし時、桂川の絵評判にて求さる人なかりし、歌麿は美人絵にておはん長右衛門道行の絵を出し、是に賛を書り、近世浮世絵かき、蟻の如くに這ひ出し、むらがれる趣を、悉く嘲弄して書たり、今蔵する人多く有るべし。

ナスチャのために声に出して文章を読み上げてから、亜沙日は姫之に顔を戻した。

「で、これが?」

「写楽が消えて十年近くが経ってから、歌麿が、『桂川月思出』というお芝居のお半と帯屋長右衛門の道行のシーンを描いて出版したの。これはその経緯を書いたもの。わざわざ文章に書いて残したくらいだから、よっぽど世間の注目を集めたみたい」

姫之は図録を開いて目を落とした。こちらも目当てのページをすぐに探し当てて、

「図録の説明にも歌麿が自賛を書き入れたことは出ているでしょう? こんな文章なの。〈予が画くお半長右衛門ハ、わるくせをにせたる似づら絵にハあらず〉——俺さまが描くお半と長右衛門は役者の地顔をいやらしく似せた絵とは違うぞ、という声明ね。本によっては〈わるくせをにせたる〉ではなくて〈わるく女をにせたる〉になっていたりする。いずれにせよ、特定の誰かを名指しで槍

玉に挙げたわけではないけれども、写楽関連の本ではたいてい、これは写楽の画風を批判した文章だろう、という解釈を採っているわけ。実際、歌麿の描くお半と長右衛門は、さっきの記事にも書いてあった通り、写楽のそれとは大違いで美人画そのままの描かれ方」

「ああ！　前に読んだ覚えがある」と亜沙日。「写楽の正体は歌麿だったというお話で」

「十年も経ってからの書き込みだからね。この酷評はポーズじゃないか、と疑いたくもなるのは分かる。天下の歌麿がこんな見え透いたパフォーマンスを行ったのは、歌麿と写楽の間に隠された繋がりがあって、それを隠蔽する目的があったから――」

「他の人の絵を悪くいったら、自作自演の証拠になるんだ」

片方のてのひらで口許を覆い、焼きそばを詰めたたこ焼きを味わいながらナスチャが首を傾けた。

「歌麿が十年も経ってから写楽を突然酷評したことは絶対におかしい、とあたしも思う」

姫之はボールペンの末端で、金縁眼鏡を器用に押し上げた。

「素直に考えたなら歌麿の酷評は、写楽ではなくて、同じ時期、自分の人気を脅かすほどの勢いがあった歌川派の絵師たち、特に豊国への当てこすりでしょうね。ここにも〈近世浮世絵かき、蟻の如くに這ひ出し、むらがれる趣を、悉く嘲弄して書たり〉とコメントがある。これが同じ江戸での、歌麿の書き入れに対する受け止め方。近頃は絵師が蟻みたいに群がっているなんて、とっくの昔に筆を折った写楽を指した表現だとは考えづらい」

「豊国？」

亜沙日もナスチャも拍子抜けしたという表情だ。

「ヒメ、そんな証拠があるの？」

「お半と長右衛門は写楽も描いたけれども、そちらは四代岩井半四郎《いわいはんしろう》と三代坂東彦三郎《ばんどうひこさぶろう》のペアだった。歌麿とは違う。歌麿と同じ時期に、同じ岩井粂三郎と三代市川八百蔵のペアでお半と長右衛門を描いているのは豊国なの」

大歌川展の図録を開いたまま姫之はテーブルに置いた。まさに豊国と歌麿の、三代市川八百蔵の帯屋長右衛門と岩井粂三郎のお半の錦絵が並んで掲載されている。同じ場面、同じ構図を描いたものだが、画風は対照的だ。歌麿の画風が少女マンガ流に極端に美化されたデザインだとしたら、豊国のそれは少年マンガ流のデフォルメというところ。

しばらくの間、じいっと両者を見比べて、

「なるほど、こいつは確かに〈わるくせをにせたる似づら絵〉だ」

亜沙日が感想を述べる。ナスチャの首も大きく縦に動いて、同意を示した。

「歌麿は現代人に向けて書き入れを残したわけではなくて、あくまで同じ時代の江戸の人たちに声明を発表したはずでしょう。だから、その江戸人の理解に従わないと。他にもまだある。前々から歌麿は、歌川派の人気が目障りだったのか、しょっちゅう嫌味たらしい書き入れを残しているの。〈人まねきらひ、しきうつしなし〉だとか、〈怪敷形を写して異国迄も其恥を伝る事〉だとか……歌川派を始めた豊春が西洋画を模写して人気絵師になったことを露骨に当てこすっているようね」

左：立命館大学アート・リサーチ
センター所蔵 (arcZ0168-309)
「お半長右衛門」（歌麿）

下：早稲田大学演劇博物館所蔵
(資料番号 101-3376)
「桂川纈月見」（豊国）

「でも、支持する人たちはけっこう多くない？　歌麿が写楽なんだって」

　亜沙日の指摘に姫之はつまらなそうにゆらゆら首を横に動かした。

「それは理屈ではなくて、感覚として受け入れやすいからでしょう。写楽は天才である。写楽に匹敵する天才でないなら、写楽の絵を描くことはできない。現代では豊国の人気や評価は写楽よりもずっと落ちるから、同じ時代で写楽に見合うほどの天才といったら、歌麿か、そうでないなら北斎くらいしかいない――証明終わり《Q.E.D.》」

「ああ、そんなところはあるかも」思い当たるという顔で亜沙日が頷いた。「歌麿や北斎クラスの大物を担ぎ出さなくちゃ、世界の写楽に相応しくない、箔づけにならないという発想なんだ。浮世絵にそんなに詳しくない、普通の、世間一般の視聴者や読者も納得させないといけないから」

「こういう考えをする人たちは現代の感覚をそのまま江戸の浮世絵に持ち込んでいるのよ」

　眼鏡に垂れかかった前髪を姫之は横に払い除けた。

「そう、歌麿や北斎なら、確かに生前から大成功を収めて、浮世絵の巨匠だと認められていた。同じ時代、同じ江戸の人たちからも理解してもらえる種類の天才だったの。写楽の天才は彼らとは違う。当時の評価は〈あらぬさまに書きなせしかば長く世に行われず〉でしょう？　百年先になって、海の向こうでようやく天才と認めてもらえた。もしも歌麿や北斎が写楽なら、そんなことにはなってないと思う」

「そいつはいえるか。ごもっとも」

「さっきのお半と長右衛門――〈わるくせをにせたる似づら絵〉の解釈も、根っこの部分はたぶん同じ。歌麿に見合うのは写楽だから、これは写楽のことをいっているはず、という結論になる。写楽以外の誰かへの嫌味だとは初めから考えもしない。いくらでも穏当な解釈がつけられるのにむやみに勘繰って、写楽の痕跡に飛躍してしまうわけ」

力ない吐息を一つ挟んで、うんざりしつつも姫之は批判の矛先を変えた。

「痕跡があったらあったで、深い意味や真相のヒントが隠されているものと決め込んで、そこから強引にメッセージを引き出そうとする人たちが出てくるでしょう。栄松斎長喜《えいしょうさいちょうき》が描いた柱絵を判じ絵扱いしたり、そうかと思うと十返舎一九の黄表紙を暗号文書にしてしまったり……」

「判じ絵って？」

ナスチャが訊く。

「ああ……長喜や一九が手がけた絵の中に、写楽の役者絵が描き込まれているの」

書籍の山からまた一冊取り上げ、該当の図版を探し当てると姫之は友人たちに見せた。

栄松斎長喜は写楽や歌麿と同じく、往時の耕書堂に出入りした浮世絵師。

彼が描いた高島屋おひさの柱絵には、おひさが手にしたうちわに写楽の大首絵――四代松本幸四郎の山谷の肴屋五郎兵衛が描き込まれている。錦絵の大判はうちわには大き過ぎるから、市販の大首絵を切り貼りしたり、うちわ用に版木を流用したものではないだろう。

十返舎一九はもちろん『東海道中膝栗毛』を大ヒットさせた戯作者だが、画も巧みで、戯作の挿絵をしばしば自ら描いた。

黄表紙絵本『初登山手習方帖』に描いた挿絵の一つに一九は〈東洲斎写楽画〉の落款が入った凧を登場させている。ここに描かれたのは『暫』を演じる市川蝦蔵の全身像だ。しかし、これに該当する写楽版画は現存が確認されていない。

「これが判じ絵？」ナスチャは首を捻って、「どうやって、ここから写楽の正体が引き出せるの」

「ここ、おひさが持っているうちわ。写楽の落款がないでしょう？」

図版を指して姫之が説明する。

「スペースが足らなかったからじゃない？」

「それをいったら、判じ絵にならない。落款がないのは意図的。落款の代わりになるものがどこかに描いてあると解釈するの。ここから想像をめぐらせると、うちわに落款がないのは柱絵自体を描いた長喜が写楽本人だったからだとか、うちわを持つ女性が写楽の正体を暗示している、つまり写楽は女の人だったとか、そういった解釈が出てくる」

「意味が分かんない……一九の方は？」

「こちらは凧の絵自体よりも、前後のページに書き込んである、達磨や奴凧や、そうした登場人物たちの会話全体を暗号文だと解釈して意味を読み解くの。解読次第で、写楽は一九本人だったり、外国人だったり、団体さんのチーム写楽だったり、やっぱり史実のままの斎藤十郎兵衛でよかったり、いろんな結論をこじつけられる」

「何だかノストラダムスの大予言みたい」

「そう、ちょうどそんな感じ」

交換留学生の見方に感心して、姫之は唇だけで笑い返した。

「きっと御本人たちの主観ではそうした解釈も、これ以上はない合理的、論理的な結論なのでしょうね。けれども、歌麿の書き込みと同じで、長喜の柱絵といい、一九の挿絵といい、そこに写楽の秘密が隠されているというのは一つの仮定。こんな風に解釈したいという期待でしかないの。自分の説に都合のいい思いつき、思い込みを並べていったら、好き勝手にメッセージを読み取ることができる」

姫之はゆるりと首を振る。細い肩の上を黒髪が流れた。

「歴史をよく知りたいなら、大切なのは地道に事実を積み重ねていくこと。それを面倒がって、安易な論、飛躍した説ばかりをありがたがるから、謎解きの落とし穴にはまり込んで、かえって真実から遠ざかることになる。たった一人の浮世絵師の真相が三十も四十も出てくるのはそのせい」

苦い口吻で締めくくると、彼女はたこ焼きの最後の一つを取り上げ、丸かじりする。二度三度と咀嚼して、そして、切れ長の目をいっぱいに広げた。

「これ……」

「ヒメ、どうかした?」

「たこ焼きだ」

「は？　そんなこと、最初から分かっていて食べているじゃない」

「ううん、そうじゃなくて、普通に蛸が入ったたこ焼きだったから驚いたの」

「……そこ、驚くところ？」

呆れ顔を見交わし合うと、亜沙日とナスチャは揃って首を傾けた。

「ヒメさ。もしかすると、写楽のことはあんまり好きじゃないの？」

最後のたこ焼きを姫之が食べ終えるまで待って、亜沙日が口を開いた。探るような目つきだった。

隣のナスチャも追従するように無言で頷く。

「好き嫌いというか……前にもいわなかった？　興味がない、関心が持てないというのが正直なところ」

慎重に言葉を選ぶような間があって、唇のラインを指先でゆっくりなぞり、姫之は答えを口にした。

「どうして？　センセーショナルな扱いが気に入らないから？」

「それもないとはいわないけれども……いくら写楽の評価や人気が高いとはいっても、現代の話、時代をさかのぼるなら外国の話だもの。江戸時代の浮世絵を語る上で、写楽の存在は絶対に必要だとはいえないでしょう」

姫之は淡々といった。

「ちょい待ち。世界的な絵描きさんなのに？」

　亜沙日が呆れて質した。

「だから、それは後世の話でしょう。だいたい、外国で人気が出たから普遍的な芸術なんだっていうのは現代人本位の発想よ。写楽の活動は一年に満たない。作画数が多いといっても、せいぜい一時的に盛り上がった程度だし、浮世絵の一派を形成することはなかったから後継者を育ててもいない。一人きりで終わった存在なの。浮世絵の歴史から、例えば役者絵に限って大物を三人挙げるなら、鳥居《とりい》清信《きよのぶ》、勝川春章、それから歌川豊国――このメンバーはちょっと動かしようがない。重要さでいったら、勝川派の左《さ》筆斎《ひつさい》春好《しゅんこう》よりはたぶん下。春英《しゅんえい》に並ぶかどうか……ううん、それも難しいかもしれないな」

　役者絵を描いたことでは同じでも、同じ時代には豊国にずっと支持が集まっていた。天保年間成立、俗に『江戸風俗惣まくり』といわれる文献は、寛政年間に台頭した役者絵の描き手に豊国、国《くに》政《まさ》、写楽の名前を挙げて、豊国が一番手、写楽は三番手の扱いだった。

〈豊国が筆を振ひし跡を国政又是につぎ半に写楽といふ絵師の別風を書き顔のすまひのくせをよく書たれど、その艶色を破るにいたりて役者にいまれける〉

　と同書にあるから、どうやら役者たちの間ではすこぶる不人気だったようである。

「歌麿や北斎なら、条件は違う。外国人に発見してもらう前から彼らはすでに大きな存在だった。浮世絵の歴史を語るのにこの人たちは外せないし、浮世絵師全体で見ても上位十人くらいには名前が入ると思う。本来、写楽を彼らに並べるのはおかしな話なのよ」

「――――」

「写楽の謎解き――隠された真相探しが盛んなのも、ここに原因があるように思える。現代人にとってのネームバリューと、実際の江戸での扱いの間のギャップ。それを埋めようとすると、写楽の実像が、能役者のいっときのアルバイトでは物足らないわけね」

「いまどきのクール・ジャパンみたいだな」亜沙日がぼやいた。「外国で評判になっていると聞いて得意になって、こいつは凄いぜ、世界に自慢できるんだぜと飾りつけるのに必死な感じ。それまでは見向きもしなかった人たちが、ころっと態度を変えてさ」

「ああ。よくある、よくある」

こくこくと首を縦に振ってナスチャが同意した。

「外国人の目からの評価といったら、そうだ、御本尊の『SHARAKU』、ユリウス・クルトが面白いことを書いていた。三大画家とは違うわよ」

ふと思いついたという顔で、姫之は話題を変えた。

「十ヶ月の間に写楽の画風が極端に変わったことは？」

「デビュー当時が一番クオリティ高くて、後になるほどどんどん安っぽく、絵自体の出来も悪くなるってやつ？　『ジパング・ナビ！』にも書いてあったな」

亜沙日は顎をつまんで頷いた。

写楽版画は四つの時期に区分けができる。

第一期、華々しいデビューを飾った最初の作品群は寛政六年五月興行の舞台を描いたものばかり。この時期の写楽版画は、いずれも役者の上半身のみを描いた大首絵で、判型は大判、背景は黒雲母摺りの見栄えがいいもの。全二十八点の一挙刊行——もっとも、厳密に述べるなら、これは現存が確認されている点数である。出版当時の目録といった便利なものがあって、正確な点数が勘定されたわけではない。

雲母摺りというのはにかわ液に雲母や貝の粉末を溶かし込んだものを版画の下地に刷毛で塗りつけておく技法で、豪華な見栄えに仕上げるために用いられた。背景を黒くするなら黒雲母摺り。第二期の作品では白雲母摺りも使われている。

後世の評価が集中するのはこの第一期の作品群で、現存数も多い。写楽版画は全体で約百五十点、およそ六百枚が現存するが、第一期の大首絵二十八点のみでそのうちの三百七十枚以上、六十パーセント以上を占めている。

次に第二期。こちらの題材は同じ年の秋の興行だ。現存三十八点の内訳は大判八点、細判三十点。大判には第一期と同じく雲母摺りが用いられた。細判の三十枚は黄つぶしといって、黄色の顔料で下地を塗り潰してある。もう一つ、第一期との違いは、第二期の版画はいずれも役者の全身像が描かれているということである。

変わったところでは都座口上図というものがある。これは大判白雲母摺りに巻紙をかかげた老人の姿を描いたもので、都座座元の都伝内《みやこでんない》を描いたとも、都座楽屋頭取の篠塚浦右衛門《しのづかうらえもん》を描いたともいわれている。裏返しに巻紙の口上が透けて読め、そこには〈口上、是より二番目新板似顔御覧に入れ奉候〉とあった。

第三期になるとさらに画風が変わる。大判よりひとまわり小さいサイズの間判の大首絵が八点、細判の姿絵が四十七点、これらは寛政六年十一月の顔見世を扱ったもの。翌月の芝居からも三点、こちらは間判の大首絵ばかり。最後の第四期は寛政七年の正月興行を扱い、細判の姿絵がわずか十点あるきり。この時期の細判の姿絵には数枚続きのセットで一つの場面を構成するものが多い。また、間判の大首絵には役者の屋号と俳号の書き込みがある。その他に趣向を変えて、相撲絵が大判三枚続きの一点に、大判二点、間判一点、いずれも大童山文五郎という少年力士を題材に採っている。二代目市川門之助《いちかわもんのすけ》の追善絵、武者絵、恵比寿絵などもこの時期に描いた。このうち大首絵十一点は黄つぶしだが、他の作品には背景が描き込まれている。

他にも未刊行の版下絵、扇面絵、写楽の肉筆とされる掛け軸もいくつか存在するが、真贋までは定かでない。うちわ絵、凧絵なども手がけていたようだが、現存物は確認されていない。

「初めは大判の大首絵、雲母摺りの背景で売り出したのが、大首絵から全身像中心に路線が変更、サイズは小さめの間判や細判が多くなって、背景も黒白の雲母摺りから黄つぶしへ、後半になると景色が描き込まれるようになる——」

雑誌の記事を見ながら亜沙日が、写楽版画の変遷を要約した。

「短期間にめまぐるしく画風が変わって、どんどん安っぽく、迫力を欠いたものになっていく。だから、こんな説まで出てきたくらい。それは写楽が途中で交代したせいだって。前任者がリタイアするたび、他の誰かにリレーみたいにバトンを渡していきましたとさ」

「絵の出来はともかく、背景の処理や判型まで変わったんだから、その辺りは絵師の事情だとは考えづらいな。替え玉に描き継がせたところで、粗悪な安物を量産させていたら人気が維持できない。単純に外部の事情で、版元が写楽に要請したからだと思う」

姫之はつまらなそうに片手を振った。

「当時はお芝居も出版もどんどん規制がかかっていって、第三期の直前には雲母摺りまで禁止されたくらい。穏やかに解釈するなら、贅沢品の取り締まりが厳しくなったから、廉価、大量販売の方向に切り替えたということでしょうね」

「ああ、国芳が子供の悪戯描き風に役者さんたちを描いたのと同じか」

思い出して亜沙日が頷いた。

「写楽の絵がいつ出版されたのか、きちんと分かるの？」

ナスチャが初歩的な疑問を口にした。

「役者絵の考証の手順――版画自体の出版の時期だけではなくて、芝居の演目、役柄、役者、興行元、そういった事柄をどうやって突き止めるかは分かる？」

逆に姫之が訊く。亜沙日とナスチャはいったん顔を見合わせ、すぐにまた姫之に向き直ると、二人揃って首を横に振った。

「意外に方法は単純なの。別にお芝居を詳しく知らなくても、時間をかけて調べたら答えは見つかってくれる」

「へえ……どうやって？」

「どんな役柄のどんな衣装でも、衣装に入る紋は役者さんごとに固定だから、それを調べていけば誰を描いたものかはいつかは突き止められる。後は辻番付や絵本番付を地道に当たっていって、その役者さんが出演しているお芝居を探すわけ。役者絵は当然、興行の真っ只中に売り出さないことには値打ちが下がる。お芝居の上演と同じ時期に店頭に出まわったはず。演目や役柄はもちろん、これで出版の時期も特定できる。了解《ラジャー》？」

「ちっとも」亜沙日の首が横に動く。「だいたい、その辻番付とか、絵本番付って何さ？」

「……辻番付は宣伝用のポスターやチラシね。お芝居の演目と配役のリストの他に、出演者たちの姿格好がひと通り描かれている。絵本番付はパンフレットみたいなもの。お芝居の進行を描いた小冊子で、劇場で販売したの。どちらも興行元が作らせるものだから、配役や衣装については信頼できる。他に顔見世番付というのもあって、これは毎年の十一月に貼り出されて、その先一年間の、同じ座の出演者を公表したもの。配役を手がかりにお目当ての役者が出演する舞台を絞って、役者絵に描かれた衣装やポーズと番付に添えられた絵を突き合わせることで、いつ、どこの座の、どの舞台のどんな役柄を描いたものなのかという結論にそのうちに辿りつける」

「けっこう地道な作業なんだな。根気がないと続かない」

「写楽の場合もそうやって同じ時代の歌舞伎史料を調べていったの。一年足らずの短い間に全ての錦絵が出版されたこととか、黒雲母摺りの大判大首絵から始まって、だんだん安っぽくなっていくことなんかが、そうして判明したわけ」

「ふうーん。考証の手順は分かった。それで、その知識も新説のためのにわか仕込み？」

「前に読んだ小説の受け売り」

「訊くんじゃなかった」

「それはいいとして、アサさんはどこかで読んだことないかな？　写楽版画一点当たり、時期ごとの現存枚数に極端な違いがあるの」

「初めのやつほど現存する数が多いんだっけ」

それそれ、と姫之は首を縦に振る。それから、テーブルの上から写楽版画の一覧表をコピーしたものを探して、クラスメートたちの前に置いた。

「ええと、これは……平成十四年時点の資料か。多少の数字の上下はあっても、たぶん、いまでもそうは違わないはず。これを見ると、雲母摺り、大判錦絵の中でも最初の大首絵のシリーズはとりわけたくさん残っていて、最多は四代松本幸四郎の山谷の肴屋五郎兵衛の二十六枚。栄松斎長喜が柱絵の中で模写したやつね。全二十八点中、現存二十枚オーバーが三点、現存十枚を超えているのが二十一点。同時代に活躍した歌麿や豊国の代表作でも、現存十枚を超えるものは稀らしいから、けっこう驚異的な数字みたい」

「十枚くらいで？　案外、残ってないんだ。二百年とちょっと前には、お店へ行くと山積みで売られていたのに」

　ナスチャはコピーから緑の瞳を持ち上げた。

「人気商品だとはいっても、大量生産大量販売、店頭販売の量産品——それこそ消耗品のたぐいなんだもの。幕末や明治になって海の向こうへ持ち出されるまでは真っ当な芸術とは思われてなかったんだから、仕方がない。ましてや役者絵だからね。美人画や風景画とは違って、出版当時の同じ時代でないと面白さが伝わらない」

　姫之はわずかに細い肩を竦めた。

「それに十枚二十枚の現存する錦絵だって、ホントに二百年とちょっと前からあったものかは分からないのよ」

「そうなの？」

「開国した後、外国の人たちに歌麿や北斎が喜ばれると分かると、目端の利いた商人は古い版木を探し出してきて、輸出用に新規に増刷したという話があるの。版木はまぎれもない本物だから、新しく摺られた錦絵もいちおう本物だってことになるでしょう？」

「あっ」

　亜沙日とナスチャは声を揃えて、驚きをあらわにした。

「そういう方法があるのか。商売上手だな」

「それどころか、人気のある絵に目をつけて、勝手に復刻することもあったみたい。オリジナルとは微妙に線の太さや位置が違ってくるけれども、それくらいは出版当時に売れ行きがよくて新しく版木を彫り起こした異版や、増刷の際にあちらこちらに手を加えた後版の場合とちょっと区別がつかない。当時の錦絵は版元印と極印があるくらいで、どこかに出版の年月日が添えてあるなんてことはないし――」

通常、初摺と呼ばれる錦絵の初版は、版元、絵師が立ち会い、色指しやぼかしなどの加工もおおむね絵師の指定通りに行われる。ところが、後摺といって増刷されると、版元の意向や摺師の判断によって、絵師の知らないところで版木に改変が加えられたり、色を変えられたり、特殊加工の一部が省略されたりといったことが起こる。極端な事例になると着物の図柄や背景などの初版にない描写が追加されることすらある。こうして同じ原画をもとにしながら仕上がりが異なる絵が作られるのである。

「そうだ。確か、写楽はそういうバージョン違いが多いんじゃなかった?」

思い出して亜沙日が口にした。ええ、と姫之は頷く。

「第一期の雲母摺りの大首絵に多い。それから、第三期の大童山土俵入り。こちらはアメリカのボストン美術館のコレクションから見つかった色版木があって――裏側が北斎の絵本に再利用されたことで有名なやつね――よく調べてみると、その色版木の中に、現存する大童山の錦絵では使われていないものがあったそう。色版木には相当に刷りを重ねた痕跡があったから、出版当時の江戸では現存するものとは色違いの相撲絵も売られていたことになるわね」

「そんなことがあるなら、後から作られたものがあっても見分けがつかないじゃない」

　まいったな、と亜沙日はショートカットの髪を掻いた。

「第二期の雲母摺りの全身像は現存枚数がやや落ちて、それでも平均すると六枚強、トータルで五十枚程度か。ところが、ここから先のものとなるとほとんど数が残ってなくて。第三期の、インパクト抜群な二代山下金作の仲居ゑび蔵おかねの現存七枚が目立つくらいで、間判の大首絵といい、細判の姿絵といい、その他の相撲絵や武者絵といい、平均するとどれも二枚程度。このうち一枚きりしか現存していないものが四十点以上もある」

「えらい差がついちゃったんだ」

　ナスチャが目を丸くする。

「さっきもいったように錦絵は大量販売の消耗品でしょう。出版したものが全て、最低一枚ずつは現存するなんて有り得ないから、現物が残らなかった幻の作品が、同じか、それ以上の数はあると見ていい。げんに、三代佐野川市松《さのがわいちまつ》の不破伴左衛門《ふわばんざえもん》妻関の戸、この作品は白黒写真が残されているだけで、現在は所在不明なの。実際に出版された写楽の錦絵はいまの定説よりもずっと多かった。一枚きりでも現存が確認できたものとそうでないものを仮に同数と見積もって、実際には黄つぶし、背景つき、両方合わせて百五十点くらいは出版されたんだと思う。寛政六年の秋から翌年新春にかけての、半年程度の間に」

コピーを示しながら、姫之が考えを述べる。亜沙日とナスチャは顔を見合わせた。

「すると……どうなるの？」

「百五十点といったら、たいへんな数でしょう。サイズが小さいなら手間がかからないというものでもない。背景を描くようになった分、彫師や摺師の手間はかえって増えた。当時は彫るのも摺るのも手作業だったんだし、絵師一人が頑張ったらいくらでも出版できるというわけにはいかないのよ。だから、途中で写楽が下りてしまったとか、取り締まりの強化で雲母摺りが使えなくなったとか、そんな事情で苦しまぎれに安物を量産する方向に切り替えて間に合わせたとは考えづらいわけ。ずっと早い時点からの既定の方針で、彫師も摺師もあらかじめ必要な人数を押さえてあったなら、まだ納得はできるけれども――」

「理屈はまあ分かるとして」亜沙日が腕組みをして、「だったら、蔦屋は何でそんな叩き売りを始めたの？」

「知らない。もしかすると順序があべこべで、取り締まりで仕事にあぶれた彫師や摺師が大勢出てきたから、失業対策のつもりで写楽に新作を量産させたのかもしれないな。だんだん出来が悪くなるのは、腕の落ちる彫師や摺師に仕事をまわしたせいだという見方もある。錦絵の出版コストといったら、一に版木の調達費用、二に彫師と摺師の報酬でしょう？」

投げやりな言い草で、姫之は思いつきを口にした。

「それよりクルトの説に戻ると……このセンセイ、いま話したような画風の移り変わりを考証して、現在の定説とは逆さまに作画の順序を解釈したの。細判の安物から始まって、間判、大判、背景も雲母摺りの立派なものへ、粗雑な習作からだんだん画風が洗練されていって、とうとう大首絵の傑作を描いたんだって」

あらら、とこれはナスチャ。

「考証ミスなんだ」

「それから、クルトは作画の期間も実際よりも長く見ていて、途中の細かい考証は飛ばして結論を要約すると、寛政の一つ前の天明年間から活動を始め、大判黒雲母摺りの役者大首絵の発表が寛政六年から七年にかけて。転機となったのは寛政二年で、この頃から写楽は人気が出て、大判や間判を描くようになったり、背景に雲母摺りを使うようになったと書いている。さっき面白いといったのはここのところ」

姫之はコピーから顔を上げた。

「いい？　史実よりも活動のスタートを引き上げた結果、天才絵師の写楽は、雲母摺りの手法や大首絵の発明者になってしまったの。歌麿や栄之、春好、春英、長喜、豊国といった当時の人気絵師たちに先行する偉大な独創なんだって」

「……うん？」

しばらくの間、意味がのみ込めないという表情でクラスメートたちは沈黙した。

「ひょっとして、ええと、順番が逆？」

ナスチャが先に口を開く。

「そういうこと。特に歌麿と春好の二人は、後追いどころか、明らかに強い影響を写楽に与えた側でしょう。九徳斎《きゅうとくさい》春英だって、後世の評価がいまひとつなだけで、同じ時代の評判は〈近世の名人にて春章歌麿も不及處多し、初代豊国は此画風を本学びたり〉――実力歌麿以上、初代の豊国がお手本にしたといわれたくらいの業界の大先輩なのよ」

ユリウス・クルトは春英の画業に触れて〈写楽の大判シリーズの直接の模倣〉と酷評しているが、これなども出版の順序を取り違えたことによる錯誤でしかない。

「すると、順番を間違えたせいで何でも写楽のお手柄になっちゃった――」

亜沙日が音を立てて額を叩いた。

「写楽に対する、高い評価の出発点はここなの。最初に成果を上げたパイオニアの歴史的意義」

「…………」

「そうはいっても、クルト一人に責任を負わせるのは可哀想か。明治の浮世絵研究の大物で、『葛飾北斎伝』や『浮世絵師歌川列伝』の著者の飯島虚心《いいじまきょしん》なんかも、雲母摺りの役者似顔絵は写楽の発明だと書いているし」

「あれ？　そうすると、日本人も誤解していたんだ」

「そのようね。飯島虚心もクルトも名前は挙げていないけれども、たぶん、こんな誤解が出てきたのは五渡亭国貞のせいだと思う」

姫之は眼鏡を外して眉根をつねった。頭の中の知識をそうして思い起こしている。

「国貞って、三代目の豊国を襲名した？」

思いがけない名前が出てきて、亜沙日が頓狂な声で訊き返した。

「自分で二代目だと言い張っていた人だ」ナスチャもよく覚えている。「でもさ、ヒメ、何でその人が出てくるの？」

「自称二代目の、三代豊国の国貞はどうやら写楽のファンだったみたいなの」

「そうなの？」

「国貞は国芳や広重よりも十歳くらい年長だったはずだから……写楽が登場した頃も、やっぱり十歳になるかならないか。子供心によっぽどインパクトを受けたのでしょうね。もしも写楽が浮世絵をやめてなかったら、豊国ではなくて、写楽を選んで入門していたかも。さっきも少し名前が出た三升屋二三治が、国貞が写楽に憧れていたことを書き残している」

嘉永七（一八五四）年秋八月——というから、これはアメリカ合衆国の黒船艦隊の二度目の来航と同じ年になるが、当時七十一歳の三升屋二三治は随筆『浮世雑談』を著して、同書の中で国貞の画風について次のように述べている。


当時流行の役者半身の錦絵は、その昔東洲斎といふ人似顔絵を出して、板元鶴屋喜右衛門の板

にて専ら流行せり、東洲斎の筆、役者一人づゝ画て再び出さず、名誉の浮世絵師と思ふべし、
豊国先生是にしたごふて流行せり、東洲斎写楽は武家方の人と聞

版元が鶴屋喜右衛門《つるやきえもん》とされているなど、記事の内容自体は決して正確ではないが、当時の豊国すなわち国貞が写楽の画風を強く意識して、役者似顔の大首絵も写楽が始めたものだと見做していたということは疑いない。

「思い込みなのか、勘違いなのか、贔屓の引き倒しなのか、それとも一種の修辞だったのかはいまとなっては分からない。とにかく、三代豊国の国貞は当時の画壇の大御所だったから、みんな、そのままの意味に受け取って、大首絵の発明者は写楽だという話になってしまったんだと思う。写楽の登場を引き上げたクルトの論は、だから、国貞の思い入れに引きずられたともいえるかも」

「だったらさ、写楽の評価はかなり割り引かないとダメじゃないの？」

騙されたという顔でナスチャが訴える。

「写楽自体の評価というより……評価する側、御神輿に担ごうとする側の姿勢に問題があるのでしょうね」

再び眼鏡をかけて、姫之はいった。

「昭和にはこの考証ミスは明らかになったのだから、海の向こうの評価は正しいのか、絶対的な基準として従っていていいかくらいは見直しすることもできたはず。ところが、どうやらそんな風に

はなってない」

「………」

「途中の間違いが発覚しても、世界の写楽という結論部分はそのまま手つかず、百年前の外国の人気にただ乗りするような論、ううん、まだまだアピールが足らない、外国人の見方にはやっぱり間違いがあるからホントの写楽の偉大さを日本人の手で讃えないといけない、といわんばかりの写楽論が溢れ返っている。贔屓の引き倒しどころか、偉人として持ち上げるために江戸の人たちが証言したプロフィールまで書き替えようとするんだから。どこかの宗教の教祖さま扱いでもあるまいし。これでホントに写楽を正しく評価しているといえるのかな？」

金縁眼鏡の奥の瞳が険しさを増した。声音にも苛立ちが色濃くにじんで、

「定説をひっくり返す、裏を探るというんだったら、真っ先に疑ってかかるのは写楽の正体なんかとは違うはず。もっと根っこの部分……写楽の評価が、黒船がやってきて日本が鎖国をやめて、浮世絵が海の向こうへ持ち出されるようになってからの、外国の、西洋美術の基準から見た評価が、ホントにそれでいいかってことでしょう。世界の芸術家の前に、写楽は昔の日本の、江戸の市井の浮世絵師なの。それを忘れちゃダメ。歴史をひっくり返したいなら、世界が認めてくれたから写楽は偉い、凄い、素晴らしいというところからひっくり返さないと。アサさんたちはその辺り、どう思う？」

「あのさ、ちょっと話が大きくなってない？」

激しい剣幕にたじろぐように後ろに身体を引きつつ、どう、どう、どう、と両のてのひらを広げて亜沙日は押さえ止める仕草をする。

すぐ横ではナスチャも笑顔を強張らせて、友人の仕草に倣っていた。

「世界が認めてくれないなら値打ちがない、同じ時代の、写楽の価値が理解できなかった江戸の人たちは程度が低い……こんな傲慢な見方はおかしいと思わない？　だいたい、当の写楽だって、版元の蔦屋だって、江戸の人たちだって、浮世絵を芸術だとは考えもしなかったはずでしょう。勘違いはあっても、クルトや、フェノロサや、アストンや、その他の大勢のジャパノロジストたちの方が、よっぽど敬意を払ってくれていたんじゃないかしら」

「ひ、ヒメ、ええと、だからさ……」

「世界の大芸術から、もう一度、江戸のキッチュでキャッチーな楽しみに取り戻さないといけないの。百年、ううん、黒船が来てからだから百六十年か。そんな頃からの外国での評判を物差しにする風潮は、そろそろやめにし――」

なおもいいつのる姫之の声が、この時、唐突に途切れた。

「わちゃ」

危うく椅子からずり落ちるというところで、慌てて亜沙日は背凭れを押さえ、重心を前倒しに傾けて体勢を保つ。横からナスチャが、彼女の腕をつかんで支えた。

ふうーっと呼吸を整えて落ちつくと、恐る恐る、ひと一倍に日本の歴史にやかましいクラスメートの様子を二人はうかがった。

「ヒメ、どうかした？」

ナスチャが声をかける。

返事が戻らない。声だけでなく、切れ長の両目を見開いて、姫之は虚ろな視線を宙に泳がせていた。

「おーい、ヒメ」

次いで亜沙日が呼びかける。今度は反応があった。

「穴があった」

「え？」

「謎解きをねじ込める、歴史の中の針の穴」

鼻先のてっぺん近くにずり落ちた眼鏡を、姫之はおもむろに指先で押し上げた。深呼吸を一つ挟み、他の誰に対してでもない、自分に向けて彼女は語りかけた。

「……カードは、もう揃っていたんだ」

五

「お待たせ。カフェインの追加だ」

自動販売機のコーナーから帰ってきて、朝比奈亜沙日が声をかけた。ナスチャもいっしょだ。人数分の紙コップをテーブルの上に置いていく。

「さ、話を聞かせてもらおうじゃない」

もとの椅子に座ると、亜沙日はぐいと首を突き出した。

「写楽の謎解き。もうカードが揃ったとか、ヒメ、いったいどういう意味？」

「言葉通りの意味」

金縁眼鏡のフレームに指先をかけ、扇ヶ谷姫之はさらりといった。

「原稿募集のオーダー通り、飛び切りセンセーショナルな写楽の新説を作るための材料はとっくに集まっていたの。ただ、手当たり次第に情報を集めることに意識が向いて、考えるのが後まわしになっていただけ。あたしの頭がもう少し柔軟で、もっと回転が速かったら、たこ焼きといおうか、たこ焼きを称するB級グルメっぽいものをみんなで御賞味しながら、謎解きの真似事を拝聴してもらうことだってできたと思う」

「何か、いままで誰も読んでなかった本でも見つけたの？　そこにびっくりするような新情報が書いてあったとか」

「そんなことはないと思う。アサさんやナスチャだって、あたしと同じ程度にはカードを握っているはずよ。写楽の新説を考える気になってから、せっせと図書室の本を読んで詰め込んだ付け焼刃の知識は、さっきのお喋りで洗いざらい吐き尽くししちゃったんだから。新説探しのゲームを進める条件はだいたい同じ」

「どんなものかな。さっきの話から、ホントに写楽の新説を作れるの？」

「作れるの。答えを聞く前に、よおーく、自分でも考えて挑戦してみたら？」

亜沙日の目をまっすぐ見返し、からかうように姫之は笑いかけた。

「もったいぶらないの。さっさと何を考えついたか話しなよ」

亜沙日は首を横に向ける。

「ほら、ナスチャからもお願い」

「お願い」

両手を合わせて、潤んだ瞳でじっと姫之を見つめるナスチャ。お願いのポーズだ。

「仕方ないな」

やれやれと姫之は首を振った。紙コップを持ち上げ、コーヒーをひと口含むと、さて、何から話したものかと唇に人差し指を押し当てる。

「分かりやすいところから進めるか。写楽の役者絵の発表順——見栄えのいい大判が先だったか、それとも安っぽい間判や細判のシリーズが先だったかで、いまの定説とクルトの解釈が逆さまだってことはいいよね？」

「最初が一番よかったんだよね。後になるほど出来が悪くなるの。でも、ドイツ人のセンセイは反対に考えた」

おさらいするようにナスチャが答える。

「まさか、発表の順番がひっくり返るとでも？」

疑いの目つきで亜沙日が訊いた。

「役者絵の考証の手順はさっき話したでしょう？」

直接問いには答えず、逆に姫之は訊いた。

「役者さんの舞台衣装を参考にして、何ちゃら番付のたぐいを地道に当たってみるんだっけ。お芝居の演目も錦絵自体の出版時期もそれで調べがつく」

「よくできました……で、そのことを前提にこれを見て」

そういって姫之は『ジパング・ナビ！』の記事の一部分に赤いボールペンを走らせて傍線を引いた。次いでその横に、コピーの束から写楽の記事を探して広げると、こちらもやはり赤線を書き入れる。


写楽。天明寛政年中の人。

俗称斎藤十郎兵衛。居、江戸八丁堀に住す。阿波侯の能役者なり。号、東洲斎。

歌舞伎役者の似顔を写せしが、あまりに真を画かんとてあらぬさまに書きなせしかば長く世に行われず、一両年にして止む。類考三馬云ふ、わずかに半年余り行わるるのみ。

五代目白猿、幸四郎（後京十郎と改む）、半四郎、菊之丞、富十郎、廣治、助五郎、鬼治、仲蔵

の顔を半身に画き、廻りに雲母を摺りたるもの多し。

写楽（住居江戸八町堀）俗称□□　号東洲斎

歌舞伎役者の似顔を写せしに、あまりに真を画んとて、あらぬさまに書なせしかば、長く世に行はれず、一両年にして止む（類考）

三馬云、僅に半年余行はるゝのみ　五代目白猿　幸四郎（後宗十郎と改）半四郎　菊之丞（富十郎）廣治　助五郎　鬼治　仲蔵の類を半身に画きたるを出せり

前者は『増補浮世絵類考』ケンブリッジ本からの引用、後者は『温知叢書』収録の別本の同じ箇所だ。

亜沙日もナスチャも前のめりに覗き込み、両方の文章を見比べた。

「どう？」

と姫之が訊いた。

「どう、と訊かれても……」

亜沙日は首を傾け、考え込んでしまう。

「『ジパング・ナビ！』の方は文章が長めでほんのちょっと詳しい、かな？」

見たままをナスチャが口にした。

「そう、そこがポイント。どちらが詳しいかといったら、それはケンブリッジ本でしょう？　『温知叢書』の別本では斎藤月岑は雲母摺りに言及していない。写楽は役者たちの大首絵を描いたと書いただけ。後になって雲母摺りの背景を持つ大首絵の存在を知って〈廻りに雲母を摺りたるもの多し〉と書き加えたの。斎藤十郎兵衛の名前も後から書き加えたように」

「……はあ？」

先に亜沙日が、少し遅れてナスチャも、まるで酢を飲まされでもしたような表情を姫之に向けて振り上げた。

「ええと……後になって月岑が書き加えた？　雲母摺りのことが初めのうちは書いてなかった？　細かい点を突いてくるな。まさか文章を書き足した頃まで、雲母摺りが使われた大判のシリーズは江戸になかった、なんてことを考えてないよね」

「考えて、何か具合が悪いことでも？　さっき話題に出た『浮世雑談』だって、あれは嘉永七年の文献で、役者似顔の大首絵を始めたといって、割合に詳しい紹介つきで写楽を褒めちぎっていたけれども、雲母摺りについてはひと言も出てこなかった」

「そんな、ムチャな」亜沙日はつい失笑して、「ヒメ、自分で解説したよね？　写楽が描いた役者絵は時期も演目も配役も、すっかり特定されたんだって。当時の番付をちゃんと調べて」

「だから、よ」

人差し指を振り立てて、姫之は指摘した。

「ずっと昔のお芝居でも、たったいま見てきたみたいに配役も衣装も正確に描くことはできるでしょう。当時の辻番付や絵本番付を探し出してきてお手本にしたら」

「え？」

亜沙日の笑いが硬直した。

「あっ、でも、ヒメ」

さっと挙手して、ナスチャが疑問を投げかける。

「写楽の絵には、版元のハンコに、検閲を通してもらえた証拠のハンコもあったよね。だから、堂々と販売できたんだって」

「版元印も極印も、一枚一枚の錦絵に律儀に押してあるわけじゃないのよ。版下絵の段階で押印をもらって版木に彫りつけるの。当時の錦絵からトレースしたら、勝手に版元印と極印をつけて版画を作ることはできる。寛政六年に蔦屋から出版されたものとそっくり同じにね」

余裕をもって姫之は答えた。

「そんな話も前にしたっけ」

ナスチャは曖昧に頷くと、ココアに唇をつけた。

「ちょい待ち。版元印も検閲済みの極印も偽物で、昔のお芝居の番付をもとにして、昔のものみたいに年代を偽って、昔の役者さんたちの似顔を描かせたってこと？　実際には検閲を通さないで。それじゃあ、まるきり、まるきり、ええと……」

数瞬、亜沙日は言葉を探す。

「そう、まるきり贋作詐欺じゃない」

「贋作詐欺か。ある意味、そうともいえる」

彼女の指摘に感心したように姫之が頷いた。

「あのさ。そんなもの、ホントにこっそり作ることができるの？　だいいち錦絵といったら、版画で、安い値段でたくさん売り捌かなくちゃいけない量産品じゃないさ。手間かけて贋作を作っても利益が出るのかな」

「版画の贋作は手間がかかって利益にならない、というのは浮世絵が美術として認められていて、有名どころの浮世絵師については作品目録の整備が進んでいて、それでいて職人の数自体が限られる現代の話。当時の江戸に正確な作品目録なんてものはないし、巷に彫師や摺師が大勢いた。地下出版が盛んな時代だったのよ。検閲を通さないなら、どんなものでも作れる。それこそ表のマーケットで流通できる商品以上のクオリティでね」

「春画ならともかく、役者さんたちの似顔絵なのに？」

亜沙日はまだ疑いの表情だ。

「そこまでやるほど儲かったの？　いまと違って、江戸の町では国貞とか、国芳とか、広重とか、現役バリバリの人気絵師たちの新作が当たり前に安い値段で売りに出されていたわけじゃない。そんな状況で、昔の浮世絵師の、しかも二流扱いだった写楽の贋作を作ったところでお金儲けになったとは思えないな。とても競争になりやしない」

「初めから江戸の市場で売り出そうとは考えてなかったの」

「それこそ信じられない。だいたい、ああいう役者絵は絶賛上演中でないなら商売にならないんじゃなかった？　ヒメが自分でいったじゃない。需要がないよ。ずっと昔の、役者さんたちもとっくに死んでいなくなったお芝居の錦絵なんて。わざわざ作らせたところで買ってくれる人たちがいるかな。たちまち、在庫の山の出来上がり」

「芝居には関心がない、歌舞伎役者のこともろくに知らない人たちなら面白がって買ってくれると判断したの」

「そんな物好きが江戸のどこにいるのさ」

「江戸じゃなくて、海の外にいるの」

「え？」

「……いい？　『増補浮世絵類考』に考証家の月岑が加筆を重ねて〈俗称斎藤十郎兵衛〉とか〈廻りに雲母を摺りたるもの多し〉とか、決定版のケンブリッジ本のような内容になったと仮定できる時期の下限は慶応四年。実際には、二、三年前というところでしょうね。龍田舎秋錦の『新増補浮世絵類考』に間に合わせないといけないから。けれども、この間の嘉永六年にはペリーの黒船艦隊が来航したし、安政六（一八五九）年には横浜が開港されて海外貿易が始まっている。文久二（一八六二）年にはロンドン万国博覧会が開催されていて、オールコックの日本コレクションが展示されたはず。慶応三年にはパリ万博もあった。海の向こうではジャポニスムがもう始まっているのよ」

あっ、と亜沙日もナスチャも声を上げた。

「つ、つまり、それって」亜沙日の声が上擦って、「初めから輸出用に、海外の市場でひと儲けしてやろうという狙いで浮世絵の新作を作らせたってこと？　外国人の、というか、西洋人の好みに合うような趣向で」

「発案者が誰かというなら、たぶん、横浜にやってきた貿易商のうちの誰かでしょうね。ひょっとすると横浜に出入りして外国人相手にあれこれ商う、目端の利いた商人が入れ知恵したのかも」

姫之一人は悠揚とした姿勢を崩さない。冷静に論を進めた。

「浮世絵、特に錦絵は海外市場でも商売になるとこの人たちは考えた。春信や歌麿の美人画に、北斎、広重の風景画なら、問題はない。けれども、役者絵のたぐいは歌舞伎を見たこともない外国人には面白さが伝わりにくい。そのことが彼らにはとてももったいないと思えたの。外国人相手に役者絵を売りつけるアイデアはないか。歌舞伎に馴染みがない人たちでも、顔いっぱいに白粉を塗りたくったり、男の人が女に扮したり、ヘンなポーズを決めたり、異国の演劇のエキゾチックさを強調したものなら面白がって買ってくれるかもしれない――」

「だから、写楽をでっち上げたわけ？　とんでもないことを考えつくな」

亜沙日が吐息を洩らした。

「でっち上げたといっても、見栄えがいい、高値がつくものに限った話よ。詳しくいえば、大判、雲母摺りが使われた大首絵二十八点と全身像の姿絵八点」

「どういうこと？」

首を捻ってナスチャが訊いた。

「安物を量産させたことに上手い説明がつかないのは話したでしょう？　前々からの既定の方針だったとしか思えないのに、わざわざ評判を悪くするようなことをやっているのは何故なのか」

「どんどん安っぽい絵になっちゃうんだよね。最初に描いたまま続けていったらよかったのに」

「そんな疑問が出てくるのは、写楽の途中交代があったにしろなかったにしろ、最初から最後までプロデューサーの蔦屋が指示して描かせたという前提があるからよ。雲母摺りの大判錦絵が後になって作られたものなら、画風の変化という事実がなくて、初めから廉価な小品を量産して売りつけるという企画で写楽が起用されたなら、疑問はどこにも出てこない。既定の方針通りの商品展開でしょう」

「あっ……」

「質よりも量で勝負ということ。同じ時期、勝川春英や歌川豊国は大判サイズの役者絵をひと足先に描き始めて、江戸の人気を集めていた。後発の写楽で真っ向から勝負をかけるより、住み分けができるならそれでかまわないというのが蔦屋の判断で、間判、細判の小品を点数ばかりはたくさん描かせて売りに出したんだと思う。だいたい、大判路線の方が好評だったなら、同じ路線を続けているはずでしょう」

「すると、背景が黄色で塗り潰されていたり、景色が描き込んであったりするのが、ええと、ホントに写楽が描いた絵なんだ」

「理解が早くて助かるな」

姫之は頷いてナスチャのコメントを認めた。

「初めのうちは幕末の贋作者たちも、既存の役者絵の中から、外国人の目で見ても面白いものを探したんだと思う。そして、東洲斎写楽という浮世絵師が見つかった。寛政六、七年の短い期間、集中的に役者絵を量産したけれども〈あまりに真を画かんとてあらぬさまに書きなせしかば長く世に行われず〉の不評を残して消えてしまった二流絵師がね。この人の画風なら、役者の地顔をそのまま写したようなユーモラスな味わいがあって、海外に持っていっても話題になるかもしれない。ところが、残念なことに間判や細判の安物ばかり、そもそも数が残ってなかった」

「…………」

「結局、既存の錦絵の中から外国人好みの役者絵を探すことは諦めた。ここで彼らは発想を変えたわけ。望みのものが見つからないなら、仕方がない、自分たちで作ってしまおう。せっかく写楽という絵師を見つけたんだから、写楽が残した作品をお手本に、写楽名義の錦絵を新しく制作したらいい。見栄えをよくするためにサイズは大判、背景に豪華な雲母摺りを使わせたらどうか――」

「…………」

「外国人相手に商売になると分かってから、人気絵師の錦絵の増刷や復刻がけっこう行われたということは話したでしょう？　ここから、いっそ昔の絵師の名義で、増刷でも復刻でもない、まっさらの新作を海外向けに制作したらいいという発想まではもう一歩よ。たこ焼きだといって売りに出されたものでも、中の具材が蛸ばかりとは限らない。錦絵だって同じでしょう。同じ役者絵の描き手でも大御所の春章や豊国とは違って、無名、二流、幕末の時点ではすでに忘れられた存在に近かった写楽なら、本物以上に立派な出来の贋作を作ったところで疑われはしない、と判断したの」

「本物よりも、立派な贋作……」

「『SHARAKU』のクルトは、シンプルに、安物の、まだまだ未熟な習作をたくさん描いたという下地があって、そこから雲母摺りの大判錦絵、傑作の数々に発展したと解釈したでしょう。そう考えるのが自然なのよ。実際には制作された年代にずっと開きがあって、写楽自身が描いたわけではなかったというケースも含めて」

「納得」

説明のいちいちに頷きを返しつつ、真剣な表情でナスチャは聞き入っている。

「初めから海外の市場がターゲットなんだから、日本の国内市場で取引する考えは彼らにはなかったと思う。ところが、横浜に居留する外国人たちや、出入りの商人たちを通して贋作の一部が流出してしまった。月岑はそれを目にする機会があって、まさか海外向けに作られた贋作とは疑わないで、雲母云々を書き加えたのよ」

いったんコーヒーに口をつけて喉に流し込み、姫之は友人たちに視線をめぐらした。

「御感想は？」

だが、亜沙日にもナスチャにも声はない。茫然とした表情で、疑問の余地を探すように彼女たちは宙に目を泳がせていた。

「ええと……ほら、このコピーに、写楽が大首絵を描いた役者さんたちの名前がずらずら並べてあるじゃない」

亜沙日が先に口を開いた。

「白猿といったら、市川蝦蔵だっけ？　松本幸四郎や大谷鬼次の名前もちゃんと出てくる。この人たちの絵、雲母摺りの立派なやつが残ってない？」

「役者さんの大首絵なら、間判黄つぶしでも描いているでしょう」

「でもさ、同じ時代に他の絵師さんたちが写楽の絵を描き入れてなかった？　女の人が持っているうちわだとか、凧だとかで」

「十返舎一九が挿絵に描いた凧の市川蝦蔵は、写楽の落款つきではあっても、同じ作品は現存していない。大量に描いた安物のうちの一つだったのでしょうね。栄松斎長喜の柱絵の場合、うちわの大首絵に写楽の落款はないわよ」

「同じ絵ならあるじゃない。山谷の肴屋五郎兵衛」

「うちわの中に落款がないんだから、ホントは誰の作なのかは断定できないし、たとえ写楽が描いたものだとしても、落款が〈東洲斎写楽〉だったか〈写楽〉だったかは分からないでしょう。屋号と俳号の書き入れもあったかもしれない」

「へ？　ヒメ、いったい何がいいたいの」

「だから、間判黄つぶしの安物をお手本にして大判雲母摺りの豪華版を作らせたの。大判大首絵といういちわとではサイズが違う。普通は大判をお手本にうちわのサイズに描き写したことになっているけれども、あべこべの解釈だって可能でしょう。うちわ絵や間判の大首絵を大判サイズに写したことだって有り得る。すでに出版から、六、七十年が経って、当時にはうちわ絵や間判の大首絵はほとんど残ってなかった。大判の贋作を作らせた後にお手本を破棄してしまったら、もう模倣とは気づかれない」

「写楽が描いた役者絵を捨てちゃったの！」

「当時はまだ浮世絵自体が芸術扱いされてない。ましてや写楽の役者絵なんて、二束三文の値しかつかない、七十年前の安物だった。後で贋作が発覚するかもしれない危険な証拠を残しておくはずがないでしょう。証拠隠滅よ、証拠隠滅」

「あっ――」

「もっとも……後になって間判黄つぶしの市川蝦蔵や松本幸四郎の大首絵が出てきたとしても、大判雲母摺りの大首絵に似たようなものがあったら、間判の安物の方が大判をコピーした贋作扱いされて捨てられてしまったでしょうね。サイズ違いのそっくりな絵を並べたら、普通、見るからに豪華な方が本物だろうと誰だって考える。まさか安物の方がオリジナルだとは思わないもの」

「ああ、そうかも」

亜沙日は額を押さえて、ううーんと唸った。

「松本幸四郎の似顔に関していえば長喜の柱絵をもとに描いたことも考えられるな。贋作にリアリティを持たせて、ついでに柱絵自体の商品価値を高める狙いもあって」

姫之がたったいまの思いつきを付け加えた。

「そのまま正直に、幕末の新作だってことで外国へ持っていってもよくない？　ずっと昔の絵みたいにごまかさないでも、絵描きさんの名前をちゃんと明かして、現役で活躍中の役者さんたちの似顔絵を描いてもらって」

今度はナスチャの疑問。だが、この問いにも姫之は首を左右に振った。

「役者絵の作法から外れた〈あらぬさま〉に描かせるのよ。同じ時代の、現役の歌舞伎役者たちを笑いものにするような絵を描くことができると思う？　後できっと騒ぎになる。こんな絵を描いて、よりによって外国人に売りつけたのは誰だってね。けれども、七十年も昔、寛政年間の役者たちを描いた似顔絵なら、間違って国内に流出したところで、どこからもクレームがくる気遣いはない。歌舞伎を知らない外国人の目には現役の役者でも七十年前の役者でも値打ちは違わないから、ずっと昔の役者絵のように装わせたの」

「実在した写楽の名前を勝手に使わないでも、架空の絵描きさんが描いたことにしちゃったらよくない？」

「それも後で疑いを招くことになる。大判、雲母摺りの立派な錦絵をいくつも出版した絵師の名前が、江戸の文献にまったく出てこないのは不自然でしょう？　人気が出たら、そのうちに外国の研究家もひと通りの伝記を明らかにしようとする。架空の浮世絵師の名前だと、出版時期を偽った贋作じゃないかと誰かが疑いを持つかもしれない」

「あっ、そっか」

「架空の絵師より、不成功に終わった、詳しい事跡が伝わらない二流絵師の名前を借りておくのが疑われないという判断ね。もともと写楽の画風がお手本だったんだし、安物とはいえ百点以上も役者絵を残したんだから、そのまま名前を使わせてもらったとしてもおかしくないでしょう」

「凄い！　ヒメ、そんなことまで考えたんだ」

ナスチャが感嘆して、両手を打ち鳴らした。

「雲母摺りの大判錦絵だけは幕末の贋作、それも海外に売りつける狙いで作らせたという前提で解釈すると、ああ、そうなのかと、すんなり説明がつく点はまだある」

姫之は唇に淡い笑みを形作った。

「最初に写楽版画一点当たりの現存枚数」

「初めのやつほど数が多いって、あの話？」

「いくら高値な方が大切に扱ってもらえるからといって、歌麿や豊国の代表作よりもたくさん残っているというのはおかしな話だと思わない？　同じ時代、同じ江戸での評価はずっと彼らの方が高かったはずなのに。二十八点の大首絵と八点の姿絵がずっと後になって作られた贋作だとしたら、この点はおかしくも何ともない。実際の制作年代に七十年の開きがあるんだから、現存枚数に差がつくのは当たり前。一、二枚しか現存していない方が正常なのよ」

「……ヒメも、けっこう勘繰るタイプだな」

亜沙日が呆れ顔でいった。姫之は友人の言葉に取り合わないで、

「それから、この都座口上図」

開かれたままの歴史雑誌の誌面を示した。巻紙をかかげて口上を述べる老人の座像。

「これ、おかしな絵でしょう？」

「どこが？」

「こんな絵を出版したところで、江戸の人たちが買ってくれると思う？　芝居の中の大事なシーンでもないなら、贔屓の役者さんの似顔でもないのに」

「――――」

「それにこの絵、寛政六年秋の興行を扱ったというのが定説なんだけれども、同じ時期の桐座や河原崎座の興行も写楽は描いているのよ。作画の枚数に極端な違いはない。とすると、都座の場合だけ、どうして写楽はこんな絵を描いたのかしら？　奇妙な人選はまだ他にもある。写楽は、有名どころの人気役者に限らないで、無名の、とても売り物になったとは思えない端役役者たちの似顔ま

で描いたの。坂東善次《ばんどうぜんじ》、中村此蔵《なかむらこのぞう》……」

「ああ、それなら前に読んだ覚えが」

「座の偉い人や端役役者を分け隔てなく描いたのは、写楽自身が出演者だったとか、裏方だったとか、逆に江戸歌舞伎を初めて見物した素人で目にするものを片っ端から描いたからだとか、いろんな説明がある。けれども、写楽が面白がって端役役者たちを描いたとしても、出版するかどうか、決定権を握っているのは版元の蔦屋なのよ。出版したところで売れそうもない絵に蔦屋がゴーサインを出したと思う?」

それもそうか、と亜沙日が頷く。

「ただし、写楽がこんなことをやったのは大判のシリーズだけ。間判や細判の、ずっとリスクは低いはずの安物だと、モデルは人気役者が中心、極端に無名な役者は扱われなくなる。まるで誰を描くか、版元の意向に従って選んだみたいに」

「ええと、それはつまり……」

「大判雲母摺りの三十六点と、それ以外の大量の安物とでは、初めから商品展開のコンセプトが違ったということでしょうね。歌舞伎に馴染みのない人たちなら、ううん、歌舞伎に馴染みのない人たちだからこそ、巻き物を読み上げるだけの偉い人の姿でも、珍しがって買ってくれるかもしれない。無名役者を描いた理由も同じ。人気役者も端役役者も区別がつかない人たちが対象だったの。同じ役者の絵ばかりを描くより、なるべく人数を多くして、いろんな役者たちの似顔、いろんな役柄の姿格好を幅広くカバーする方がよく売れると判断したんだと思う」

「おお、ちゃんと筋が通ってきた」

「もう一つ……作り手側の事情を勘繰るなら、無名の端役役者の似顔なら、好き勝手に面白おかしく描けるということも大きかったかも。江戸のお芝居好きが当たり前に買ってくれるような人気役者の似顔絵や姿絵なら、豊国や春英、本物の写楽自身も含めて、同じ時代の浮世絵師たちが描いたものがいくつも残っている。そういう絵を参考にできるのは贋作者にとっても利点ではある。逆にいったら、あんまり逸脱したものは描けないわけ。その点、他に似顔絵が残っていない端役役者たちなら、想像任せ、どんな顔形にデザインしようとも気にしなくていい」

「……何だかひどい解釈だな」

亜沙日は片頬を歪めた。

「この口上図、巻紙の口上が裏返しに透けて読めるでしょう？」

姫之が再び誌面の図版を示した。

「こんなことが書いてあるの。〈口上、是より二番目新板似顔御覧に入れ奉候〉――いまから第二段、新シリーズが始まるからお付き合いください、くらいの意味ね。定説に従うなら、寛政六年夏の興行で売り出したのが大判大首絵、この秋からは新しい趣向で姿絵を描くと、偉い人の口上に事寄せて前置きしたという解釈」

「そんなことをわざわざ断ったんだ」

ナスチャの怪訝な顔が斜めに傾く。

「ここで写楽が入れ替わったみたいな解釈もあったな」亜沙日が口を挟んだ。「豪華な大首絵を描いた写楽の一号はもういなくて、これからの写楽は二号なんだって。絵の中でさりげなく真相を告白したの」

「悪戯半分の告白だったという解釈はそのまま採用できると思う。けれども、大判雲母摺りの錦絵全体が後になってからの贋作、蔦屋から出版されたものでないとしたら、その意味はまるで変わってくる。寛政六年の秋から翌年正月にかけて量産された間判や細判の錦絵――本物の写楽が手がけたものをひとくくりにまとめて一番目扱い、それをもとに新しく作ったのだから、大判雲母摺りの大首絵と姿絵、両方を合わせて二番目の新シリーズだとうそぶいた。こんな風にも解釈できる」

「ああ……」

「贋作者が悪戯心を出して危険な告白を残したのも、もともと日本人相手に売りつける目的で作ったものではなくて、外国人は漢字を読めないと考えたからね」

「よくもそこまで辻褄を合わせられるな」

「辻褄は合わせるものとは違う。ひとりでに合っていくものでしょう」

姫之は顔の前でてのひらを振った。

「大首絵は大首絵でも、黄つぶし、間判のシリーズの話になるけれども……」

姫之は『ジパング・ナビ!』の同じページの、さらに別の図版を指し示した。二代山下金作の仲居ゑび蔵おかね、実は貞任《さだとう》妻岩手《いわて》御前《ごぜん》。

「現存する間判黄つぶしの大首絵は十一点、その全てに書き入れがあるの。この絵の場合だったら、天王寺屋里虹――」

「何のこと？」

　ナスチャが訊く。

「天王寺屋は山下金作の屋号、里虹というのは俳号で、つまり俳句を作る時のペンネームね。当時は贔屓の役者をそのまま名前で呼ばないで、屋号や俳号で呼ぶのが通、玄人だといわれたの」

「芸能人を愛称で呼びかけるみたいな？」

「ま、そんな感じ。ところでね。この表記に間違いがあるの。ほら、ここ、子供の子で天王子屋になっているでしょう。正しくはお寺の寺、天王寺屋が正しい表記」

　ノートの余白に姫之はボールペンを走らせ、〈天王寺屋〉と書いてみせる。誌面上の図版ではなるほど〈天王子屋〉。ぱちぱち両目を瞬いて、ナスチャは二つの表記を見比べた。

「天王寺屋里虹のこの絵に限らないで、他のものでも同じような間違いがあるのよ。三代市川八百蔵の立花屋《たちばなや》中車《ちゅうしゃ》は、立つ花ではなし、漢字一文字の橘屋だし、三代沢村宗十郎《さわむらそうじゅうろう》の紀伊国屋《きのくにや》訥子《とっし》も、錦絵の俳号は糸偏で納子。二代中村仲蔵なんか、正しくは政津屋《まさつや》十洲《とおじゅう》なのに、何故か初代仲蔵の堺屋《さかいや》秀鶴《しゅうかく》で書き入れがされていたりする。こんな間違いは普通では考えられないから、歌舞伎役者を写楽はよく知らなかったとか、間判を描いたのは別人だったとか、贋作だとか、極端な解釈をする人たちが出てくるの」

「ヒメの解釈はどうなの？」

「個人の書き物なら雑な書き替えはよくある話。東洲斎写楽が、東周斎だったり、写楽斎だったりするみたいにね。けれども、この場合は店頭で販売されたものでしょう？　たとえ写楽がうっかり間違えても、ちゃんと蔦屋がチェックするし、検閲の行事さんたちも目を通す。彫師たちだって彫り始める前に気づくわよ。贋作なら、なおのこと疑われないように注意する。だから、これは写楽のミスなんかじゃなくて、蔦屋の指示に従って書き入れた意図的な間違い」

「何でそんな捻ったことを？」

亜沙日が首を捻った。

「幕府の取り締まりを警戒したからよ。当時、美人画の一枚絵に女の人の名前を書き入れることは御禁制だったの。芸者もダメ、遊女もダメ、茶屋の看板娘もダメ。いつ同じような規制が役者絵でも始まるか分からない。だから、蔦屋は先まわりして、わざと誤った屋号や俳号を書き入れさせたの。国芳の悪戯描きモドキと同じ発想ね。商売に細々と規制をかけてくる幕府への嫌味、当てこすりの意味も多少はあったかもしれない」

「へーえ、そんなことがねえ」

「本題はここから。同じ大首絵を描いても、雲母摺りの大判サイズでは屋号や俳号の書き入れはないでしょう？」

「まだ何か？」

「いまいったような背景は、寛政年間、同じ時代の江戸の人たちにとっては当たり前の常識でも、七十年が経つと忘却されて、幕末の頃にはすっかり意味が通じなくなっていた。結果論でいえば、天保の改革までは役者さんの名前や役柄の書き入れが禁止されることはなかったもの。どうして蔦屋と写楽は屋号や俳号を微妙に間違えて書き入れたのか。意味のないこと、むしろマイナスだとしか思えない。もしかすると判じものかもしれない。どちらにしても漢字を読めない外国人たちがターゲットなんだから、結局、贋作者たちは余計なリスクを避けることにして、写楽の間判の大首絵をお手本にしながら、自分たちの新しい大首絵では屋号や俳号をいっさい書き入れなかったの」

「……ヒメ、ホントによく考えるわ」

深々と吐息すると、亜沙日はカフェオレを喉に流し込んだ。それまで忘れていて手つかずのカフェオレはすっかり生温くなってしまっていた。

「『浮世絵類考』に三馬の証言があったでしょう？〈わずかに半年余り行わるるのみ〉というやつ。寛政六年は十一月が閏月だったから、定説通りに夏の五月の興行から写楽が活動をスタートさせたのなら、写楽が姿を消した寛政七年正月まではおよそ十ヶ月間。雲母摺りの大判錦絵が後世の贋作だとしたら、秋の七月興行からのスタートになるから、こちらはおよそ八ヶ月ね。最後の正月興行は描いた点数も少なくて付け足しといった印象だったから、秋冬の興行を指して、三馬は〈わずかに半年余り〉の活動期間だったと書き残したのかもしれない――」

「あっ、待って」

ナスチャが新しい疑問に思い当たった。人差し指を頬に当てて、

「ええと……ヒメの謎解き通り、本物よりも立派な偽物を作ったんだったらさ、ホントの写楽が出版を始めた前より、出版をやめた後に時期をずらして作らせる方がよかったんじゃないの？　人気が出るほど、普通は立派になっていくんだから」

「いい質問ね。贋作者たちもきっとその点には気づいていたと思う。寛政七年正月以降の設定で描かせた方が無難だって。ところが、そうするわけにはいかない理由があった」

「どうして？」

「雲母摺りが禁止されていたから。寛政六年九月の時点で。実在した写楽が描いたという設定で雲母摺りの錦絵を制作したいなら、多少の不自然さには目をつむって、御禁制以前、寛政六年の秋までの興行から題材を採るしかない。そうすることが一番現実的な選択だったわけ」

「そっか……それで立派なやつから始まったことに……」

自らを納得させるようにナスチャは何度も頷いた。

「雨、やんだみたい」

顔を横に向けて姫之がいった。

亜沙日とナスチャもつられて窓の外を見る。雨雲が途切れたのか、この場所に集まった時よりもずっと明るい。時間が逆転したような印象があった。

「他に……訊きたいことは？」

友人たちに目を戻し、姫之が促した。

さっと挙手したのはナスチャだ。

「ヒメの謎解きは面白かったし、とっても説得力があった。写楽の傑作は、幕末になってから作られたものだって。それで……幕末の浮世絵師さんたちの中の、いったい誰が写楽の絵を描いたの？」

「ああ、それも考えないとダメか――」

初めて思いいたったように姫之は額を押さえた。

「開国してからも活躍した浮世絵師だよね」

ぱちん、と亜沙日の指が鳴る。

「だったら、広重だ！　初代じゃなくて、二代の広重。横浜に移り住んで、外国人相手に浮世絵を描いた人なんだから、当然、声もかけやすかったはず。画力だって、初代と比べて負けてない」

「二代広重か……」

しかし、姫之は浮かない顔だ。指先で唇をなぞりながら考え込んだ。

「この人、初代と同じで武家出身のはずでしょう。外国人相手の商売とはいっても、歌舞伎役者の似顔絵を描くかしら。いっときは江戸の画壇の真ん中にいた一流絵師なのよ。誰も素性を詮索しないような、二流の絵師とは事情が違ってくる。初代の広重だって役者絵を描いたのは無名の頃だけ」

「江戸の人たちに売りつけるわけじゃないし、それに地下出版の贋作なんだから、初めからおおっぴらにはできないオシゴトじゃない。外聞以前の問題」

「外聞じゃなくて、これは見識の問題」

「おやおや。難しい時代だったんだね」

「役者絵を描いてくれと依頼するんだから、素直に考えて、話を持ちかける先は初代豊国の弟子筋でしょうね。ああ、国虎か、国芳か、彼らのどちらかがもう少し長生きしてくれていたら。二人とも、画力は抜群、おまけに西洋画の熱烈な信奉者だった。外国人からの依頼があったら、きっと大喜びで引き受けたはず。特に国芳。子供の悪戯描き風に役者の似顔を描いた彼のセンスなら、写楽の贋作者にはうってつけなのに」

「なかなか上手くいかないな。だったら、代案で国芳の門人たちは？」

「実力で選ぶなら、芳虎か、芳年か。こんな話を持ちかけられて、大張り切りで加担してもおかしくないのは、芳員、それに芳幾というところかな……」

幕末明治の浮世絵師たちの名前を挙げつつ姫之は大歌川展の図録を捲っていたが、その手が不意に止まった。一人の絵師の略伝に彼女の目が釘付けになる。

「三代豊国！　五渡亭国貞が、元治元年まで生きていた！　横浜開港からは五年後、ロンドン万博にしっかり間に合う！」

「――国貞？」

亜沙日とナスチャは顔を見合わせた。

「そう、役者絵は国貞。海外向けとはいえ役者絵の企画なんだから、このジャンルの、一番の大物のところに真っ先に相談を持ちかけるのは当たり前の発想——充分に考えられるでしょう？」

「ええと、その人、確か……」

ナスチャが口を開く。とんとん片頬を指で叩きながら、

「写楽のファンだったよね？　役者さんたちの顔を大きく描くことを始めたのは写楽なんだって」

「面白いくらいに辻褄が合ってくるな。写楽に関心があった国貞なら、贋作の主役に写楽を担ぎ出してきてもおかしくない。敬愛する写楽を俺の手で目一杯に飾り立ててやるんだって。それこそ子供の頃の楽しみだったけれども、間判、細判の安物にうちわや凧のおもちゃ絵ばかりを描いていた写楽に、大判、雲母摺りの大仕事をやらせてみたいと考えたのかも。それが子供の頃の夢だったから」

「けっこうなロマンチストじゃないさ。けれども、ああ、国貞という人、人気が出てからは濫作に走って、評判がよろしくないんじゃなかった？」

眉をひそめて亜沙日が指摘した。

「国貞自身が描くことはないわよ」

「うん……？　でも、ヒメ、相談を持ち込むなら国貞のところだって」

「そうよ。だから、国貞自身が描かないでも、門人に代作させればかまわないでしょう」

「だ、代作——？」

「この人は、自分で描くよりも効果が上がる、版元やお客さんたちを満足させられると見たら、平気で門人に代作を任せたの。外国人に売るための贋作の依頼を受けたとしても、きっと同じように対処したと思う。いろんな趣向に合わせて器用に似顔を描き分けられる絵師、西洋の絵画技術に深い関心を持つ絵師を選んで、依頼通りの風変わりな役者絵を代作させた。そう、報酬はともかく、浮世絵を知らない外国の人たちをからかってやろうかという、これは国貞一流の一種のお遊び——ゲームだったのかもしれないな。江戸の浮世絵師が、世界を向こうにまわしてのゲーム」

「ええと……ということは……」

「五雲亭貞秀や豊原国周もこれで引っ張り出せる」

会心の、晴れやかな笑みが姫之の唇に浮かんだ。

「それに国貞なら、国芳や広重が残した門人たちにも顔が利く。何しろ当時の浮世絵画壇の第一人者だもの。直接の依頼ではなし、大御所の国貞を通して贋作を持ちかけられたなら、彼らもきっと断れなかったでしょうね」

「まいったな。候補者がよりどりみどりだ」

片頬を引っ掻きながら、亜沙日がぼやいた。

「写楽の正体、結局は誰だったことになるの?」

ナスチャがちょこんと首を傾ける。

「いまさら何をいっているの、二人とも」かえって姫之は驚いたように、「いままでの話は写楽の贋作を描いたのがいったい誰かってこと。写楽自身の正体が誰かといったら、そんなことは最初から結論が出ているし、あたしも何度もいっている。史実通りの斎藤十郎兵衛でしょう」

「え?」

「ホントに理解してくれたの?」

金縁眼鏡をくいと押し上げ、射抜くような視線をめぐらせた。

「どうして写楽別人説なんて怪しい説が出てくるかといったら、結局のところ、世界が認めた写楽の傑作が、非番の能役者の余技の産物だったとは思いたくない人たちが大勢いるからでしょう? けれども、新しい史料でも見つからない限り、斎藤十郎兵衛が写楽だったことはいまではとても動かせそうにない。それでも十郎兵衛が写楽の傑作を描いたことを認めたくない、そんなことは間違いだと主張するなら、写楽が描いたとされている傑作の方を間違いにしてしまうくらいしか抜け道はないのよ。要は能役者が嘘なのか、写楽の傑作が嘘なのか、論理の上ではどちらが成り立つ余地があるかというお話」

「……ヒメ、結局、あんたの発想のベクトルはそっちなのか」

天井を仰ぐと、亜沙日は喉を絞るように長い、細い息を吐き出した。

「ホ、ホントにいいのかな、そんな謎解きで」

笑顔を引き攣らせてナスチャがいった。

「かまわないわよ。もちろん」

くしゃり。姫之のてのひらの中で、空の紙コップが音を立てて潰れた。

「前々から不思議なの。写楽の話題に限らず、歴史の謎解きだ、真相だといって、史実そっちのけ、表の出来事もろくに見ないうちから、あるかどうかも怪しい舞台裏に首を突っ込む人たち——ああいう人たちはホントに歴史に興味があるといえるのかな」

「…………」

「あたしにはとてもそうは思えない。歴史の真実にホントに関心があるなら真面目な研究書から当たればいい。逆さまなの。歴史に興味がない、それどころか嫌いで嫌いで、まるで気に入らない人たちが大勢いて、歴史なんてものは嘘っぱちだと決めつけて、ひっくり返して、自分たちの好みにかなうように書き替えようとする。そんな人たちが絶えないうちは、そして、それが商売になると思われているうちは、歴史の真実を謳い文句にした嘘ばっかりの安易な真相や無節操な新解釈がこれからもまだまだ作られるでしょうね。地道な検証に付き合うより、世間の御期待に迎合したくだらないセンセーショナリズムの方が満足できるというわけ。歴史は権力者が自分たちに都合よく書き替えるというのは昔の話で、いまどきの歴史は、消費者の需要に合うようにメディアがカスタマイズして提供するものなの。写楽の正体だって要は同じ。当たり前の歴史の事実をひっくり返したいから、その手のバカみたいな話が歓迎される。だから、あたしは、写楽の正体なんかよりももっと根っこの部分からひっくり返してみたの。史実のままでは満足ができない、絵空事の愉快な真実でないと受けつけない人たちは、きっと拍手喝采で大喜びしてくれるんじゃないかな」

皮肉とも本心ともつかないことをいって姫之は持論を締めくくる。

クラスメートたちはリアクションに窮してしまい、束の間、何もいわないで彼女の澄まし顔を見ていた。

「ま、いいか。たったいま思いついた説にしてはなかなか上出来」

機嫌を直して亜沙日は両手を叩いた。

「その気になったら、センセーショナルな新説もちゃんと作れるじゃない。感心したよ」

「それは……アサさんのリクエストがあったから。あらかじめ枠組みを決めてもらったから、その範囲内で、何とか形にはなったというだけ」

「ウチのリクエスト？」

この問いに直接は答えず、姫之は宙を見上げると、ぽつりぽつりと言葉を繋いだ。

「前にこんなことがあったの。インターネットで、ひどい珍説、インチキ解釈に引っかかって、すっかり感激している人を見かけたからさ。ここがおかしい、そこがおかしいと、いちいち証拠を挙げて教えてあげたわけ。すると、その人、かんかんに怒り出しちゃって。どんな言い分だったか、想像がつく？　あれは見事な論証だった。提示された情報をもとに論理を駆使して出来事にすっかり説明をつけてみせた素晴らしい解決だった。そこで言及されてない事柄を持ち出してきて非難するのはフェアとはいえない、だって。ねえ。アサさんもナスチャも、こういう考え方をどう思う？」

――沈黙。凍えるような空気がその場を覆う。きっと冷房のせいだったろう。

「ヒメ、その、ひょっとして……ズルをしちゃった？」

恐る恐る、探りを入れるようにナスチャが訊いた。

「やめてちょうだい。そんな、人聞きの悪いことを」拗ねた表情で姫之は言葉を返す。「読者のレベルに引き下げたのよ」

――『ジパング・ナビ！』平成×△年夏期原稿募集・最終選考発表――

平成×△年夏期原稿募集には、平成×△年九月十五日の締め切りまでに六十七編の応募がありました。これを予選にかけ、左記の十編が本選候補と決定しました。

干潟八郎《ひがたはちろう》（秋田県）「鬼写楽」
かすみ・かうら（茨城県）「写楽、十九歳の肖像」
江戸前寿司《えどまえひさし》（東京都）「写楽外伝　墓の下の浮世絵師」
鈴木裕之《すずきひろゆき》（神奈川県）「二十世紀的写楽序説」
太田由紀《おおたゆき》（静岡県）「写楽　一七九四年」
森健《もりたける》（愛知県）「浮世嶋、しゃらくさい」
琵琶湖《びわひろし》（滋賀県）「美少女ゲームのクリエイターが解析する写楽版画」
比留間真昼《ひるままひる》（京都府）「おろしや国のパズル」
篠原匡《しのはらまさし》（高知県）「阿波徳島伝東洲斎」
前島瑞希《まえじまみずき》（熊本県）「ハンベンゴロウの置き土産」

本選は、浪漫と最新情報を発信するエキサイティング歴史絵巻『ジパング・ナビ！』編集部により、十月十二日に行われました。

選考の過程で本選候補十編は、さらに三編に絞られ、それぞれ左記の通りに入選並びに本誌掲載の運びとなりました。

金賞　太田由紀「写楽　一七九四年」
銀賞　比留間真昼「おろしや国のパズル」
奨励賞　篠原匡「阿波徳島伝東洲斎」

皆さま、まことにおめでとうございます。

参考文献

執筆に際し、多くの文献を参考にさせていただきました。中でも特に重要なものを左に記し、この場を借りて篤くお礼申し上げます。

『東洲斎写楽　原寸大全作品』小学館（二〇〇二）
『写楽　SHARAKU』ユリウス・クルト著　定村忠士・蒲生潤二郎訳／アダチ版画研究所（一九九四）
『写楽・考』内田千鶴子著／三一書房（一九九三）
『写楽を追え　天才絵師はなぜ消えたのか』内田千鶴子著／イースト・プレス（二〇〇七）
『東洲斎写楽はもういない』明石散人著／講談社（二〇一〇）
『写楽　江戸人としての実像』中野三敏著／中公新書（二〇〇七）
『〈東洲斎写楽〉考証』中嶋修著／彩流社（二〇一二）
『プロジェクト写楽』富田芳和著／武田ランダムハウスジャパン（二〇一一）
『写楽を探せ　謎の天才絵師の正体』翔泳社（一九九五）
『浮世繪類考』仲田勝之助編校／岩波文庫（一九四一）
『葛飾北斎伝』飯島虚心著／岩波文庫（一九九九）

『浮世絵師歌川列伝』飯島虚心著／中公文庫（一九九三）
『ＵＫＩＹＯＥ17』堀口茉純著／中経出版（二〇一三）

『日本全史　ジャパン・クロニック』講談社（一九九一）
『偽史冒険世界』長山靖生著／筑摩書房（一九九六）
『トンデモ日本史の真相』原田実著／文芸社（二〇〇七）
『トンデモ偽史の世界』原田実著／楽工社（二〇〇八）
『日本トンデモ人物伝』原田実著／文芸社（二〇〇九）
『風姿花伝』世阿弥著／岩波文庫（一九五八）

『謎の絵師　写楽の世界』高橋克彦著／講談社カルチャーブックス（一九九二）
『浮世絵鑑賞事典』高橋克彦著／講談社文庫（一九八七）
『浮世絵ミステリーゾーン』高橋克彦著／講談社文庫（一九九一）
『浮世絵博覧会』高橋克彦著／角川文庫（二〇〇一）
『写楽殺人事件』高橋克彦著／講談社文庫（一九八六）
『歌麿殺贋事件』高橋克彦著／講談社文庫（一九九一）

本書はあくまでフィクションであり、歴史上の実際の出来事の検証を目的とはしておらず、初めから珍奇な解釈をかかげることによって読者の興味を惹こうとの意図から創作されたものである。よって、考証の上の信頼性についてはいっさい責任を負わない。

著者プロフィール

高井 忍（たかい しのぶ）

1975年京都府生まれ。立命館大学卒。

2005年、綾辻行人・有栖川有栖両氏に絶賛され、短編「漂流巌流島」で第2回ミステリーズ！新人賞を受賞しデビュー。

著作は他に『漂流巌流島』（2008年）『柳生十兵衛秘剣考』（2011年）『本能寺遊戯』（2013年）『柳生十兵衛秘剣考 水月之抄』（2015年、以上すべて東京創元社）、『蜃気楼の王国』（2014年、光文社）がある。

浮世絵師の遊戯《ゲーム》 新説 東洲斎写楽

2016年11月15日 初版第1刷発行
2016年11月20日 初版第2刷発行

著　者 高井 忍
発行者 瓜谷 綱延
発行所 株式会社文芸社
〒160-0022 東京都新宿区新宿1-10-1
電話 03-5369-3060（代表）
03-5369-2299（販売）

印刷所 図書印刷株式会社

ISBN978-4-286-17754-0